U0452696

聆听史诗丛书

编著 | 降边嘉措 吴伟

格萨尔王传

五洲传播出版社

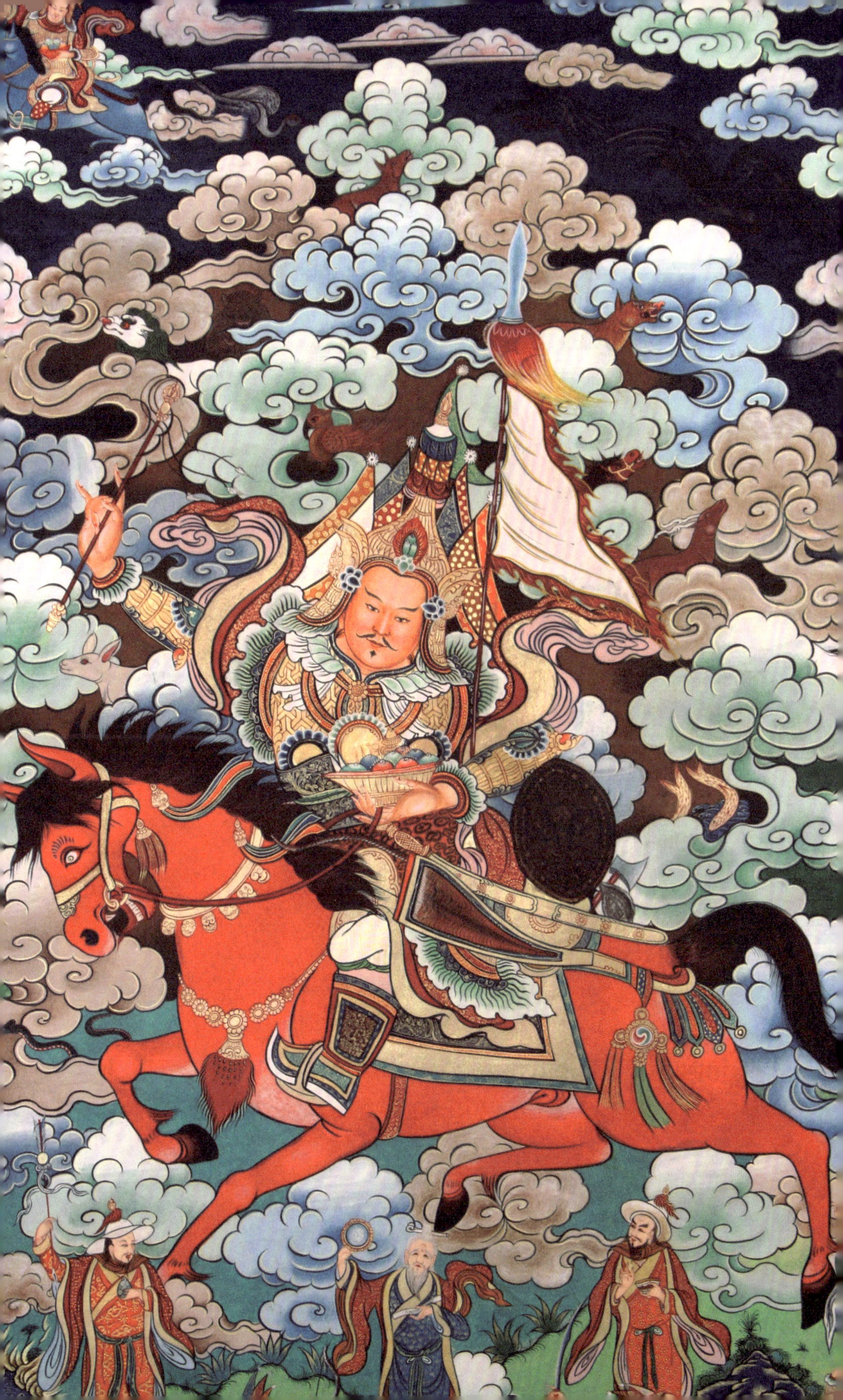

目录

前 言
一部活形态的英雄史诗

第一回
妖风骤起百姓遭难　观音慈悲普度众生……………1

第二回
神子诞生圣地岭域　晁通阴谋陷害觉如……………21

第三回
欲称王晁通逞愚顽　慈郭姆智捉千里驹……………48

第四回
圆满成就觉如欢喜　万念俱灰晁通忧愁……………79

第五回
为救爱妃雄狮出征　大显神威射杀魔王…………109

第六回
霍尔兴兵抢走王妃　受惩罚白帐王被诛..........130

第七回
生祸端黑姜抢盐海　踏魔窟岭王戮萨丹..........173

第八回
得预言进军门域国　降伏四魔岭军凯旋..........195

第九回
岭军挥师远征伽地　开启宝库造福百姓..........215

第十回
岭国君臣焚烧妖尸　格萨尔为王子选妃..........235

第十一回
雄狮大王地狱救母　绒察查根虹化归天..........267

第十二回
托后事扎拉继王位　携王妃雄狮返天界..........286

编后记..........299

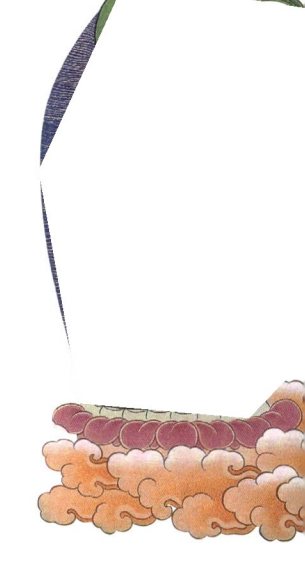

前言

一部活形态的英雄史诗

《格萨尔》是中国藏族一部伟大的英雄史诗，它是在藏族的神话、传说、民间故事、民歌和谚语等丰厚的民间文化基础上产生和发展起来的。《格萨尔》的历史悠久，流传广泛，代表着古代藏族民间文化的最高成就，是反映古代藏族社会历史的一部百科全书式的伟大著作。

《格萨尔》诞生于纪元前后至公元五六世纪，于吐蕃王朝时期（公元7世纪至9世纪前后）基本形成；在吐蕃王朝崩溃（公元10世纪）之后，进一步得到丰富和发展，并广泛流传。

史诗一开始，就展现了一幅备受部落战争之苦的古代藏族社会生活的真实图景：天灾人祸遍及藏区，妖魔鬼怪横行，黎民百姓遭受荼毒。在天界的众神聚议，将降妖伏魔、拯救百姓的重任交给了格

萨尔。在史诗中，格萨尔是神、龙、念三者合一的半人半神的英雄。格萨尔一诞生，就有3岁孩子那么大。诞生后的第三天，就射杀了破坏草原的地老鼠，为民除害，造福百姓。5岁时，格萨尔与母亲移居黄河之畔；8岁时，岭部落也迁移至此。孕育了中华民族五千年灿烂文明的长江、黄河源头的广大地区，是英雄格萨尔诞生和成长的地方。12岁时，格萨尔在整个部落的赛马大会上取得胜利，并获得王位，同时娶岭国最美丽贤慧的姑娘森姜珠牡为妃。从此，格萨尔施展天威，东讨西伐，征战四方，降伏了北方魔国的鲁赞王、东方霍尔国的白帐王、西方姜国的萨丹王、南方门域国的辛赤王四大魔王，征服了上百个部落联盟和小邦国家。

在降伏了人间妖魔、拯救百姓于苦海之后，格萨尔功德圆满，与母亲郭姆、王妃森姜珠牡等一同重返天界。规模宏伟的史诗到此结束。

《格萨尔》中塑造的人物有上千名，描写的战争有上百个。史诗通过这些部落和小邦国家由分散割据、各自为政的状态，到逐渐联合统一的过程，艺术地再现了古代藏族社会发展的历史，体现了人民要求和平统一、社会安定、众生幸福的美好愿望。

史诗中的格萨尔，是一个神与人结合的英雄形象。他既是天神之子，又是人间豪杰；既是人民拥戴的雄狮大王，又是亲近平民百姓的英雄。他统帅部下，斩除妖魔，抑强扶弱，让百姓们过上了安居乐业的美好生活。

《格萨尔》不仅是一部优秀的文学作品，而且有很高的学术价值和认识价值，对于古代藏族社会生活的各个方面，如人民的经济生活、宗教信仰、风俗习惯等，都进行了生动而真实的描绘。同希腊史诗和印度史诗一样，《格萨尔》是世界文化宝库中一颗璀璨的明珠，是中国对人类文明的一个重要贡献。

与世界上其他一些著名的英雄史诗相比，藏族英雄史诗《格萨尔》有两个显著特点：

第一是活，它世代相传，至今在藏族群众，尤其是农牧民当中广泛流传，深受群众喜爱，是一部活形态的英雄史诗，也是一部典型的非物质文化遗产。

第二是长，它是世界上最长的一部英雄史诗，有120多部、100多万诗行、2000多万字。

《格萨尔》的结构，不同于世界上一些著名的史诗，有它自己独特的结构艺术。整个史诗由天界篇、降魔篇、地狱篇三部分组成。民间艺人在说唱时，常常用这样三句话来概括史诗的全部内容："上方天界遣使下凡，中间世上各种纷争，下面地狱完成业果。"

藏族有句谚语："岭国每人嘴里都有一部《格萨尔》。""岭国",泛指古代藏族地区。这句谚语,形象地说明了《格萨尔》这部古老的史诗流传之广泛而久远。本书中,我们以《格萨尔》天界篇、降魔篇和地狱篇的结构形式,浓缩、精选了其中最精彩的部分,以飨读者,希望读者通过这本书,能够认识《格萨尔》,了解藏族史诗,喜欢藏族文化。

降边嘉措　吴伟

主要人物

格萨尔
天神之子,在天界的名字叫"推巴噶瓦",意为"闻者欢喜"。为了降妖伏魔,拯救百姓,来到人间,成为岭国国王,尊称"世界雄狮大王格萨尔洛布扎堆",幼年时叫"觉如"。在人世间的生身父亲叫森伦王,在岭部落中属幼系;生身母亲是龙女郭姆(梅朵娜泽)。

绒察查根
岭部落的总管王,岭国众英雄的首领,属岭部落中的幼系,格萨尔的叔父。

森伦
岭部落的首领之一,格萨尔的生身父亲。

梅朵娜泽
龙王的三女儿,格萨尔的生身母亲。在郭、岭战争中被岭军俘获,后与森伦成婚,生子格萨尔,称为郭姆。格萨尔称王后,郭姆为岭国国母。

邹纳仁庆
龙族之王,格萨尔之母梅朵娜泽的父亲,格萨尔的守护神之一。

朗曼噶姆
格萨尔在天界的姑母,也是一位护法神,经常给格萨尔各种预言和启示。

嘉察协噶
格萨尔的同父异母兄长,森伦的长子,老总管绒察查根的侄子,岭国的大英雄。在霍岭大战中被辛巴梅乳泽用诡计射杀。

察香丹玛绛查
以"神箭手"著称,为岭国王室的世袭忠臣,著名勇士。

森姜珠牡
岭国嘉洛部落敦巴坚赞之女,格萨尔的第一王妃。

嘉洛·敦巴坚赞
岭国嘉洛部落的首领。格萨尔第一王妃森姜珠牡之父,与岭王室构成甥舅外戚关系。

江噶佩布
天马千里宝驹，格萨尔的坐骑，能够飞天，说人话，懂人语，还能明辨善恶是非。

尼奔达雅
岭部落四公子之一，长系部落首领，上岭长官，格萨尔帐下九百金缨部队指挥官。

阿达娜姆
北方亚尔康魔国黑魔王鲁赞的妹妹，号称北方魔女，后被格萨尔降伏，娶作王妃，列入岭军英雄行列。

秦恩
原为生长在绒国的牧羊人，后被北方黑魔鲁赞抢去做了魔国大臣，成为五头妖；被格萨尔降伏后，成为岭国著名的大臣。

辛巴梅乳泽
原为黄霍尔国白帐王的内大臣，霍岭战争失败后投降岭国，加入岭国英雄之列，成为格萨尔麾下著名的勇士。

梅萨绷吉
格萨尔的次妃，曾被黑魔鲁赞强抢为妃九年，后被格萨尔救回。

扎拉
岭国大英雄嘉察协噶之子，后成为岭国军队统帅，格萨尔返回天界后，王子扎拉继承岭国王位。

森达穆江
岭部落仲系人，格萨尔帐下将军，所立战功无数。

玉拉托琚
西方黑姜国国王萨丹之子，力大无穷，法力通神，后归降格萨尔，成为姜国国王，跟随格萨尔建功立业。

玉赤
西方黑姜国国王萨丹之子，玉拉托琚的弟弟。黑姜国归降岭国后，玉赤成为格萨尔麾下猛将。

达绒晁通
岭国达绒部落的最高长官，格萨尔的叔父，为人两面三刀，阴险狡诈，擅长巫术。

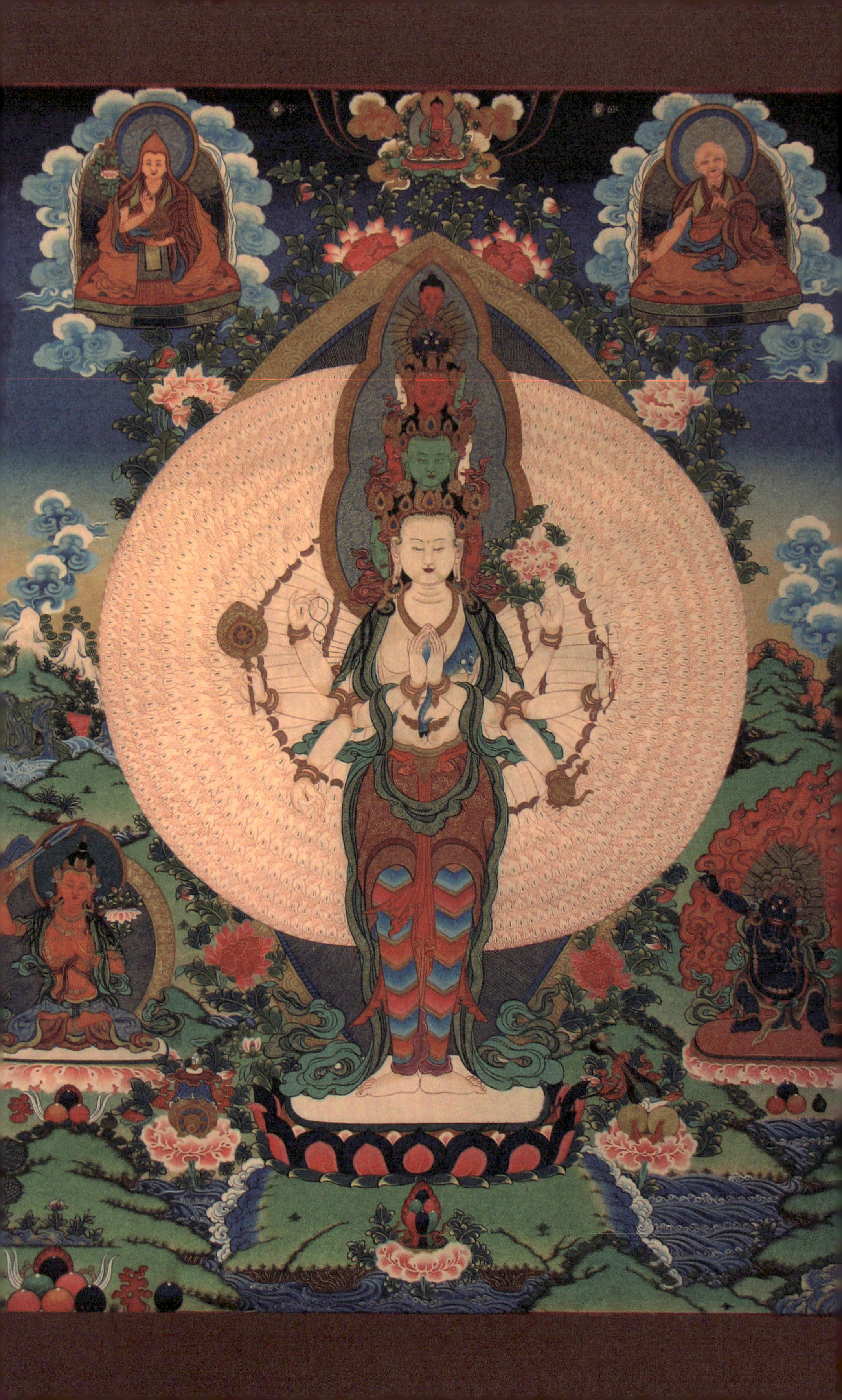

第一回

妖风骤起百姓遭难
观音慈悲普度众生

很久很久以前,藏族的祖先就生活在这雪山环绕、雄伟壮丽的雪域之邦。人们安居乐业,和睦相处,过着幸福美满的生活。

然而,好景不长,突然,不知从什么地方刮起了一股罪恶的妖风。这股风,带着罪恶、带着魔鬼刮到了藏区这个和平安宁的地方。晴朗的天空变得阴暗,嫩绿的草原变得枯黄,善良的人们变得邪恶,他们不再和睦相处,也不再相亲相爱。霎时间,刀兵四起,烽烟弥漫。

人们向天祈祷,祈求慈悲的菩萨拯救众生。

天神被众生的虔诚感动了。为了消灭恶魔,天神要为众生做三次降伏恶魔的法事,以求得法王①长寿,属民安乐。但是王室中罪恶深重的奸臣想尽一切办法来阻止降魔法事,因此,降魔法事没有能够完成。

降伏恶魔的良好机缘被错过,恶魔更加猖獗起来,从藏区的边

---

① 法王:佛教术语,这里指施行善业、弘扬正道的国王。

地侵入腹地，法王也被降为庶民。一群群妖魔横行无忌，无恶不作，他们吃人肉，喝人血，吞人骨，扒人皮。因此，雪域之邦这个美丽的地方，成了一片苦海；安居乐业的众生，遭到了前所未有的涂炭。

大慈大悲的观世音菩萨[①]，看到众生遭受深重苦难，心中大为不忍，就向极乐世界[②]的主宰阿弥陀佛[③]恳请道：

西方极乐世界的教主阿弥陀，
请看看不净轮回的地方！
您的慈悲最无偏无向，
请您给藏区苦难的众生发一道佛光。

世尊阿弥陀佛稍微转动了一下脖颈，一道金光立即为观世音菩萨指明了方向。阿弥陀佛告诉观世音菩萨："在三十三天神境界里，父王梵天威丹噶尔和王母曼达娜泽有一个王子叫德确昂雅。德确昂雅和天妃所生的儿子，叫推巴噶瓦，将降生在南赡部洲[④]人世

[①] 观世音菩萨：即观音菩萨，为佛教佛祖之一，通常与大势至同为阿弥陀佛左右胁侍，合称"西方三圣"。佛经说此菩萨广化众生，示现种种现象，名为"普门示现"；有说三十三化身，有说三十二化身。一般塑像或图像为女相，在藏族地区则为男相。

[②] 极乐世界：佛教术语，由梵文意译为"安乐国""安养国"，或称"净土"。佛经说，那是阿弥陀佛成道时依着愿力而建立的、远在西方十万亿佛土以外的世界，俗称"西天"。那里"无有众苦，但受诸乐"，是佛教徒向往的世界。

[③] 阿弥陀佛：是佛教的一佛名。他是西方极乐世界的教主。后世所谓"念佛"，多指念阿弥陀佛名号。在寺院的佛殿中，此佛常与释迦、药师二佛并坐，称为三尊。

[④] 南赡部洲：古印度传说中的地名，旧译为"南阎浮提"。相传在须弥山南方之咸海中，又指人类生存的这个世界。

间。他是人间的菩萨，只有他能教化众生，使藏区脱离恶道，众生享受太平安乐的生活。请你前去牛尾洲，把我的这些话告诉莲花生大师，他就知道该怎么办了。"

观世音菩萨得到世尊的明训，立即向牛尾洲[①]飘去。

牛尾洲在南赡部洲的北面，是罗刹[②]居住的地方。坐落在牛尾洲的莲花光无量宫的大乐自成殿，是个雄伟森严的地方。到了这里，就是狱帝阎罗也要惧怕，梵天王也要退缩，魔王毕纳雅噶也要避让，普通人根本不能接近这个地方。但是，为了拯救众生出苦海，观世音决定到这个令人胆寒的地方走一遭。他将真身隐去，变作一个头戴蚌壳的罗刹孩子，身上罩着一团盾大的白光。这团吉祥的佛光保护着菩萨，使他不受邪气的侵扰。

观世音菩萨来到牛尾洲东门的时候，被守城的罗刹大臣热恰郭敦看到了。热恰郭敦看着观世音的化身，心中好生奇怪：这是个什么人呢？说他是神吧，他又像个罗刹孩子；说他是罗刹吧，周身又被祥瑞的白光笼罩。对于众生来说，牛尾洲这个地方，不要说看，就是听了也会让人不寒而栗，心惊胆颤。这个面目生疏的小孩竟敢到这里来，一定有什么大事相托。热恰郭敦想不透，也猜不出这个小孩的来意，于是问道：

陌生的孩子你从哪里来？
来到这里做什么？

[①] 牛尾洲：亦称拂尘洲，佛书所说南赡部洲西方海岛名，八中洲之一。

[②] 罗刹：八部魔之一。八部魔为乾闼魔、毗舍魔、鸠盘荼、饿鬼、龙、臭饿鬼、夜叉、罗刹。

莲花生大师

格萨尔王身为他的遣使，肩负解救众生的重任。在战争过程中，每当危险即将来临，莲花生大师也会向格萨尔王作提示。

牛尾洲是万恶的血海，
罗刹的食欲比火还热，
女罗刹的魔手比水还长，
找肉吃的罗刹比风还快。
古老的谚语说得好：
如果心中没有难以忍受的痛苦，
无须在水中自溺；
如果没有遭受极大的冤屈，
不必把财宝送进官府。
你这乳臭未干的孩子，
来到这里究竟有何事？

热恰郭敦问毕，眨着眼睛等待回答。观世音菩萨想了想，答道：

我从德庆坝子来，
来向陀称长官叙说一件重要的事。

热恰郭敦看着这个小孩子，轻蔑地说："有什么事对我说吧！"

"俗谚说：'五谷丢在草地上，不会长出庄稼，种子撒在田里，才会结出硕果。'对您讲了没有用，还是请您通报一声。我是非见白玛陀称王不可。"

罗刹大臣见这小孩不肯对他说，生气了：

"我们罗刹王白玛陀称管辖下的王朝，在古昔之时，法令比雷霆还严厉,领土比蓝天所覆盖的地方还要大,权力比罗曜①星还厉害,不要说你一个流浪边地的小孩子,就是像我这样近在身边的内大臣,也常常要无罪被处罚。自从我们有了新的大王,人们在心理上逐渐具备了空性②、仁慈及宽、猛、平和三种品德;大家的行动变得一致了,犹如照一个样子裁的衣衫,照一个规格做的念珠一样。但是,如同在圣洁的神殿里不容混杂草木那样,在我们的牛尾洲,仍然不能让一般的闲杂人员混入。你要见我们大王,请问,你有朝拜神庙的哈达吗?有拜见活佛的布施吗?有谒见长官的礼品吗?"

童子听了罗刹大臣这一番话,毫不犹豫地告诉他:

"当然有,我有礼品三十种:教法方面有六字真言,道法方面有六波罗蜜多,外面有客观六境,内里有主观六识,中间有器官六门。你看这些能作为晋见礼吗?"

罗刹大臣见那童子对他说的话并无丝毫畏惧,反倒显示出一股凛然正气,心中大为不悦:

"要朝拜扎日神山,就得靠九节藤杖!要赶加吾司山沟的路程,总得给他白银元宝。你的那些礼品,究竟是大还是小呢?"

"大也不算大,自己身体只是一弓见长,但它是宝贵的人身。小也不算小,如果会想,它就是今世和来世无穷的资财和食粮,要

---

① 罗曜:印度占星术名词。印度天文学将"黄道"和"白道"降交点叫"罗曜",升交点叫"计都",同日、月、金、木、水、火、土合称"九曜"。因日蚀和月蚀现象发生在黄白二道交点附近,故又把罗曜当作食(蚀)神。印度占星术认为罗曜能支配人间吉凶祸福。

② 空性:佛教术语,即无自性性。

什么就能有什么,是难得的如意宝;如果不会想,它就是三毒轮回①的沉底石,是欢乐和痛苦的根子,是藏污纳垢的皮囊。"

"那好,你在这里等着,让我去请示大王。"罗刹大臣再也无言答对,只得进宫禀报。

莲花生大师是长寿佛,为了拯救众生,弘扬佛法,他能根据不同的需要,变幻不同的形象。为了教化凶恶的罗刹,他变作威严的形象,来到牛尾洲,被称为白玛陀称王。此刻他正坐在铺着华丽整齐的垫子、镶着金子饰品的宝座上,双目微闭,一心想着法性对人们的意义。对外边发生的事,热恰郭敦和童子的对话,他都知道得清清楚楚。但是,见热恰郭敦进来,他仍装着不知道的样子问:

"喂,今天早上谁在唱不动听的歌,说无意义的话?他是不是想把什么重要的事情托付于人?"

罗刹大臣心中暗想:俗谚讲,"大王坐在宝座上,两只小眼睛能望到四方;太阳运行于天空,光明普照到世界;浓云遮蔽空中,甘霖降在大地",照这么说,大王已经知道了一切。可他还是要老老实实地回答大王的发问:

"威震四方的大王啊,在罗刹城德庆奔庄查穆的外城仁慈大殿门口,有一个非人非魔的小孩。说他不是神吧,他背上有一圈白光;说他是神吧,长得又像个罗刹孩子。他说他有造福众生的大事,要向您禀报。"

---

① 轮回:佛教中所说的"六道轮回"即天神、修罗、人类、畜牲、饿鬼和地狱。意为如车轮回旋不停,众生在三界六道的生死世界循环不已。六道中,前三者叫作"三善道",后三者叫作"三恶道",亦称三毒。

"哦，善哉！"白玛陀称王脸上绽出微笑，"俗谚说：'作为引导者的上师，只要信徒能够改过，比对上师贡献百样布施还要欢喜；作为威震一方的长官，只要百姓忠实于他，比对长官奉送百样礼品还要高兴；有福分的事业领袖，看见善兆，比获得百样财宝还要喜欢。'今天是个吉日，这是个祥瑞兆头，你去宣示：神龙土地及八部①众人，无论是谁，都可以马上到这里来！"

当罗刹大臣从宫门出来时，哪里还有什么童子的影子。在童子原来站着的地方，只剩下一株八瓣金莲花，金莲花的花蕊上有一个白色的"誓"字，八个花瓣上依次写着"嗡、嘛、呢、叭、咪、吽、誓、啊"八个字。奇怪的是，这朵金莲花还能发出声音，念诵着这八个字。

罗刹大臣热恰郭敦好生奇怪。他暗自思量着：眼前的事，叫我怎样禀告大王、说给大臣、传达给奴仆们呢？他细细思量了十二次，自己出了二十五个主意①以后，心想：如果空性的心不泯灭，大丈夫的心计是不会穷尽的；如果舌头不让牙齿咬掉，智者的话是说不完的；如果任双脚无限制地走去，弯曲的道路是不会有尽头的；如果不用绿色的河水浇灭，红色火焰的燃烧哪里会有限度。眼下这件事，并非没有灵验的猪舍利②，不是没有意义的哑巴话。今天早上的这个童子，可能是个什么化身。这朵金莲花，一定是由他所变幻。可这朵金莲花要不要拿给大王呢？罗刹大臣又思量了十二次，给自己出了二十五个主意。他想，大王已经说了，对于有福的人是需要吉兆的，无论是神是鬼，都可带来。这朵金莲花，是个无物的虹影，一

---

① 八部：即佛经神话中所说的"天龙八神"，包括天神、龙、药叉、修罗等。

② 这是一句藏族谚语，意为反复思量。

定是个吉兆。于是,他捧起那朵金莲花,径直走进宫门,朝白玛陀称王走去。谁知还没有走近大王,手上的金莲花忽然化作一道白光,一下钻进大王的胸口去了。

罗刹大臣的心像是被那道白光突然照亮了似的,观世音菩萨想说的话突然从他的嘴里说了出来:

> 嗡嘛呢叭咪吽誓!
> 在难以教化的藏区,
> 雪山环绕的国度里,
> 发了邪愿的鬼魅们,
> 九个王臣在横行!
> 东面有魔王罗赤达敏,
> 南面有魔王萨丹毒冬,
> 西面有魔王古噶特让,
> 北面有魔王鲁赞穆布,
> 还有宇泽威的小儿子,
> 土地魔王念热哇,
> 狮子魔王阿塞琪巴,
> 凶恶的魔王辛赤杰布。
> 世间的妖魔和鬼怪,
> 有形的敌人和无形的恶魔,
> 唆使藏民走向恶道,
> 让众生遭受苦难。
> 能拯救众生的是神子推巴噶,

五位佛陀①为他授记②，
三世救主③给他加持④，
该是他降生人世的时候了。

威震世间的白玛陀称王听罢，顿时笑容满面，心中无限喜悦：

啊呀善哉大菩萨，
闻声解脱的大菩萨，
犹如众星之中的明月，
宛若草原上的雪莲花，
诸佛的事业集于一身，
一切胜者的智慧聚于一处，
愿众生脱离苦海，
到达幸福的彼岸。

大慈大悲的观世音菩萨见白玛陀称王已经接受了十方诸如来佛所托付的事情，便到普陀洛迦山去了。

初十那天，是一个空行勇父⑤聚会的喜庆节日。白玛陀称王决

---

① 五位佛陀：即五佛。五佛为黄次第起佛、红无量光佛、绿弋成就佛、白不动佛和青不动佛。密宗称为五始佛。

② 授记：佛教名词，即"记别"，为佛经十二部之一。内容是：佛为弟子预计死后生处，特别是预计未来成佛的劫数、国土、佛名、寿命等事。

③ 三世救主：即三救主。三救主为文殊、观音、金刚持。

④ 加持：保护的意思。

⑤ 空行：女神；勇父：男性神，空行的配偶。

定在这一天里让神子降生。他在"法界遍及"的三昧①里坐定后,口中默诵着,顿时从他的头顶发出一道绿色的光。这光又分作两道,一道射进了法界普贤的胸口,另一道射进了圣母朗卡英秋玛的胸口。从法界普贤的胸口里,闪出一支五尖的青色金刚杵,杵的中间标着"吽"字②。这金刚杵一直飞到扎松噶维林园里,钻进了天神太子德确昂雅的头顶,天神太子顿时变成了"马头明王"③。从圣母朗卡英秋玛的胸口里,闪出一朵十六瓣的红莲花,花蕊上有一个"啊"字。这朵莲花飘呀飘,一直飘到天女居玛德泽玛的头顶,天女变成了"金刚亥母"④。

  化身为"马头明王"的神太子和化身为"金刚亥母"的天女,双双进入三昧之中,发出一种悦耳的声音,这声音震动着十方如来佛的心弦。十方如来佛将他们的各种事业化作一个金刚交叉的十字架,飞入神太子的头顶中,被大乐之火熔化后,注入天女的胎中。顷刻间,一个威光闪耀,闻者欢喜、见者得到解脱的孩子,被八瓣莲花托着,降生在天女的怀抱中。这孩子一诞生,立即朗声念诵百字真言,念罢,又唱起指示因果的歌曲:

---

① 三昧:梵文的音译,佛教名词。是"定""正受"或"等待"的意思,即止息杂虑,心专注于一境。正受所观之法,能保持不昏沉、不散乱的状态,为佛教修行方法之一。

② 梵语的真言里,有三个常见的字,即嗡、啊、吽,代表身、口、心,其中的嗡象征身,啊象征口,吽象征心。

③ 马头明王:护法神之一种。

④ 金刚亥母:女神。

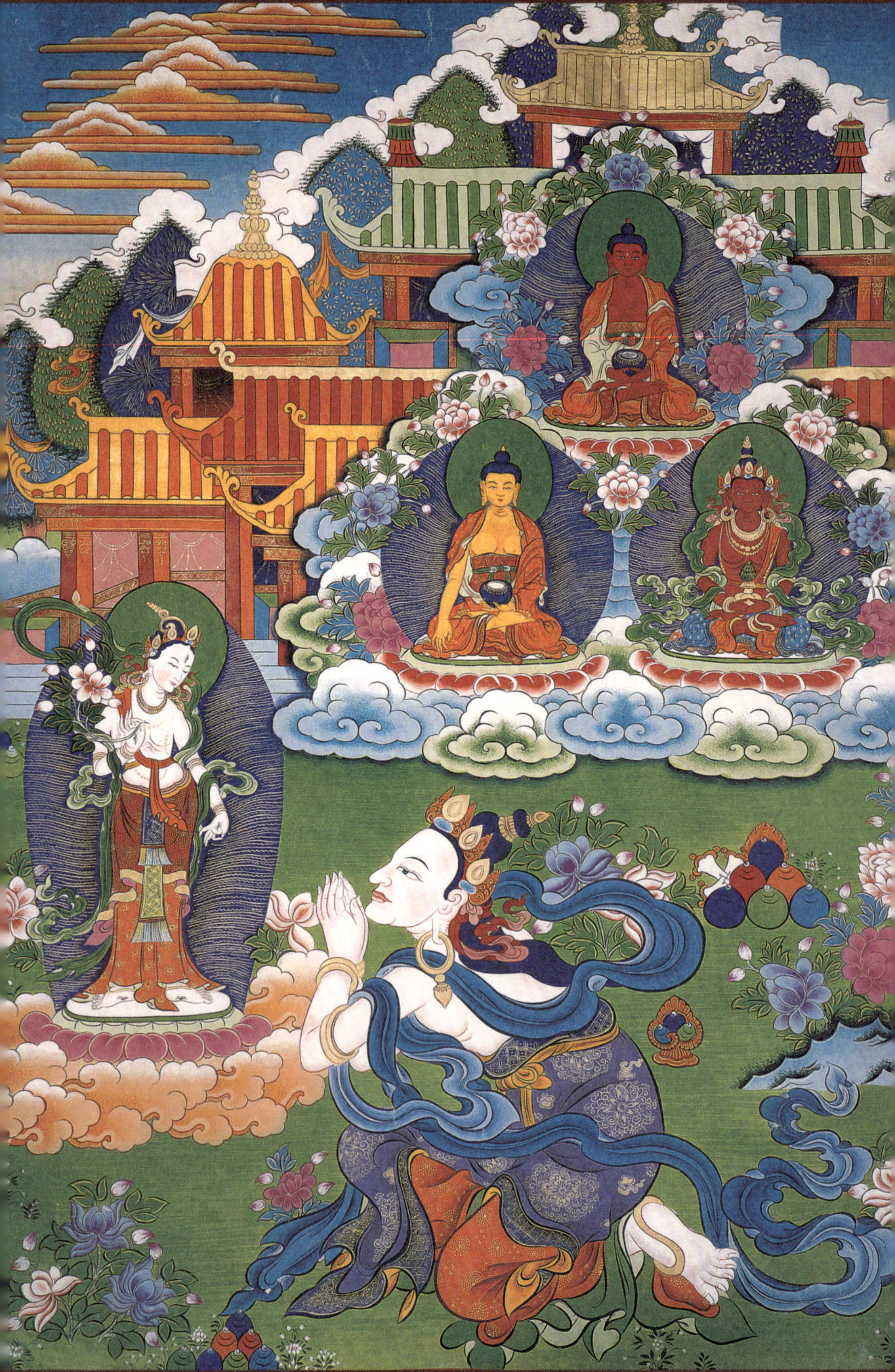

嗡嘛呢叭咪吽誓！
五佛世尊请鉴知，
愿我和齐天诸众生，
都得到五佛的圣智。
要想从六道轮回里解脱，
须向三宝①皈依。
要想摆脱痛苦的深渊，
须发菩提善心。
世间的众生万万千，
爱憎忧苦日日添。
高位者苦恼地位会降低；
低贱者苦于兵税及差役；
强暴者苦恼事业不到头；
弱小者苦于他人相凌欺；
富有者苦恼财富不能保；
贫穷者苦于冻饿和衣食。
人生苦恼寿有限，
四百种病如风袭②。
猝然横祸死者多，
命中注定难相逆。
好汉生时有雄心，

---

① 三宝：佛教名词，源于梵文，佛教称佛、法、僧为"三宝"。佛，指释迦牟尼；法，即佛教教义；僧，指继承、宣扬佛教教义的僧众。

② 这是藏族传统医学的一种说法，认为人体常见的疾病有四百种。

死时身上一土堆。
富人生前不舍财,
死时殡仪犹如水点灯。
高踞宝座的王侯,
寿终之时也将头枕地。
穿着绫罗的王后,
死时也要火烧身①。
具备六种武艺的勇士,
也要让鹰雕去扯肝撕肠②。
具备六种智慧的主妇,
也要让黑绳把四肢捆绑③。
缠绕了一生的衣和食,
死后只有赤身空手去。
六道中没有佛心的愚者,
不要轻狂须谨慎。
长官不要把因果来倒置,
强者不要把弱者来凌欺,
富者要供奉和布施,
普通人也要常把佛经念,
精进谨慎才能如意!

---

① 指死后要进行火葬。

② 指进行天葬。

③ 指进行水葬。

在嘉雅桑多白日山上的莲花生大师听到了神子的歌,知道他灌顶①授记的时候到了。在这个时候,是需要诸佛加以护佑的。莲花生大师口中念念有词,身上不断地闪射出佛光,去鼓动诸佛:额头上发出一道白光,鼓动了色究竟天的毗卢遮那佛的心弦;胸口发出一道青光,鼓动了喜现佛土阿佛的心弦;肚脐发出一道黄光,鼓动了吉祥庄严佛土宝生佛的心弦;喉头发出一道红光,鼓动了西方极乐世界阿弥陀佛的心弦;下身发出一道绿光,鼓动了上业佛土不空成就佛的心弦。同时作歌将真谛结果告诉大家:

清除五毒②的五圣智③,
从无生界发起大誓愿,
清净五行④的五天女⑤,
从无天界为众生把事办。
世间凡人有俗谚:
没有教法的上师糟,
违背誓言的弟子糟,
无人拥护的长官糟,
没有礼貌的下属糟。

---

① 灌顶:佛教密宗传法的一种仪式。

② 五毒:佛经中指贪欲、嗔怒、愚痴、嫉妒、疑惑。

③ 五圣智:即五佛。

④ 五行:佛典中指布施行、持戒行、忍辱行、精进行、止观行。《涅槃经》又指圣行、梵行、天行、婴儿行、病行。

⑤ 五天女:五部空行母。

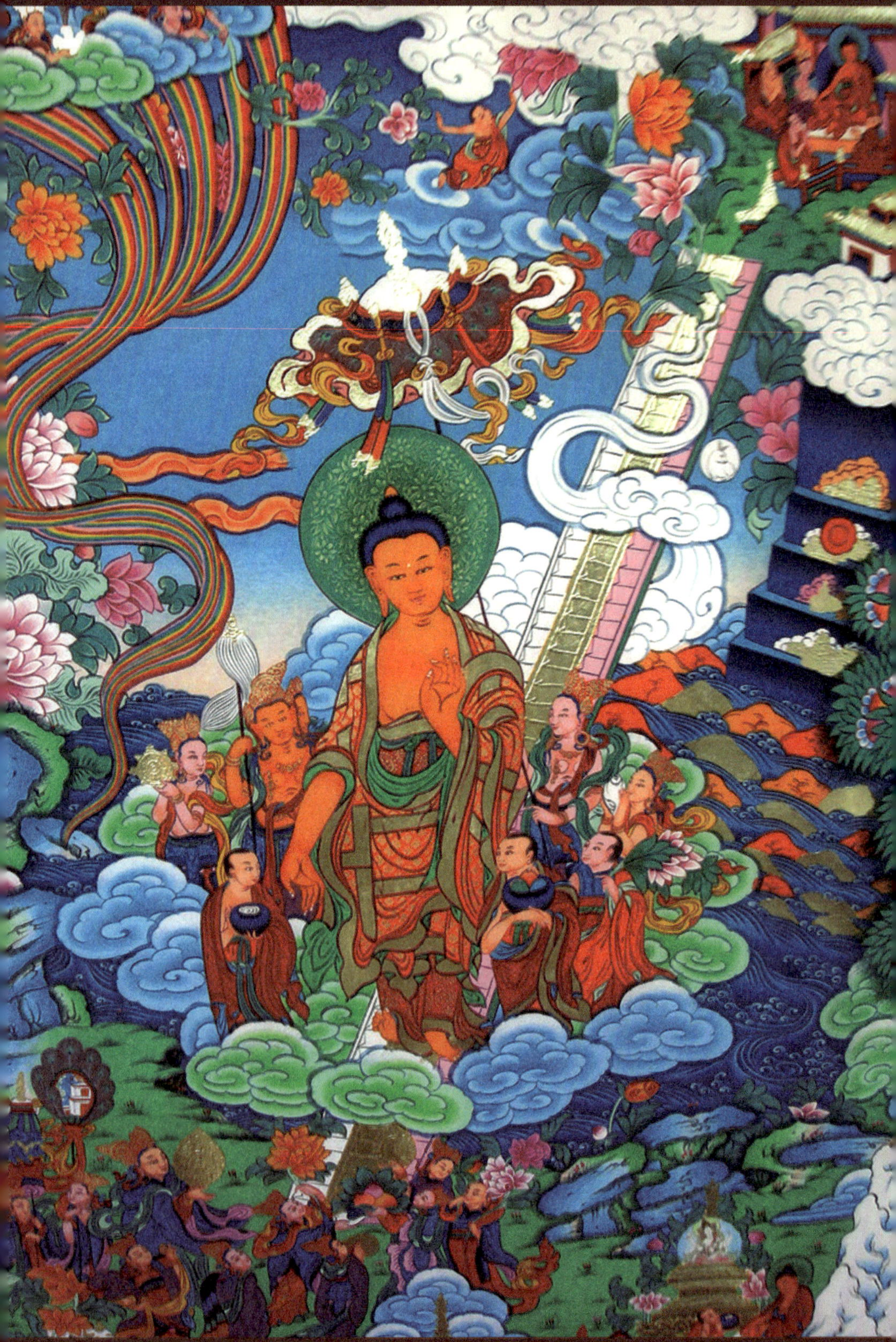

不带利刃的武器，
鞘柄虽好也难破敌。
没有辅助的六种药，
色味虽好难把病医。
没有肥力的土地里，
虽播六谷也不会有收益。
请赐权力及赞誉，
请赐利刃和柄鞘，
请赐加护的良药医六道，
教化众生的事业在此一遭。

上天诸佛受了莲花生大师的鼓动，纷纷行动起来。

色究竟天的毗卢遮那佛，从额头上发出一道光，光芒遍照十方，把十方诸如来加护的"嗡"字，聚在一起，变作一个八辐轮子。这轮子飞至神子所在的天空中，作歌曰：

唵！从法界圣智诞生的勇士，
赐名给他叫推巴噶瓦①。
愿他以身降服四敌，
遇到他者不再堕恶道，
看见他者能够到净地，
闻他声者罪孽能除尽，
他已经得到了佛法的灌顶授记。唵！

---

① 推巴噶瓦：意为闻者喜欢。

轮子歌罢，一下钻进神子的额际中。从这一天起，神子取名为推巴噶瓦，意为能够得到众人的喜爱和拥戴。

东方喜现佛士阿佛从胸口发出一道光，化作一切佛心所加护的五尖青色金刚杵，钻入神子的胸口里。神子得到了三昧宝库中的一切。五类神众用宝瓶装满甘露，给他洗浴身体：

> 好男儿神子推巴噶瓦，
> 已除去三毒业障，
> 具备了三佛身体，
> 得到金刚的灌顶授记。

吉祥庄严佛士宝生佛，从肚脐间发出一道光，把一切佛的诸功德和福分聚集在一起，化作一种宝物燃烧的形象，钻入神子的肚脐里。又把十地菩萨所用的戒指、长短胸链、衣物等装饰品，一齐给神子穿戴得整整齐齐，然后为他祝福：

> 祝愿你戴上这桂冠，
> 地位崇高吉祥圆满！
> 愿戴上这对耳环和项链，
> 名誉齐天吉祥圆满！
> 愿穿上这珍贵华丽的衣服，
> 摧毁魔军吉祥圆满！
> 尊贵的神子推巴噶瓦，
> 已得到宝物的灌顶授记。

西方极乐世界的世尊阿弥陀佛,从喉头发出一道光,把一切如来佛的语言化作一朵红莲花,钻入神子的喉头,使他得到了六十种音律的使用权;又把一个象征一切如来佛誓言的五个尖子的金质金刚杵,从空中降到了神子的右手,并且唱道:

> 这金刚杵是誓言的象征,
> 愿你履行拯救众生的诺言,
> 上面的天神曾授权,
> 下面的龙王开了宝库门,
> 黑色魔王黄霍尔①,
> 有形无形②都征服。
> 普渡众生的神子推巴噶瓦,
> 他已得到莲花的灌顶授记。

上业圆满佛士的世尊不空成就佛,从下身发出一道光,清除了一切众生的嫉妒业障,把一切如来佛的事业,化作一个绿色的金刚十字,钻入神子推巴噶瓦的下身,使他得到了事业无边的权力;又把一个象征一切如来佛的四种事业自然成功的白色银铃,从空中降到神子的左手,并灌顶授记:

> 你是佛陀功行满,
> 从和平慈悲的云层中,

---

① 黄霍尔:泛指居住在藏族地区北方的古代游牧民族。
② 这是一句佛语,指有形的敌人和无形的敌人。

闪出雷霆的火星,
摧毁孽障的山岭。
那追求资财的上师,
要用智者的教义制伏。
那狂妄自大的长官,
要降下因果①来制伏。
那自夸逞能的妇女,
要降灾难来制伏。
赐给金刚武器于你手,
心识遍于法界金刚界,
菩萨慈悲集于你一身,
愿你破敌事业自然成,
神子推巴噶瓦啊,
已得到事业的灌顶授记。

五位世尊给神子推巴噶瓦灌顶授记之后,尊贵的忿怒明王②和诸神,也给神子授予四种灌顶③。从此,神子推巴噶瓦就具备了举世无双的无量功德,只待降生人间,普渡众生。

---

① 因果:佛教依据未作不起、已作不失的理论,认为事物有起因,必有结果,"善因"有"善果","恶因"有"恶果"。
② 忿怒明王,是一个护法神的名字。
③ 四种灌顶,即:宝瓶灌、密灌、智灌、句灌,是佛法中的一种仪式。

第二回

神子诞生圣地岭域
晁通阴谋陷害觉如

再说人世间，在雪域高原的朵康地区，有个土地丰饶、百姓富庶的地方叫岭域，又称作岭噶布，峰峦蜿蜒，美不胜收。岭噶布，意为白业（即善业）昌盛的地方。岭噶布分为上、中、下三部。上岭草原辽阔宽广，风景秀美；中岭丘陵起伏，常被薄雾笼罩；下岭平坦如冰湖，熠熠生辉。各部落的帐房如群星密布，牛羊宛若天上的云朵，不计其数。

岭噶布老总管绒察查根就住在上岭——一个名叫"莲花日出"的小屋里。他的前世是印度一位大修行者，地位崇高，被称为"智慧老人"，岭域的百姓共同推举老总管为部落首领。

这天，总管绒察查根早早地就睡下了，睡得又香又甜。没有多大工夫，他好像觉得天亮了，东面的玛杰邦日山顶上，现出一轮金色的太阳，照亮整个雪域之邦。在那太阳的正中间，有一杆金子做的金刚杵。突然，金刚杵向下飞来，落在岭域中部的神山吉杰达日顶上。太阳还高高地挂在天上，月亮又升起来了。这月亮在曼阑山的山顶上隆起，被众星围绕着，光芒四射。

总管的弟弟森伦王手中拿着一把白绸做顶、绿绸镶边、黄绸做流苏、金子做把的大伞,从天边走了出来。那把巨伞,覆盖着雪域之邦广袤的土地,东邻以律法行政的汉地,西连无比富裕的大食国,南至佛法昌盛的印度,北接牛羊遍地的霍尔国。西南天空的一片彩云上,一个戴着莲花冠的上师骑着一头白狮子,右手握金刚杵,左手拿三叉戟,由众多的仙女陪伴着。他一边走,一边对绒察查根说:

"总管勿睡快起身,普陀落山太阳升,若要日光照岭域,我唱支歌你来听!"说罢唱道:

"在今年孟夏初八的清晨,岭域将会出现吉兆,所有至尊的上师、诸多祥瑞的灵物,乃至普通的百姓,都会聚集在玛迦林的神庙中,举行隆重盛大的召福法事,一桩终生难逢的大事件即将来临。"

绒察查根刚要问个仔细,那上师和仙女飘然而逝,太阳和月亮也都隐去,急得他大叫起来,方知刚才所闻所见乃是一场梦。

绒察查根从梦中惊醒后,只觉得浑身通泰,心情兴奋异常,头脑也清醒无比,梦中所见历历在目。他立即大声呼唤仆人噶丹达鲁。当仆人噶丹达鲁慌慌张张地来到总管的房间时,只见绒察查根早已把衣服、靴子穿得整整齐齐,端端正正地高坐在宝座上。

噶丹达鲁心中纳闷,按照平日的规矩,他每天要念五万遍六字大明咒,二十一遍祝祷词,做完洒净水、烧香等一切仪式后,总管才会起床,今天这是怎么了?莫非有什么大事出现?

不容噶丹达鲁再往下细想,总管开口说话了:

"噶丹达鲁,你听着!刚才我做了一个梦,吉祥无比,似乎有惊天地、泣鬼神的大事即将发生,不知雪域藏人能否消受得了?可这个梦究竟有什么寓意呢?我要请一位大成就者来为我圆梦,他能不能来呢？"

"能的，大成就者一定会来的。"噶丹达鲁连声应着。

"喂！立即邀请大成就者，还要给杰唯伦珠和嘉洛·敦巴坚赞二人写信。对，就这么办。"

绒察查根立即派出了大群使者，带着信件，分别前往上、中、下三岭各大部落，还有噶珠秋部落、丹玛十二万户、黑白东科部落、达绒十八部落等处下达通知，要各部落的属民们，于本月十五日，正当日月相对之时，在岭地大会场聚会。

到初十日这一天，大成就者在城门口作歌道：

> 南赡部洲的一切众生，
> 人生难得今已得，
> 若不修行永恒安乐的佛法，
> 如同前往宝山而空归。
> 不愿施财的富人，
> 财富再多亦如朽木，
> 虽有若无。
> 布施是消灾避难、获得福分之路，
> 布施能使财富名声俱增长。
> 请对我这周游四方的弃世汉，
> 赐给食物结个缘，
> 我会为您念经祈祷作法事，
> 愿您的福分广大无边，
> 愿岭域吉祥圆满。

正在静坐修行，苦于找不到大成就者的绒察查根听到这歌声，立即精神振奋。透过金质花纹的窗孔向外看，见来者长发披肩，青如丝的胡须随风飘拂，棕褐色坎肩上，戴着以青色修行绳子贯穿的胸练，外面裹着白色的袈裟，耳朵上戴着白海螺饰品，手里拿着一根白藤手杖。绒察查根不见犹可，一见顿生敬仰之心，心里更加肯定眼前的这位大师就是他仰慕已久的大成就者。这事多奇怪呀！正是应了俗谚上的话："有了福气，路途也平坦；有了勇气，武器也锐利；有了缘分，收获也会多。"他正在发愁不知到何处去请大成就者，菩萨已把他引导到岭域来了。但是，为了稳妥起见，他还是要试探一下：

"大成就者，远来辛苦了。俗话说，若不能解脱自己，慈悲利他是很难的，请问您从哪里来？您有什么修行阅历？有什么行为戒律？有什么教化众生的智慧？有什么高深玄妙的学问？有没有降妖伏魔的本领？有没有镇服四方的法力？有没有崇高无上的道行？如果您能回答我，布施的食品任您取。"

任凭绒察查根在自己身上上下打量，大成就者毫不动声色，沉稳的脸像一湖秋水。待绒察查根又问了许多之后，他才开口说：

"你这大族的权威长官，想拿言语来诘难我。俗话说得好：'假如自己没有钢刀，决不会让人切肉吃；假如自己没有钱财，决不会向他人把利取；假如自己没有学问，决不拿教义压服人。'人称我是大成就者，见解广大无偏私，修行多年得要诀，毫无伪善和狡黠。老总管你声誉威震远近，如何不闻我是大成就者？我本无暇来此地，只因天神有预示，才来同总管议大事。既然总管不信任，我有何理留此地？"

说罢，扭头便走。老总管捧着一条绣有千朵莲花的哈达，跪在大成就者面前，一连叩了三个响头：

"慈悲的大成就者，恕我不识上师的尊容，是我出言不逊伤了您，还请上师对众生心怀慈悲，这千朵莲花的哈达献给您，恳请上师多宽恕。"

绒察查根见大成就者并不答话，又祈请道：

"祈请上师您留在岭噶布，教化众生三年整；恳请修士宽恕我，普度众生是大事。"

看到绒察查根言辞恳切，大成就者知道教化众生的时机已经成熟，天神的预言已成事实，便答应在岭域居住三年。

就在绒察查根派去送信的使者还未到达之时，住在噶吾色宗的杰唯伦珠也做了一个梦，梦见一个骑着黄马、穿戴金甲的人对他说："岭域六部共同的大业，好坏吉凶全靠你，你要早早做准备。"杰唯伦珠大人一觉醒来，心中好生奇怪，忙打一卦问吉凶，上上大吉。卦盘尚未收起，有使者前来送信。使者把老总管的信件和礼品一起呈递给大人，并讲了岭域出现吉兆，总管邀请大人速去岭域共议大事。

杰唯伦珠确认昨晚的梦境和总管信中所言十分契合，便毅然决定放下手中政务，带着随从，骑上他的"千里一盏灯"白顶坐骑，向上岭飞驰而去。

与此同时，睡在名为"腾学公古"大帐房的嘉洛·敦巴坚赞也得了一梦。梦见一位自称觉庆东饶的修士，手里捧着如意金盆，骑着名为"威猛狮子"的神牛，对他说："富人嘉洛不要睡，快到门外看分明，门外正在畅谈岭域的好兆头，怎样办好公事你自明！"嘉洛·敦巴坚赞惊醒后，马上来到门外，果然有上岭派来的使者在门口等候。

嘉洛·敦巴坚赞见了总管的信，又听了使者的话，立即骑上"九百独角"①骏马，带了两名仆人，向岭域奔去。

十三日这天，证悟得道的大成就者、权势显赫的大人杰唯伦珠、福泽丰厚的富人敦巴坚赞、智慧广大的长官绒察查根等人在扎喜果勒大会堂聚会了。老总管特地取出上品哈达、金碗"甘直"、变化的"宰浸木"和三疋黄色金龙库缎，献给大家。丰盛的筵席上，金盆里盛满了酥油汤醍醐，各种精美的甜食、嫩肉和面食的糕点摆满了席面。老总管绒察查根兴奋地说：

"在初八日清晨东方发白的时候，我做了个像预言似的、天上地下都没有过的梦。如果将它隐瞒了，恐怕上界的护法会处罚我，六族岭域会遭祸殃。所以，特向具有智慧的上师卜卦，向见识广博的长官请教，渴望详为赐示！"说完，绒察查根又把初八日梦中所闻所见详细地向在座的上师们禀告了一遍。

大成就者微笑着说道：

"嗡！啊！吽！我来解释这个神奇的梦。老总管请细听！玛邦山顶出太阳，光辉照耀岭噶布。这是圣智慈悲的阳光，象征岭域百业俱兴。飞驰而来的金色金刚杵，落在吉嘉山之巅，象征从天而降的英雄，要在总管领地里诞生。地方神祇来相会，是在迎接拯救藏区的英雄。曼阑山中现月牙，象征哥哥是忿怒金刚的化身。金山顶上

---

① 九百独角：马本无角，传说在很多马群中会有一两匹长角的马，那是最好的马，相当于凤毛麟角。"九"言其多。

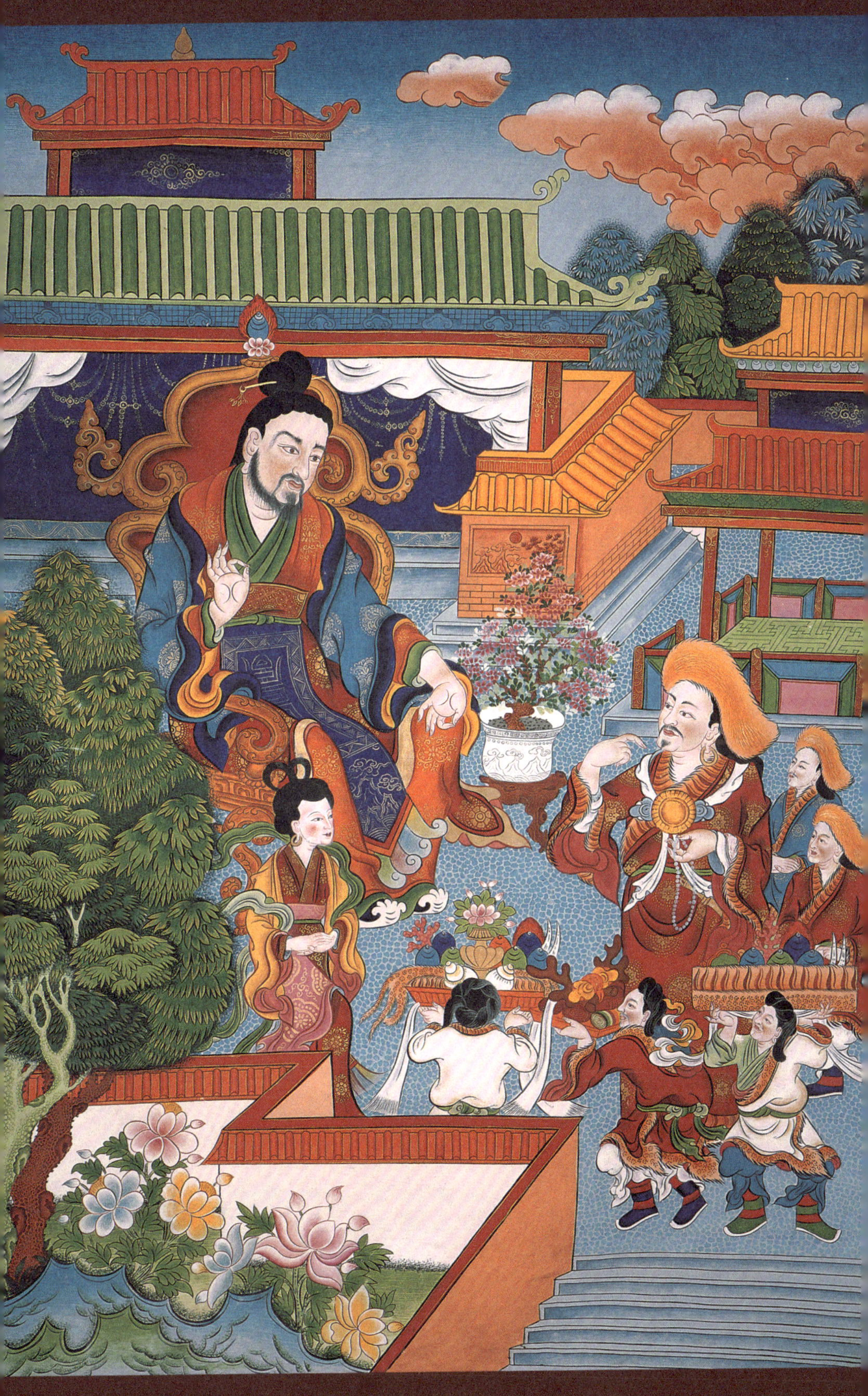

众星闪烁，象征着丹玛要做事业臣。格卓山上现长虹，象征着祖宗乃是诸神佛。玛旁湖上光笼罩，象征着生母来自大海龙宫。森伦手中持华盖，象征着人间生父是森伦。伞顶的白色象征着善业，红色象征行权三界①，镶边的绿色象征威猛的事业，黄色流苏象征十方都兴盛。伞柄黄金所制成，象征众生事业似黄金。华盖覆盖着四方，是威震四方的象征。勿错时机快准备，岭域聚会议事情。从今日起看今后，所有心愿如法成。"

大成就者的一席话，顿使人们觉得心明眼亮。杰唯伦珠大人的心里感到从未有过的欣慰。他说："我们现在要赶快召集岭域六部，举行大会，还要在玛噶里拉滩祭祀战神，修法祈福，举行盛大的庆祝仪式。"

嘉洛等人也忙连声附和。

会场准备好了，扎营的白帐房不计其数，好像草原上的鲜花；冒起的烟柱，赛过浓云；人们穿戴着节日的盛装，犹如百花争艳；营帐围成一圈，中央支起的是一顶巨大的议事帐篷，盖着金顶，犹如旭日初升。大帐篷里边，设有金座银座，挂满了绫罗彩幔，五彩缤纷，煞是好看。

集会的海螺吹响了。前排金座的最上首，请大成就者坐；右排的银座，请总管绒察查根坐；左排的螺座，请杰唯伦珠大人坐……众位勇士，万、千、百、十户以上的统领，德高望重者坐上面，年幼的

---

① 三界：按照佛教的观念，凡夫生死往来之世界分为三：欲界、色界和无色界。欲界众生有对色、声、香、味、触、法等六尘的贪著；色界众生已断除了对六欲的贪著，但还有色身存在；无色界众生既无贪欲，也无色身存在。三界之中有天神、修罗、人类、畜牲、饿鬼、地狱六道众生。

晚辈坐下面，完全按照传统的规矩，井然有序。俗话说得好：人有头、颈、肩三部，牛有角、背、尾三部，土有山、川、谷三部。少者从长，是祖先传下来的规矩。

众人按照尊卑长幼坐定之后，总管绒察查根讲了自己的吉梦和大成就者圆梦的预言，人们顿时欢腾起来，纷纷议论：岭域就要降生一位天神之子了，我们应该怎样迎接这位天神之子呢？要做的事情太多了，杰唯伦珠大人吩咐道：

"富有者嘉洛·敦巴坚赞，负责主持筹办庆祝宴会。米钦、色彭、塔巴等十三人，集合岭域三部人马，收集粮食、香火和供品等，噶妃、汉妃、绒妃等十三位贵妇人，跳起舞来唱起歌。岭域诸多英雄们，记住你们的职责，待到十五日月交辉时，我们的天神之子将要降临。"

人们兴高采烈地忙碌着，准备迎接在岭域诞生的大英雄。

与此同时，在天界的天神认为推巴噶瓦降生人世、教化众生的时机因缘已经成熟，于是决定：推巴噶瓦要到雪域之邦去降妖伏魔、造福百姓，诸菩萨护法要加以保护，七十二个白贡护法神[①]、藏区十三地方神、玛桑念青四部落、二十一修士，以及善神、龙神等均须护持。最后，天神向推巴噶瓦施行教诲：

"推巴噶瓦！当前，雪域之邦的百姓正生活在水深火热之中，为了拯救众生出苦海，请你立即赶赴藏地，诸位护法神灵也将同你一道去。你们不仅要摧毁那些有形的敌人，还要制服那些无形的魔鬼！好男儿，莫懈怠，谆谆教诲要牢记！"

---

① 护法神：守护正法的善神或战神。

推巴噶瓦听完天神的教诲，心中暗想：我的誓言决不能违背，可是，男子汉虽有胆识，打败敌人要靠武器。俗话说得好，牲畜虽有棚圈，但要长膘还得靠饲草。长官要靠属民来壮大声威，上师要靠僧众来装饰自己，有钱人要靠福分来帮助，勇士要以武器来制敌。辽阔的天空虽能覆盖一切，但也要预防乌云遮蔽蓝天；稳固的大地虽无所不生，但还要山神、地方神不起妒意。我要降生人世，若没有各方面都没有缺陷的父母、族姓、部属和臣民，纵然我发下大愿，恐怕也难施行拯救众生的大业。

于是，推巴噶瓦向天神禀告：

"前世我曾发下誓愿，降伏妖魔，造福百姓。可是降生人间要具备因缘，现在有了慈悲的利箭，要有良弓才能射向靶面。要使甘雨降人间，大海的蒸气要浓如烟。要是父母不造血和肉，神子哪能投生在人间。慈悲的大师听我言，降生人间要条件：生身父亲要念①类，凡有祈求皆能如愿；生身母亲要龙族，没有亲疏厚薄在世间。为了降伏强大的妖魔，为了除净众生的孽障，慈悲的天神啊！请满足我的心愿！"

天神点头表示赞同，是啊，推巴噶瓦要去拯救众生，当然需要那些事业成就的条件，我也应该为他选择一个土地肥沃、属民善良、吉祥如意的圣地，选择好的父母和家族。

天神睁开慧眼，向雪域之邦的上、中、下三个地方瞭望。上面的阿里地方，普让为雪山所围绕，古格为岩石所围绕，茫玉为冰川所围绕，这就是所谓阿里三围。中间的卫藏四部落是玉日、卫日、耶日

---

① 念：藏族原始宗教中的一种厉神。

和元日。下面的朵康六岗，是玛扎岗、波博岗、察瓦岗、欧达岗、麦堪岗、木亚岗。此外还有黄河、金沙江、澜沧江、怒江等四条大河，四个农业区和四座大城，四个秘密带。

天神细细观看，突然发现，在朵康六岗的中心，有一个叫岭噶布的地方，在中岭和下岭的交界处，有一个十善俱全、权势兴盛的部落，这正是众望所归、幸福的太阳升起的地方。

地方选好了，再就是要为天神之子选择父母和家庭。藏区六个古老氏族虽然很大，但缺少教化的缘分。天神又继续在藏族最著名的九大氏族中观察。天神为推巴噶瓦所选的父族为穆布董氏王族，该王族传到曲潘纳布这一辈上，分成三支。曲潘纳布娶了三个妃子，生有三子，即长系、仲系和幼系。幼系扎杰奔梅的孙子曲纳潘，也娶了三个妃子，分别叫绒妃、噶妃和穆妃。岭地总管绒察查根就是绒妃的儿子。穆妃有个儿子叫森伦，森伦外表温柔，天性善良，器量宽洪，悲天悯人，完全可以做天神之子推巴噶瓦在世间的父亲。

父亲找到了，那么母亲呢？天神之子的母亲应该是龙族，只有到清净的龙宫中去挑选。天神想好了一个人——龙王邹纳仁庆的小女儿梅朵娜泽。她若降临人世，自然会得到战神九兄弟的保护，这是再合适不过的人选。龙王是最富有的，只有龙王，才能给岭国百姓带来巨大的财富。

天神与龙王邹纳仁庆商议，同意让自己最小的女儿梅朵娜泽投生人世，作推巴噶瓦的生身母亲。龙王同时决定，将绿色帐房"唐雪恭古"，十六包《大般若波罗蜜多经》，龙畜绿角乳牛这三样宝物，作为女儿的嫁妆。

龙王又拿出祛除贫穷的宝物森札嘛呢、祛除干旱的雪精宝物

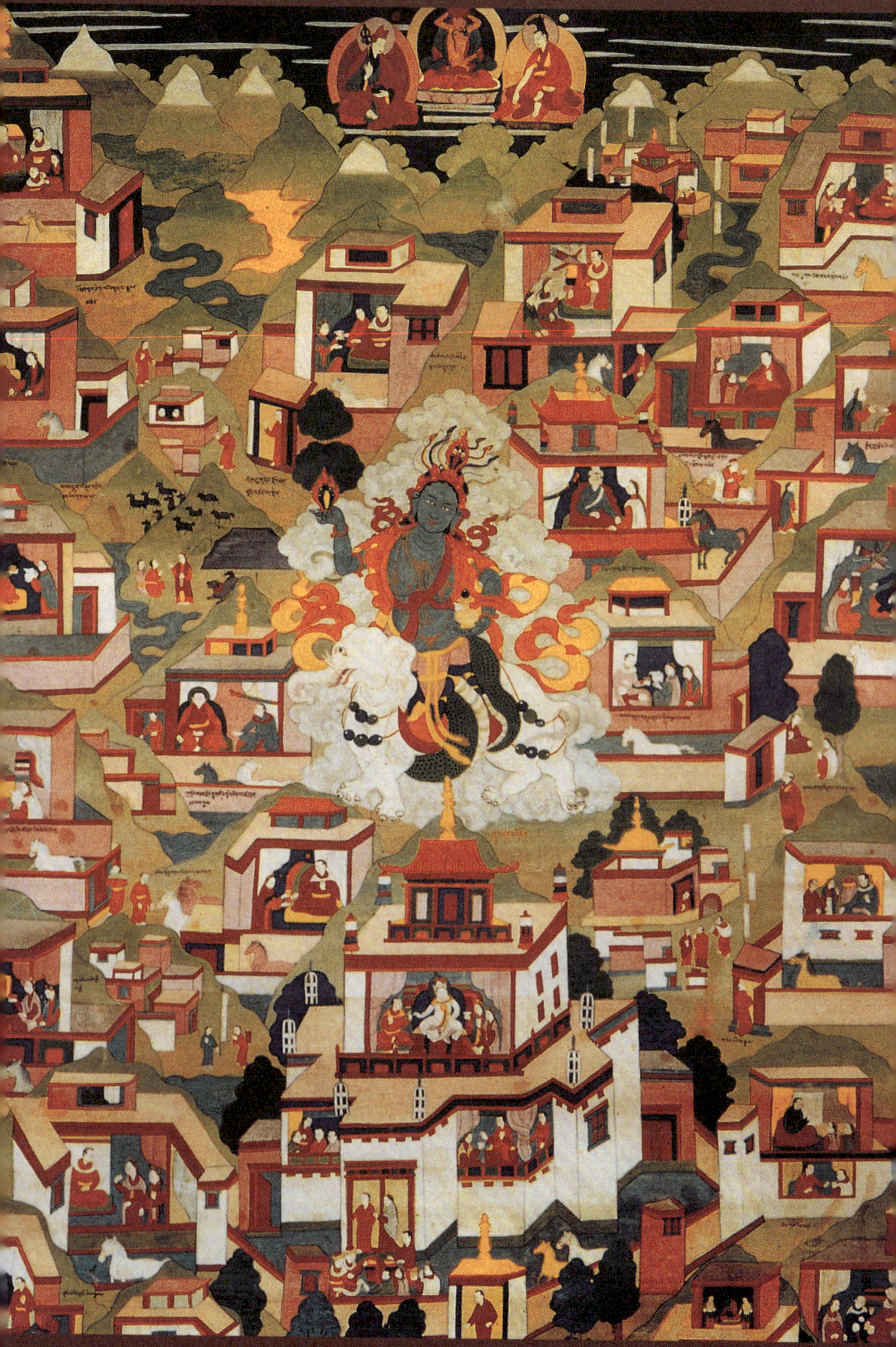

和盛食品的金桶三件宝物，给女儿作嫁妆，为女儿祝福。

龙女梅朵娜泽与父王、母后以及众姐妹洒泪告别，按照天神的指点，浮出大海，来到郭部落，暂时在那里落脚。郭部落的首领叫郭·然洛敦巴坚赞，是个宽厚仁慈的长者，收留了梅朵娜泽，对她关爱备至。

按照天神的安排，应该作为格萨尔生身父亲的森伦，是岭噶布幼系家族的一个部落首领，他娶了个汉族女子娜噶卓玛为妃，生了一个儿子。这孩子一生下来就非同一般，面如满月，眉清目秀，并且长得飞快，一个月比别的孩子一年长的还要大。大家都叫他奔巴·嘉察协噶，尊称嘉察大人。"嘉"意为汉人，汉族；"察"是外甥。"嘉察"，就是汉人的外甥。"协"是脸面；"噶"是洁白的意思。因为嘉察有汉人的血统，他的肌肤与一般藏民黝黑的肤色不同，显得白皙而细嫩，故而得名。嘉察称汉人为"舅舅"，就是说，汉、藏两个民族自古以来就有着亲密的甥舅情谊。

有一次，嘉察带着人去打猎，为部落的人准备度春荒的食物，出去了很久。恰在这时，岭部落与郭部落发生战争。虽然岭部落获得了胜利，但老总管绒察查根的次子琏巴曲杰却在战役中被人杀死。嘉察回来后，发誓要为哥哥报仇，要一举扫平郭部落的残余。

老总管知道郭地的然洛敦巴部族有龙王和厉神的庇护，龙女

邹纳仁庆

龙族之王，格萨尔之母梅朵娜泽的父亲，格萨尔的守护神之一。

就在他的部落中，所以并不愿意再举兵伐郭，便一再劝告侄儿嘉察不要轻动刀兵。可嘉察协噶为兄报仇心切，无论老总管怎样劝说也无济于事。绒察查根见不能制止侄儿，只好同意和他一起出征去讨伐郭部落。

嘉察的另一位叔叔达绒晁通是一个用心险恶、嫉贤妒能的人，他总有自己的小算盘：如果让嘉察和弟兄们带着部队去郭部落，必定能扫平郭部落。那时，龙王的女儿和龙宫的财宝也将归森伦所有。这怎么可以呢？

晁通眉头一皱，想出了一个妙计：立即给郭部落报信，送给他们一个大人情，以后可以以此要挟他们，把龙女嫁给我，享用龙宫的无尽财宝，哈哈！想到此，晁通立即修书一封：

"郭·然洛敦巴坚赞阁下，达绒官人晁通启禀：为了给总管儿子报仇，岭部落的勇士们已经集合，后天就要进兵郭部落，奉劝你们及早回避为好。这次我救了你们，将来要对你们有所要求，切记！切记！"

写毕，晁通将信拴在箭尾，他也是有些神通法力的人，口中念念有词，挽弓搭箭，嗖的一声，书信已然到了郭部落。

然洛敦巴坚赞见到信，慌忙通知各部族妇幼老少们赶快逃命，自己也带着家眷，准备拔帐逃避。只是龙宫的帐房和大般若经等宝物，给哪匹强壮的骡马也驮不动，只有那头龙畜绿角乳牛才能驮起。

郭部落的人开始逃跑了，可龙畜乳牛驮着龙宫的财宝却向后跑。奇怪的是，除了龙女梅朵娜泽，任何人也看不见它，不知它往何处跑。龙女本是骑马而行，见乳牛向后跑，调转马头就去追。马却不愿往回走，龙女只得下马，徒步去追乳牛。她紧紧地跟着乳牛。说也

森伦

岭部落的首领之一,格萨尔的生身父亲。

奇怪,龙女跑多快,乳牛就跑多快;龙女坐下休息,乳牛也停下来吃草,始终保持着一段距离。梅朵娜泽累极了,又饥又渴,痛苦万分。

再说嘉察带着岭地的兵马,很快来到郭部落,发现郭部落的人已经消失得无影无踪,他正奇怪:郭部落的人都逃到哪里去了呢?他们怎么会逃跑呢?莫不是上天有灵,让我不能扫平郭部落?不行!无论他们逃到哪里,我们也要追上他们。

晁通则反对追击:"穷寇莫追,又不知道他们跑到哪里,我们怎么去追?还是回去的好。"

正当两个人争执不下的时候,老总管说话了:

"我们岭部落的兵,既然出征了,那么,无论到什么地方,没有空手而归的道理。我看还是请森伦占个卦,看看郭部落的人跑到哪里去了,再下决断不迟。"

没有人反对绒察查根的主意。在旷野荒郊,没有齐全的占卜用具,森伦便用箭占了一卦,叫"箭卦"。卦辞显示:

"再过一顿饭的工夫,刀不必出鞘,箭不必上弦,美女和宝物唾手可得。"

晁通一听,心中暗笑,语气中充满了讥讽之意:"在这旷野荒

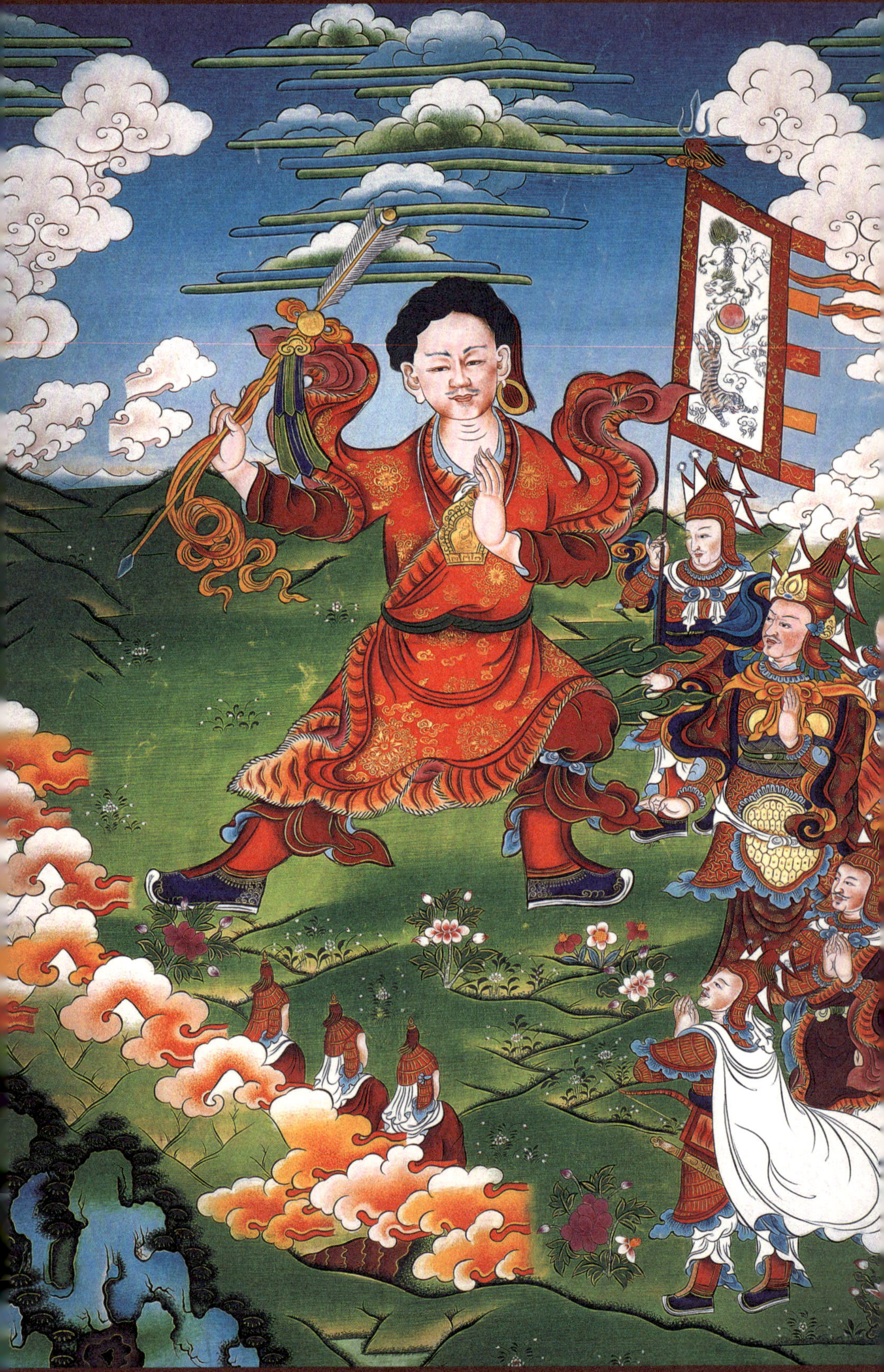

郊，如果不费吹灰之力就能得到美女和宝物，那么所得之物全部归你森伦好了。"

"好，就这么办。大家休息，吃饭。"老总管很相信森伦，也相信他的卦辞，他不愿意和晁通再费唇舌。

再说龙女梅朵娜泽一直跟在龙畜乳牛后面跑，跑着，跑着，她累极了，心里又着急，不注意脚底下被什么东西绊了一下，跌倒了。龙女又困又乏，跌在地上，想闭上眼睛休息一下再起来，谁知眼睛一闭，竟然睡着了。

这时，一个身穿红绸衣服的小孩来到她的面前，给她倒满了一松耳石桶的奶汁，告诉她：

"这是阿姐给你的，阿姐让我告诉你，你现在一定要跟在乳牛后面跑，它会带你到该去的地方。你为众生办事的时机已经到了。"

梅朵娜泽见小孩欲走，忙上前要拉住他问个端详，谁知一使劲，竟从梦中醒来，满满一松耳石桶的奶汁放在自己面前，小孩早已不知去向。她心中不禁暗暗感谢父王和阿姐对自己的护佑。她忙将奶汁喝干，体力立即得到了恢复，马上开始追赶乳牛。谁知跑到郭部落达吉隆多沟时，竟与敌对方岭部落的兵马相遇了。

刚刚吃罢饭的岭兵，几乎都看见了朝他们这边飞奔而来的一人一牛。这乳牛见到岭部落的兵马，忽然站住了，回头等着自己的女主人。梅朵娜泽只顾追牛，并没有注意周围的情况，忽然见牛站住了，心中好不喜欢。她一把抓住牛角，这才发现眼前的千军万马，不禁大吃一惊。

岭兵也为龙女的美貌惊呆了。眼前的这个美女，容光似湖上的白莲花，黑白分明的眼睛好像蜜蜂；身材丰腴匀称，柔软的肌肤如润滑的酥油;头发似梳过的丝绫,闪闪发光。

贪财好色的晁通更为龙女的美貌所迷住,忙抢上前一步,说:

"啊,对面来的仙女般的姑娘啊!你是投奔岭部落来的吗?我们是去追郭部落的兵马,请问他们现在在哪里?姑娘你又是从哪里来的?"

龙女梅朵娜泽心中暗想:我是郭·然洛敦巴坚赞部落的人,怎么能让郭部落的人落在他们手中呢?!眼下,除了身世可以告诉他们以外,其余什么也不能说。梅朵娜泽便道:

"我本出生在龙宫,龙王邹纳是我的父亲,我是他的三女儿梅朵娜泽,按照天神的旨意,来到藏地,在郭部落落脚。我不知道郭部落的人到哪里去了,只顾追赶这头乳牛。"

岭部落的将士们听了龙女这番话,都半信半疑。森伦忽然说:"达绒长官说过,这次出征所得战利品,要给我作为占卦的酬劳。"

晁通马上反悔:"这女子不是战利品。"

岭部落的公证人威玛拉达出来调解道:"因为这是然洛敦巴坚赞的家产,应该是战利品。常言道,射出去的箭追不回来,说出去的话收不回来。龙宫大般若经和龙宫帐房唐雪恭古这两样东西,应该作为岭部落的公共财产;这女子和龙畜乳牛,应给森伦,作为他占卦的酬劳。"

众家弟兄都说好,晁通也无可奈何,他真是后悔之极。

森伦把美丽的龙女领到家中,家里马上变得异常光明。汉妃心中很不愉快,她怕龙女凌驾于自己之上,所以不愿与龙女同住一处。

森伦另备了一顶精巧的小帐房,搭在汉妃的帐房旁边,供梅朵娜泽居住。汉妃给龙女取名为"郭萨娜姆",意为郭部落的妃子,简称郭姆。

这样一住就是几个月。一天晚上,龙女做了一个梦,梦见一个上师对她说:"你的帐房角下,有一个像蛤蟆似的石山,你要马上搬到它的前面去住。告诉森伦,要他保守这个秘密。"

森伦欣然答应郭姆的请求,将她的小帐房移至蛤蟆山前。

这一天,龙女吃罢饭,来到湖边散步,清清的湖水缓缓波动。她用手掬起一捧湖水,一饮而尽。望着自己在湖中的倒影,想起自己只身离开龙宫已经整整三年,梅朵娜泽禁不住思念起父母和美丽的龙宫,两眼噙满泪水,慢慢地滴落在湖中。泪水变作珍珠,一粒粒沉到湖底。这时,龙王邹纳仁庆化作一青面男人,骑着一匹青马,来到女儿面前,关切地说:"女儿不要抱怨,不是我和上师不关照你,也不是我和你母亲不想念你,这是因为每个人的因缘不同。"

龙王取出一个如意宝珠,又对梅朵娜泽说:"女儿不要怨父王,你的命运该如此,而且你现在确实处在幸福的家庭,嘉察协噶待你如亲生母亲,不久你就要有自己的儿子。父王把这如意宝珠交给你,你需要什么就会有什么。记住!在你的儿子出生之前,宝珠切莫离身。"说完,龙王钻进水里不见了。

龙女手捧着如意宝珠,浑身温暖舒畅,不知不觉地睡着了。

一朵白云由西南飘来,白云上站着一位天神。天神来到梅朵娜泽面前,将一个五叉金质金刚杵放在她的头顶上:"有福分的女子啊,我其实并未有一刻离开你。现在该是你为藏地百姓造福的时候了。"

天神又说:"记住:今年三月初八,是天神之子来投胎的时辰。

他是降伏妖魔的厉神,是黑发藏人的君王。"

"还要记住,神子出生时,要在上颚涂上上师的长命水。初次要用头顶进饮食,同时要祭祀邦拉神,要厉神给他穿第一次衣服。降敌之初要祭天。这些话你要牢牢地记住。"

龙女一觉醒来,天神早已不知去向。梅朵娜泽心中不胜感激,忙双手合十祈祷。

三月初八晚上,龙女与森伦睡在一起,梦中却见一个金甲黄人不离左右。前次梦中所见的金刚杵,发出嘶嘶的响声,竟钻进了自己的头顶。早晨醒来,顿觉全身轻松愉快。

过了九个月零八天,到了虎年腊月十五日这天,龙女自觉与往日不同,身体变得像棉絮一样软,内外透明,无所障蔽。不多时,毫不痛苦地生出一个约有三岁大小、灵性非凡、人见人爱的婴儿。上师马上给婴儿灌顶、抹颚酥①,同时,马、龙畜乳牛、犏乳牛和羊羔,分别生下马驹、牛犊和小羊羔。天空中雷声轰鸣,降下花雨,郭姆的帐房被一团彩云笼罩。汉妃看见有奇事发生,立即来到郭姆的帐房。见郭姆怀中抱着一个可爱的婴儿,汉妃心中忧喜交集,但不管怎样,还是觉得应该把孩子先抱到嘉察协噶那里去。

嘉察见母亲抱着个小孩走来,后面还跟着郭姆,心中疑惑不解:

"这是怎么回事?"

"郭姆生下了这个孩子,但不知将来有益还是有害。"汉妃忧虑地说。

---

① 抹颚酥:藏俗,在婴儿降生后,要往婴儿口中抹酥油,称为颚酥。

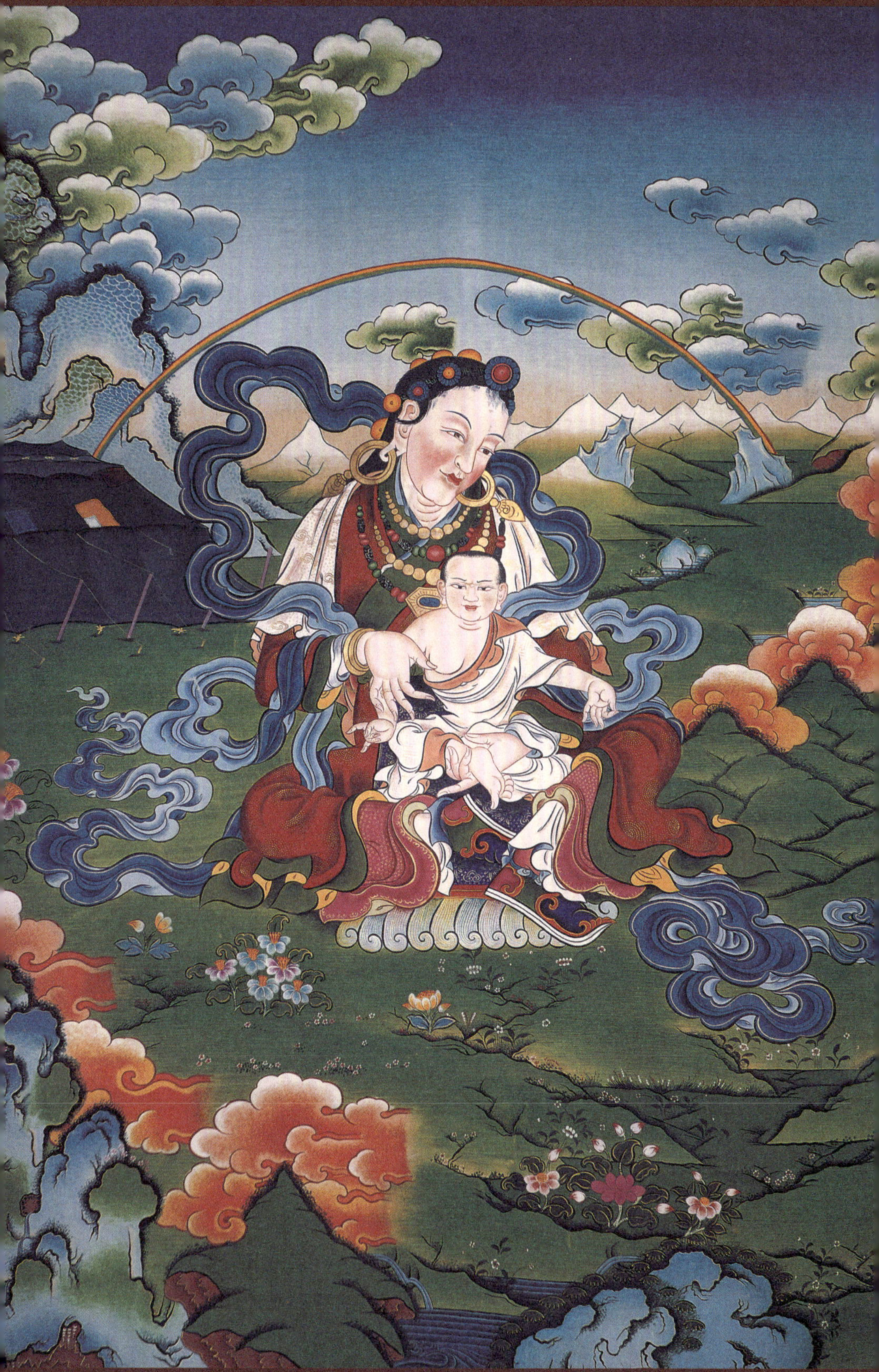

嘉察抱过孩子，看了又看，心中非常欢喜：

"真是可喜可贺呀！今天才算了却我的心愿，我也有弟弟了。他今天刚生下，就已经长成三岁孩子那么大的体魄。穆布董氏的家族中，白狮乳汁喂养、大雕翅膀孵育的神变之子，已经生了许多，现在又生了这个在母胎里就已经六艺俱全的金翅鸟一样的孩子。"

可能是由于前世的缘分吧，这个刚刚诞生的孩子，见了嘉察，猛然坐起，神采飞扬，显得非常高兴，并做出各种亲昵的动作。嘉察把自己的脸贴在孩子的脸上："常言说得好，两兄弟在一起，是打败敌人的铁锤。我弟兄二人，无论做什么事，都不愁成功不了。我的这个弟弟，暂时起个名字，就叫他觉如吧。""觉如"，牧区方言，是崛起的意思，作为岭部落幼系森伦王的长子，嘉察把振兴幼系家族和整个岭部落的希望，寄托在刚刚诞生的弟弟身上。

晁通王心中暗想：曲潘纳布家族的总根子原是一个，分支并无高下。但是，自从汉妃生下嘉察协噶，幼系的力量日渐强大。这回郭姆又生了个儿子，父亲本来就强大，母亲还是龙族，若不将他及早除掉，将来一定后患无穷。想到此，晁通顿时心生一计。

第三天早上，晁通骑上他的古古饶宗马，带上拌有郁姆鸩戒[①]剧毒的白酥油团子和蜂蜜、红糖等食品，来到郭姆的帐房。

"啊，可喜呀！郭姆有了儿子，便是我的侄儿了。做叔叔的，特地准备了干净的素食。给孩子吃了，对他以后获得权势是有好处的。"说罢，把自己带来的甜食全部让觉如吃下去。晁通暗自得意：

[①] 郁姆鸩戒：传说中的一种剧毒，经巫师施行法术后，毒性更大。而晁通本人就精通这种法术。

那么多的甜食油脂，不要说一个婴儿，就是个壮汉子也消化不了，何况还加了毒药，觉如只有死路一条。

晁通注视着觉如，觉如却一点异样的变化都没有。殊不知觉如早就将毒药化为一道黑气，顺着指头缝排解出去了。

一计不成，晁通又想起一个人来。此人乃邪教术士，名叫贡巴热杂。他修行法术，专能钩夺众生魂魄。晁通心中想着害人，脸上却笑容满面："这个孩子真是神奇无比啊，一定要请一位上师来，作长寿灌顶。我马上去请，你们在这里铺上干净的毯子。"

贡巴热杂听了晁通的请求，暗自思忖，要杀死觉如，三日之内是不成问题的，因为他还未长大成人，龙的福运还未圆满。以我的威力，可将金刚般的石山粉碎，可把南方的苍龙弄到平地上来，哪有不能战胜一个婴儿的道理！贡巴热杂心中已是胜券在握，嘴上却说："啊，达绒官人，不是我不尊重长官的命令，实在是仆人不能胜任。如果违背誓言，是要下地狱的。"

晁通一听，忙行九叩之礼："天地之间，您的威力是无敌的，这次无论如何要请您走一趟，将觉如除掉。我绝不会亏待您，今后您的所有生活享用，我全包了。"

"既然官人如此心诚，我马上就去，觉如今晚定死无疑。"

晁通欣喜异常，立即回到郭姆的帐房，对郭姆说：

"今天我本想到上师贡噶那里去，在路上碰见贡巴热杂老人，请他占了一卦。他说三天之内，将有大难，念及汉妃和嘉察对他的恩德太重，他说他要来保护你们。"

觉如望着晁通慌慌张张离去的背影，对母亲说：

"今天我降伏老妖贡巴热杂的时机已到，快拿四个石子来。"

达绒晁通 >>>

岭国达绒部落的最高长官，格萨尔的叔父，为人两面三刀，阴险狡诈，擅长巫术。

郭姆将四个石子递给觉如，觉如将石子按前后左右摆好，闭眼静坐，心中默默呼唤天神。就在贡巴热杂到达帐房的同时，觉如抛出了四个石子。只见九百个白甲人、九百个青甲人、九百个黄甲人、九百个空行护法同时出现在贡巴热杂面前，吓得老妖扭头就跑。

觉如将化身留在郭姆身边，真身去追赶贡巴热杂。觉如跟随贡巴热杂飞到他修行的山洞。觉如变成大师的模样，将那石洞化为霹雳室，老妖拼出全身的力气，抛出全年的供品，非但没有损害觉如，反把自己炸为粉末。

觉如除掉了贡巴热杂，马上变作贡巴热杂的模样来见晁通。他要晁通报恩，其他的供养且不论，单只要他的手杖做谢礼。

原来，晁通家有一支手杖，名叫姜噶贝嘎。这是鬼神的宝物，念动真言，可以快步如飞，行止如意。据说只要把这根手杖和供奉求福的彩箭一起绑在旃檀柱上，任何人也不能触动它。

晁通一听觉如已死，心中异常高兴，但听到贡巴热杂要他家的宝物魔杖，又非常舍不得。但"贡巴热杂"非要不可，说若不给他手杖，他就把晁通的阴谋告诉总管和嘉察。没有别的办法了，晁通心一横，把宝杖交给了觉如化身的贡巴热杂。

第二天，晁通越想越生疑，不知觉如是不是真的死了。他犹豫再三，决定先去贡巴热杂的山洞看看究竟。

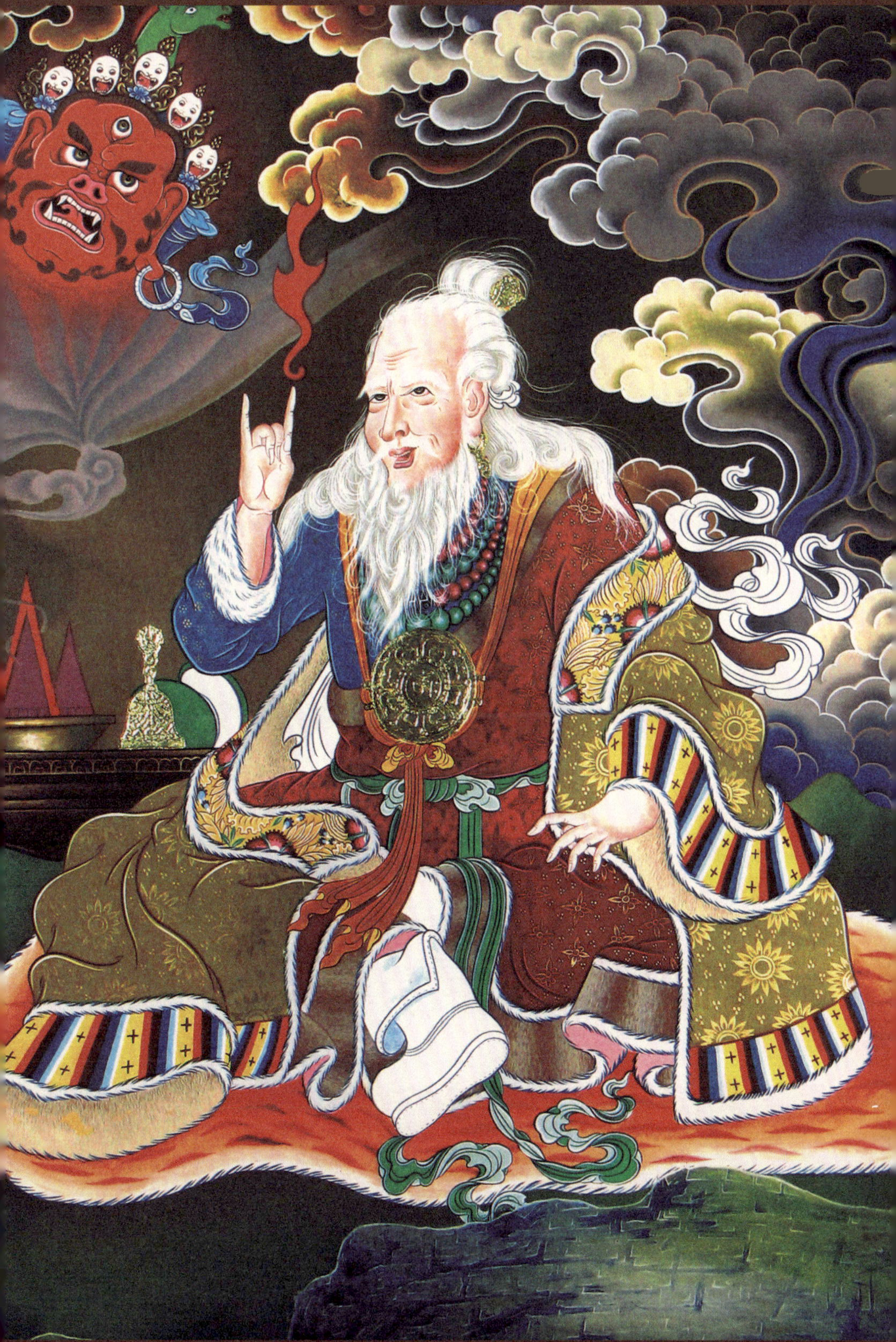

来到修行山洞不远处，晁通见洞门被一个大盘石堵住，只有两个被捣开的窟窿。他顺着窟窿向里望去，见洞内凌乱不堪，贡巴热杂的头朝下，面色紫黑，手杖就在他的身边放着。

晁通见贡巴热杂已死，心想，得把手杖拿回去。他立即变成一只小老鼠，钻进洞内。到了里面，手杖突然不见了。晁通以为这是由于自己变成了小老鼠而看不见，遂将头变回原形，可还是看不见手杖。他心里一阵发慌，立即念起咒语，想使自己的身子也还原，谁知竟不能如愿，就更慌了。他哪里知道，觉如正在施法术！

当觉如来到洞门口时，发现了变成人头鼠身的晁通，觉如装作不知地说：

"这个怪东西，一定是个吃人的魔鬼，我要杀掉它。"

晁通吓得嘴唇发抖，好似柳叶被风吹动，上下牙碰得咯咯直响，央告道：

年轻好斗的晁通

晁通年轻的时候，胆大气盛，尚武好斗。一次遇到松布克孜热巴，几句话不和，上去就是一顿拳脚，活活把他打死了。这样，晁通在地方上，整个氏族里都出了名。藏民认为狐狸是最胆小怕事的动物，妈妈怕他出事，就让他喝了一碗狐血，从此晁通就变得胆小如狐，但也狡猾如狐了。

"尊贵的觉如啊!你是全知全能的天神之子,威猛的本尊,虽然愤怒,也不会记仇。我是你的叔叔晁通王,请不要杀我,你说什么我都答应。"

"啊,叔父?!现在你的幻变身子恢复不了原形,这是因为你对岭部落产生了黑心。你认为你达绒地方的兵马强壮,但是这种强壮是不能战胜外敌的,只能引起内讧,进而危及岭域的安全,因此你要发誓,对岭域不使坏心,不在内部争斗。如果你真心答应,我就让你的身体还原。"

晁通马上发誓遵守诺言,觉如遂使他恢复人形,自己也以真身回到母亲身边。

第三回
欲称王晁通逞愚顽
慈郭姆智捉千里驹

一晃四年,这期间,觉如降伏了杂曲河和金沙江一带的无形体鬼神,广做善事。到了十二月十五日——觉如五周岁生日,黎明时分,格萨尔在天界的姑母、护法神朗曼噶姆在觉如的睡梦中又给他唱了一首预言歌:

> 天神之子降生到人间,
> 具备所向无敌的神通,
> 若不去征服世界,
> 要那神通有何用?
> 降生的地方在美丽的岭域,
> 居住的地方是黄河之畔,
> 好地方黄河流域莲花谷,
> 好日子甲申年正月初一,
> 好事情神通归掌握,
> 好部落六族自然到手里。

姑母唱罢，又俯身贴耳对觉如亲昵地低语了半晌，然后飘然离去。

觉如把姑母的话牢牢记在心里。他要遵照天神的旨意，离开此地，到黄河流域去。但要离开岭域，也必须遵照姑母的嘱咐去做。

觉如把自己住的地方幻化成肉山血海，拿人肉当食品，拿人血当饮料，拿人皮当地毯。这种情境，不要说人见了觉得害怕，就连神鬼也会感到心寒，罗刹也会变色。人们纷纷议论，觉如已经变成恶魔，成为红脸罗刹。

嘉洛部落的珠牡姑娘首先看到这可怕的情景，吓得她赶紧跑去，向总管王报告。

老总管绒察查根心中忧虑万分，从预兆上来说，觉如无疑是征服四方妖魔的天神之子。可现在的行为，简直是魔王降世。应该怎么办呢？绒察查根召集岭部落的头人商议，决定占卜问天。

卦辞说："幼雏的大鹏，暂入人家，若不到如意树上去，主人的房屋便会尘土飞扬。神子变化成为人，诞生之地是吉祥之所，如若不能将降魔基地——黄河两岸来占领，占据着岭部落的家乡又有何益！为洗净岭部落法律的污垢，勿留觉如，快把他赶出去。"

听到这样的卦辞，晁通感到十分高兴，幸灾乐祸地说："我们应该马上把觉如赶出岭部落，最好是经过黑山贫瘠地区，将他驱逐到最穷苦的地方去。"

众头领也纷纷表示应该驱逐觉如。并派嘉察把大家的决定告诉觉如。嘉察感到十分为难。丹玛部落的英雄察香丹玛绛查见嘉察满面悲戚之色，知道他不忍驱逐觉如弟弟，便走上前去说："尊贵的嘉察协噶，请您坐在金座上不要动，应该由我丹玛去传话。"

察香丹玛绛查骑马来到觉如的住地，看到的是人皮撑起的帐房，肠子做的帐房绳，人尸和马尸砌成的短墙和一座小山似的尸骨，不禁毛骨悚然。但是他仔细思量，又暗自奇怪，就是把岭地的人马全都杀死，也不会有这么多的尸骨，这些尸骨肯定是变幻出来的。想到这里，他不再害怕，摘下帽子向觉如挥动，觉如马上跑下山坡，请他进帐房。

走到帐房跟前时，那些尸骨像烟雾一样地消失了，不洁净的幻象也没有了。帐房里面香气荡漾，浓郁扑鼻，令人身心愉快，神志清明。觉如以天神饮食款待丹玛，并对丹玛作了许多预言，对自己的真实身份，也作了一些暗示。察香丹玛绛查发愿：生生世世愿为朋友，永不相离。

觉如听了，立即说："丹玛你先回去，就说你不敢到觉如跟前去，只是喊了一下。刚才我说的话和你看到的事情，除哥哥嘉察外，暂时不要让别人知道。切记！切记！"

丹玛回到岭地，说觉如简直是活生生的罗刹。就在这时，传来消息，又有几个岭人被觉如吃掉了。晁通马上命令："大家披甲戴盔，手执兵器！"

嘉察不以为然地说："用得着这样大惊小怪吗？达绒官人去令他悔罪，驱逐出境就可以了，再不要惊扰他人。"

嘉察早已将乘马、驮牛等物品并护送之人准备停当，只等送觉如和郭姆上路。觉如也很舍不得离开哥哥，他用一种只能让嘉察听见的声音对他说：

"嘉察哥哥啊，我此行是按照姑母的预言去成就一番事业。我走之后，您不必担心。护送我的人和物品，都不需要，黄河流域的土地神已经派人来迎接我。"

嘉察协噶猛然醒悟，只见觉如已把脸转向大家，临行前他要向岭部落的人说几句话：

"善良的人们啊，我觉如并没有做什么危害众生的事情，以后你们会慢慢明白。我觉如无罪而被放逐出境，虽不妥当，是叔父的命令；虽不公正，是先业所定。我走后，你们应照善业行事，弄清事情的是非真假。"

说罢，觉如骑上姜噶贝嘎手杖，从吉普地方向北方飞奔而去。郭姆在后面大声呼唤、祈祷：

"愿岭部落的人、物、财三种福祉，一切享受，如同大海汇集小溪、母马后面跟着马驹，山泉奔流似的随着我母子来吧！"

郭姆的呼声在山间久久回荡，当地十三个山谷都向郭姆母子前进的方向围拢过来，表示致意。直到如今，吉普地方的地势，还保留着当时山谷围拢的状态。

郭姆母子从长江上游金沙江出发，历尽千辛万苦，也是天神对觉如的磨炼，来到九曲黄河的第一个大拐弯处玉隆松多地方住了下来。

离他们不远的堪隆六山，被可恶的地鼠占据着。它们挖开了山巅的黑土，咬断了山腰的灌木，吃掉了平原的野草。人到那里，被尘土笼罩；牛到那里，饥饿而死。觉如知道，消灭这些地鼠恶魔的时机已到，遂在抛石器里放上三个羊腰子大的石子，口中念诵咒语，将石子打出去。一阵雷鸣般的轰响，三个石子正好打中鼠王扎哇卡且、扎哇米茫和地鼠大臣扎哇那宛。其余的地鼠也都被石子震得头破血流，纷纷死去。

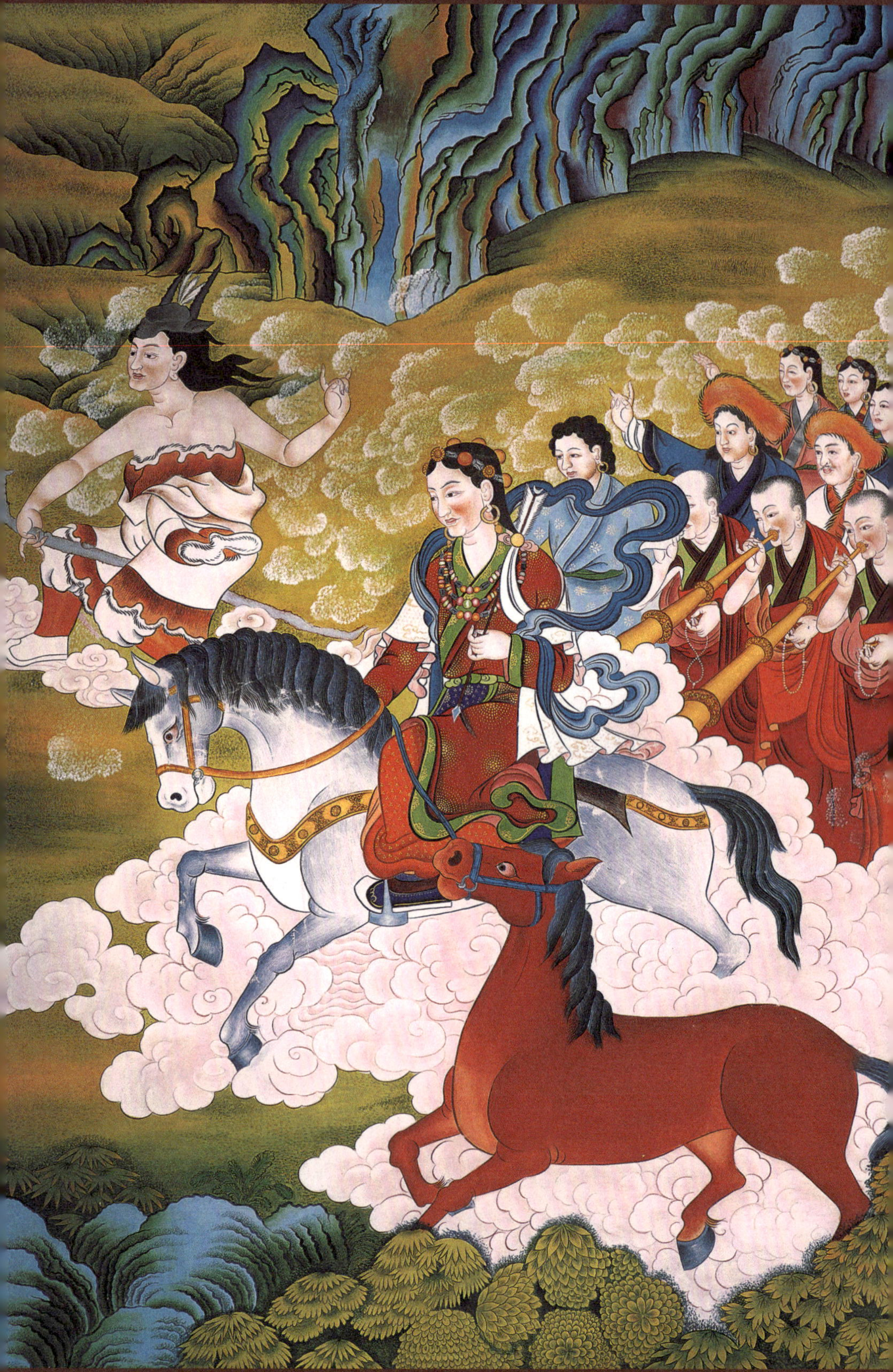

觉如降伏鼠魔后,又用法力消灭了霍尔强盗,帮助商人们夺回被抢掠的财物。商人们千恩万谢,一定要将财物分一半给觉如。觉如用手一推:

"现在不要东西。今后你们凡是去汉地经商,路过此地,要给我觉如送见面哈达,并献汉茶作礼品。现在,请你们暂时到黄河川的玛卓鲁古卡隆去,帮助我修一座宫殿,一切费用由我供给。从今以后,无论你们到什么地方,我都会保护你们。"

商人们有了报恩的机会,当然欣然从命。

在觉如满八岁那年,他知道岭地百姓迁居黄河流域的时机已到,便向他的外祖龙王邹纳仁庆祈求,请他在岭地降大雪。

大雪从十月初一开始,日夜不停地降落,只下得岭地白茫茫一片,山顶上的树,也只露出一点点树梢。

岭地的人们心中焦急,老总管绒察查根心里琢磨:看样子,雪是不会停的,若要继续在这里住下去,岭地的人畜,恐怕一个也保不住,必须马上迁往别处才是。但是应该迁到哪里去呢?老总管遂派出四个好汉,四面察看。结果,他们看中了黄河川地区,但不知这块地方的主人是谁,如果不经允许,便随意迁去,是会引起战争的。

好汉们不知该到何处去问询,这时迎面正好来了几个马帮,他们是去向觉如贡献礼品、赠送汉茶的汉、藏商旅。好汉们忙上前问道:

"善良的人们呵,你们这里的主人是谁?要借地方,该同谁讲?"

"此地以前是霍尔强盗经常出没打劫的地方,后来来了个叫觉如的小孩,他人小志大,神威无限,降伏强盗,这个地方才得到安宁。我们向他敬献财物,以求得他的保护,才能够昂首扬眉地来往通行。

你们要借地方,应该向觉如请求。"商人们说完,赶着骡马走了。

好汉们一听这地方是觉如的,面面相觑,觉如是被岭部落驱逐出去的,怎么好去向他借地方呢?于是,他们赶回岭地,向老总管报告情况。总管、嘉察及丹玛心中明白,按照预言,岭部落迁徙黄河川的时机已到,但三人表面上却佯装不知。

嘉察说:"迁往黄河川势在必行,而那里的主人却是觉如,我提议大部落各自派出一个代表与我同去,向觉如求情。"

大家点头同意。是夜,嘉察与岭各大部落的六名代表立即启程向黄河川进发。

觉如早已知道他们要来,为了煞煞这些好汉的傲气,当他们身裹锦缎,出现在玉隆嘎达查茂的时候,觉如昂首挺胸地迎面挺立,手拿抛石器,挡住了他们的去路:"何方来的盗匪,竟然擅闯我觉如的领地?我要你们全部葬身于此!"说罢,觉如抛出手中的石子,将远处的石崖砸得粉碎。

嘉察协噶立即跳下马,从怀里掏出一条雪白的哈达:

"尊贵的阿吉觉吉①啊!长命百岁的觉如啊!你不认识哥哥嘉察协噶了吗?还有岭地的六智士,我们来到此地,是因为岭地已被大雪覆盖,欲向觉如你,求借黄河川之宝地……"

不等嘉察说完,觉如早就跑上前去,抱住了哥哥嘉察。

"原来是哥哥协噶和岭地的亲人们。我没有认出来,请不要见怪,我母子俩住在这个强盗横行、魔煞霸道的地方,只能小心行事啊!"说罢,把一行七人让进帐篷。

---

① 阿吉觉吉:觉如的爱称。

觉如又听嘉察等人把详细情况叙说之后,给七个人每人一条"吉祥圆满"哈达,一枚金币,同时高兴地答应了嘉察等人的请求。

一行七人很快返回岭地,召集岭六部商议移居黄河川。告诉大家,那里水草丰茂,物产丰富。

按照觉如的意思,岭人可随意住在那里,没有时间限制,也无须缴纳地租。觉如将汉、藏商旅建造的宫殿城堡,也都无偿地送给岭地百姓,作为见面礼。

岭地的首领们一致同意,尽快移居黄河川。老总管绒察查根决定,十二月初十,岭地全部人马在黄河川的德雅达塘查茂会合,等候觉如给大家分配领地。

每个人都是喜气洋洋的,却又捉摸不透觉如将怎样给他们划分领地。特别是晁通,心中更加惶恐不安,只怕分到不称心的领地。

十二月初十,岭地人马在德雅达塘查茂会合了。觉如头戴礼帽,身穿礼服,足蹬闪亮的马靴,站在岭地六部人马面前,精神振奋,神采飞扬,令人崇敬而又畏惧。

觉如首先向大家介绍黄河川的地理位置,接着,开始分配领地:

"黄河川则拉色卡多,是八吉祥[①]圣地,这是最好的地方,我把它划给尼奔达雅,长系色氏八弟兄住在此地。黄河川最好的山沟白玛让夏,百兽云集,是大丈夫居住的地方,我把它划分给弟弟巴森,仲系文布六部落在此居住。黄河中游的则拉以上地区,水草丰美,

---

① 八吉祥:即"吉祥八宝",分别为宝瓶、宝盖、双鱼、莲花、白螺、吉祥结、尊胜幢、法轮,依次代表佛陀的颈、佛顶、佛眼、佛舌、佛三道、佛心、佛陀之无上正等正觉及佛手。

这是大势力的官长居住地，我把它划分给叔父总管王。黄河阴面的札朵秋峡谷，有宝塔和坛庙，这是下界母龙举行礼拜之地，我把它划分给我的父亲森伦。黄河下游的鲁古以上地区，终年积雪，地势险恶，这是强悍的男子居住的地方，我把它划分给叔父晁通。"

岭地众生，人人满意，个个欢喜。只有晁通，心里不情愿，却又不能露在脸上。

十二月十五日，觉如打开库房，将大批金银财宝、绸缎和茶叶，分发给岭部落的百姓。大家欢天喜地，从此，岭地六大部落的民众在黄河川开始了新的生活。

岭部落的百姓，在黄河川安安稳稳地住了下来。看到百姓们安居乐业，觉如像是完成了一项重大使命。他欲往玛麦玉隆松多地方去进行新的开拓，又恐大家不允，于是又像在岭地居住时一样，变化出许多事端，令人厌恶生嫌，终于又一次让人将他母子驱逐出黄河川，去往那妖魔逞凶、煞神横行之地——玛麦玉隆松多地方。

在这里，觉如变化出许多化身，降伏了大大小小的妖魔、煞神，使玛麦玉隆松多地方慢慢繁荣起来。不知不觉中，觉如长到了十二岁。

这一年寅月初八日，天色尚未破晓，觉如还在熟睡的时候，姑母朗曼噶姆在众空行女的簇拥下，骑着白狮子降到觉如身边，附在觉如的耳边轻轻说道："青苗若结不出果实来，禾秆再高也只能当饲草。碧空中若没有明月作装饰，星星虽多天空也黯然；觉如虽为岭地做的好事多，不执掌大权众生还是受苦难。"

觉如似睡非睡，又听姑母说："孩子呵，明天这个时候，你要变

朗曼噶姆

格萨尔在天界的姑母,也是一位护法神,经常给格萨尔各种预言和启示。

化成马头明王①,去给晁通降下预言,告诉他,必须立即举行赛马大会,将王位、七宝②,还有岭地最美丽的姑娘——嘉洛家的森姜珠牡女,作为赛马的彩注。还要告诉他,赛马的最后胜利肯定属于他的玉佳马。"

朗曼噶姆还告诉觉如,要想在赛马大会上取得胜利,必须有举世无双的宝马。姑母提醒他:"好孩子,要记住呵,快去捉漫游在北方荒野中的千里马,只要捉到那匹宝马,胜利一定属于你。快去准备吧,该是你大显神威的时候了。"

觉如猛地醒了过来,四周黑洞洞的一片,姑母早已离去,可她的话却牢牢记在心中。觉如想:姑母说得对,过去这十二年中,我虽然为众生做了很多好事,可谁也不知道我在做些什么,反而常让人误解。现在到了我公开显示本领的时候了,要遵从姑母的旨意,参

---

① 马头明王:观音菩萨显现大忿怒威猛摧伏之化身形象,以协助修行者降魔除障。
② 七宝:佛教名词,一说以金、银、琉璃、琥珀、珊瑚、玛瑙、砗磲为七宝。

加赛马，夺取王位。

此时，晁通正在专心致志地修法，修的正是护法神马头明王。这真是天赐良机。到了初九日的后半夜，觉如化作一只乌鸦，趁晁通半修法半昏睡的时候，给他唱了一支预言歌：

"不要睡，晁通王，我是护法马头明王，快快准备赛马会，彩注定属达绒仓。岭国的王位和七宝，还有森姜珠牡美姑娘，是天神赐给你晁通王，骏马玉佳会给你帮忙。"

晁通睁眼看时，乌鸦已飘然隐没到他所供奉的护法神——马头明王中去了。晁通对预言深信不疑，立即翻身起来，向马头明王连连叩头，又对王妃丹萨讲了马头明王给他的预言，让王妃也马上为赛马会做好准备。

丹萨颇有些怀疑，她觉得应该对晁通说明白：

"我的王呵，不要相信深更半夜的乌鸦叫，那不是神灵是恶鬼，不是预言是欺骗，我的王呵！……"

不等王妃把话说完，晁通想起了马头明王的预言："上等人将心给天神，心中明亮像太阳；中等人将心归于王，自由自在不彷徨；下等人将心归老婆，命中注定不兴旺。"

晁通心想，只有下等人才会听老婆的话，我堂堂达绒长官晁通王当然是上等人，当然要听天神的预言。再说，那岭地的七宝、王位，特别是那个令人难以忘怀的珠牡姑娘，要是能把她娶进家来，就是什么都不要，我也心满意足了。

想到这里，晁通恶狠狠地对丹萨说：

"贱骨头，逆妖婆，你竟敢诽谤马头明王的预言，要不是看在我们九个儿女的面上，就应该割你的舌头，剁你的鼻子。不久要举行赛马会,珠牡很快就要进我达绒家。贱婆娘,珠牡会比你强百倍。如果你愿意留下为珠牡干粗活,还有你一口茶饭;如果你逞尊贵,乱嚼舌头,那就趁早离开这儿!"

丹萨被晁通的一番话气得浑身发抖,她无可奈何,又恐怕把事情闹大,只好忍气吞声地安排家务,不声不响地为晁通准备筵席。

寅月初十,岭地三十位英雄弟兄,其中有八英雄、七勇士、三战将,在各个部属的簇拥下,应晁通之邀来到达绒地方赴会。只见一队队旌旗招展,一行行盔缨摇颤,好不威风。

晁通王的管家阿魁塔巴索朗奉主人之命,向前来赴会的各位英雄说明晁通王已得到马头明王的预言,并宣布即将举行赛马大会。要和大家商量的是,在十五日这天举行赛马会是不是恰当。

"那么,赛马的得胜者有什么奖励呢?"嘉察协噶问。

"呵,你还没听明白?预言中说得很清楚:岭地七宝、王位和美女珠牡,作为这次赛马的彩注。"阿魁塔巴索朗摇头晃脑地说。他也像主人一样,相信赛马的胜利一定属于达绒家的玉佳马。

嘉察和森达等众兄弟早就明白了晁通的用意,他是想通过赛马,合法地登上岭部落的金子宝座,取得统治大权,还要得到美貌出众的森姜珠牡。虽然众人心里明白,也不满意晁通的做法,却又无法反驳晁通那冠冕堂皇的话。大家都把目光转向老总管绒察查根,看他怎样说。

老总管也在思索着如何对付晁通的阴谋。他忽然想起了十几年前的预言:"十二岁夺得赛马彩注,犹如东山顶上升起金太阳。"

一想起这个,老总管满脸的皱纹顿时绽开了,吉祥的太阳就要在岭噶布升起来了!他微笑着说:

"赛马夺彩是件很好的事，是最光明正大地取得王位、财宝及珠牡的办法，我看不会有人反对。只是正值寒冬腊月、冰天雪地，在这样的地上跑马，恐怕会很不利。我看是不是十五日先开个大会，看看大家有什么想法，再作决定。"

嘉察明白了总管王叔叔的意思，延长赛马日期，是为了通知觉如做好准备，所以也就点头表示同意。

寅月十五日，虽然只有五天，但在晁通看来，简直比五年还要漫长。晁通心如火焚，急不可耐。他要把宴会办得尽可能地丰盛、堂皇，以显示他的富有和精明，同时收买人心。

寅月十五日终于来到了。前来参加宴会的人不计其数，这可忙坏了负责安置座位的大公证人威玛拉达。他忙里忙外，既高兴又庄重地宣布：

"在上位盘花银座织金缎的软垫上，请奔巴·嘉察协噶、色巴·尼奔达雅、文布·阿奴巴森、穆江·仁庆达鲁四位公子安坐。

"在中间一排层叠着锦缎软垫的座位上，请四位王爷和四位持宝幢者安坐。他们是总管王、达绒晁通王、森伦王、朗卡森协和古如坚赞、敦巴坚赞、噶如尼玛、纳如塔巴。

……

"在最后面的锦缎座位上，请岭地最漂亮的七姊妹安坐。森姜珠牡坐中间，左边是莱琼·鲁姑查娅、总管王的女儿玉珍……"

座位安置完毕后，人们开始享用像甘霖一样的果实、肉类和点心，饮用像醍醐一样的酒和茶。吃饱了，喝足了，小伙子们唱起了欢乐的歌，姑娘们则随着歌声跳起轻柔、美丽的舞。

趁着人们酒足饭饱、兴高采烈、手舞足蹈之时，晁通向大家宣布:"岭噶布众多的部落需要个总首领,此番举行赛马会,胜者将成为总头领,也就是岭国国王。在这白色的大帐中,人人平等,都有参加赛马的权利,都有夺得王位的可能。"

老总管一直不见觉如母子,十分担心,便对大家说:"关于赛马的彩注,没有不合适的地方,时间最好在夏天,天气暖和,牧草青青,山花烂漫。但是,必须让岭部落所有的人都知道这件事。"

总管王特别把"所有人"强调了一下,嘉察明白,叔叔的意思是让所有的人都来参加赛马,这当然包括觉如,只是不好明说罢了。于是他说:

"岭部落赛马之事无人反对。但是,请大家不要忘记我嘉察协噶的弟弟、妈妈郭姆的儿子觉如。她们母子二人,过去不但没有任何过失,还为我们岭部落做了很多好事。可岭地的人却无故地处罚他们,把他们驱逐出境。现在若不将他叫回来参加赛马,是不公平的,我也不参加。"

晁通笑眯眯地说:

"协噶说得不错,觉如没能参加今天的宴会,也是叔叔我颇为遗憾的事。你们应该想办法通知他才是。现在我们应该把赛马的日期和路程定下来。"

晁通的儿子东赞朗都阿班早已忍耐不住,口出狂言:

"我们岭地的赛马,若路程太短,会遭别人嘲笑,若跑的阵势不热烈,会遭别人羞辱。所以,我们要使赛马会名扬天下,应将赛马的起点定在佛法昌盛的印度,终点定在盛产茶叶的汉地。"

森达用讥讽的口吻回敬道:

"哦,要说举办一个名扬天下的赛马会,起点应该在碧空,终

岭国商议赛马之事

寅月初十日,当太阳给高山戴上金冠的时候,岭地的三十位英雄弟兄,其中有八英雄、七勇士、三战将,在各个部属的簇拥下,应晁通的邀请来到达绒地方赴会。只见一队队旌旗招展,一行行盔缨摇颤,好不威风。

点应该在海底,彩注应该是日月,岭部落百姓应该去太空中观看赛马。"

哈哈哈哈哈!众家兄弟都笑得肠子都快吐出来了。这话说得太妙了,东赞红了脸,脖子上的青筋也在一蹦一蹦地跳,但又无话可说。

经过大家协商,最后决定赛马的起点在阿玉底山,终点在古热石山,在鲁底山顶上举行祈祷仪式,百姓们在拉底山顶观看比赛。时间定在夏季水草丰美、天气温暖的时节。

赛马的时间和路程均已商定,岭部落所有百姓无人不晓。但是,应该派谁去通知觉如母子呢?必须找到合适的人去,否则觉如是绝不会回来的。

老总管思前想后,伤透了脑筋。正当此时,嘉察和丹玛来拜见。他们说,要请觉如回岭地,非森姜珠牡姑娘不可。

老总管的眼睛突然一亮,这真是个绝妙的主意!于是吩咐嘉察马上到嘉洛家,一定要说服珠牡接觉如母子回来。

嘉察和丹玛奉命来到嘉洛家,在帐房中见到了森姜珠牡和她的阿爸嘉洛·敦巴坚赞。

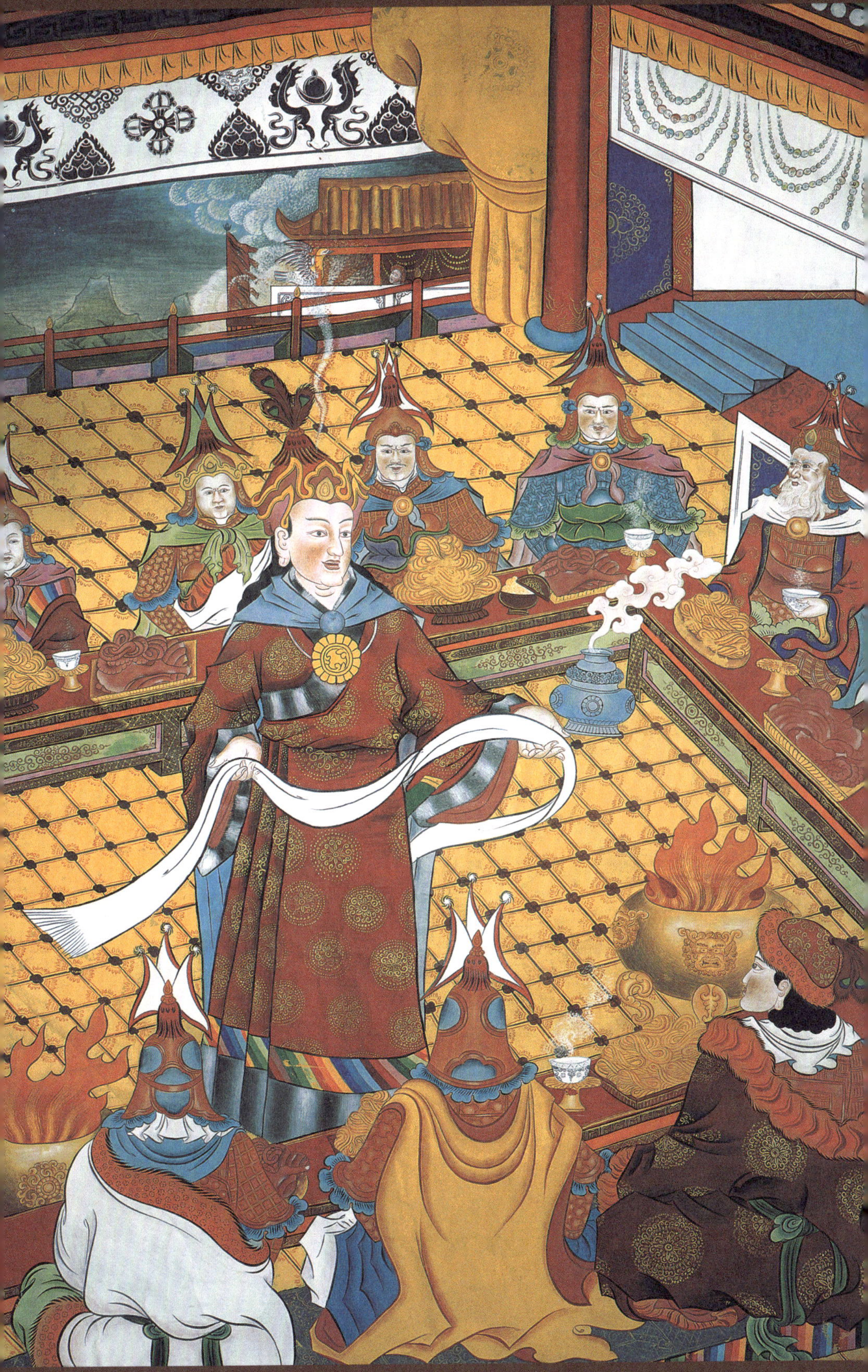

珠牡得知要举行赛马大会，暗自思忖："谁知道那些坏事竟是觉如变化出来的呢？！"她既埋怨觉如，又责怪自己，珠牡想起了自己看见觉如变化出吃人、杀人的景象，然后报告给老总管，觉如母子才被驱逐的事。她心里一直在懊悔：要不是自己去报告，觉如母子绝不会被赶出岭地。可是现在错已铸成，有什么办法呢？

珠牡在心中默默地祈祷："总管王啊，可一定要派个合适的人去请觉如母子回来啊！况且，我已经成了赛马的彩注，如果觉如不回来，那赛马得胜的一定是晁通，可晁通这样秉性恶劣之人，我怎么能嫁他？"

这珠牡本是白度母①的化身，聪敏美丽，心地善良。岭部落把她作为赛马的彩注，极具吸引力。比起王位和七宝来说，岭噶布的英雄们对珠牡的欲望更加强烈。

嘉察和丹玛来到嘉洛部落，拜见敦巴坚赞，嘉察诚恳地说："在这争夺王位的关键时刻，为了百姓能过上安乐的日子，必须把觉如请回来。觉如是勇武之圣，他一定能战胜晁通，得到彩注。这样，藏区百姓才能消除灾祸，珠牡姑娘才会得到安慰。现在，只有珠牡去接觉如，他们母子二人才肯回来。"

珠牡抬起头望着嘉察说："嘉察哥哥，自从觉如被放逐，我深感内疚，一天也没有快乐过。如果我去能把觉如接回来，就是拼上性命，也在所不惜。"

---

① 白度母：二十一位女神之一。观世音菩萨随时随处都在利益众生，即或他的眼泪也是如此，他的一滴眼泪化现为二十一尊度母，以绿度母为本源，白度母赐予众生长寿尤为殊胜。

嘉察和丹玛没想到珠牡这么痛快就答应了，并且如此诚心诚意。他们被珠牡的一番真挚深情的言语感动了，衷心地为她祝福。

珠牡姑娘独自一人，历尽艰辛，累遭磨难，终于来到玛麦地方，找到觉如母子俩，对他们说："岭部落将举行盛大的赛马会，总管王和嘉察哥哥让我来接你们母子回去，参加赛马，夺取彩注。"

觉如已经得到姑母的预言，早有准备，便说："要我回去参加赛马大会，我当然愿意，只是还有一件事，要烦劳你去替我办。"

"不要说一件事，就是十件、百件，我也答应你。"珠牡爽快地说。

"这件事可不那么容易，要我去赛马，现在却连一匹像样的马都没有。"

"这好办，阿爸的马厩里有良马百匹，任你挑选。"

"你阿爸的百匹马中，哪一匹能比得上晁通的玉佳马？"

"这……"珠牡语塞了。

"这匹关系到我一辈子的事业之马，现在还在那野马群中，它是非马亦非野马的千里宝驹，除了妈妈郭姆和你二人之外，谁也捉不住它。所以，我要请你帮忙。"觉如用期待的目光看着珠牡。

"野马……我……能行？"珠牡并非胆小，只是怕自己不行，反而耽误了大事。

"行！马能听懂人的话，如果捉不住，你尽力喊我从天界下来的哥哥和弟弟，他们会用日月神索来帮助你。"

珠牡点了点头，答应了，心里却忐忑不安。

第二天一大早，郭姆唤醒珠牡，要立即去捉千里宝驹。珠牡为难地说："妈妈，还是再问问觉如吧，我们俩都不知那匹马的特征和模样，万一捉错了，就要误大事。"

郭姆点了点头，就去找觉如，说："你让我找的千里驹，究竟有些什么特征？请你详细告诉我，我们才能找到它。"

觉如心中暗想：妈妈虽能认千里驹，但却难以捉到它。只有珠牡能为我办成这件事，这是上天的安排。看起来，不给她讲清这马的来龙去脉，珠牡的疑虑难消，马也难以捉到。想到此，觉如便认真地对珠牡和妈妈郭姆说：

"这马确实非同一般。它能决定我觉如的终身事业。有了它，我才能在赛马会上取胜，才能登上王位，才能为岭部落的百姓做更多的事，也才能……"觉如看了珠牡一眼，把"娶到尊贵漂亮的珠牡姑娘"这句话咽了回去。

珠牡的脸顿时红了。聪明的姑娘当然明白觉如没有说出的话。她重重地点了一下头，又把脸仰起来，专心地听觉如说话。

"这马是和我一同降到人间的，现在已经长了十二颗牙。它的父亲是白天马，母亲是白地马，集中了天地的精华，现在投胎在野马群中。它有九种特征：一是有像鸟魔鹞子的头，二是有像鼠魔黄鼠狼的脖子，三是有像山羊的面孔，四是有像山兔的喉头，五是有像老青蛙的眼圈，六是有像青蛇暴怒的眼睛，七是有像母獐子的鼻孔，八是生有网袋的鼻肉。第九种特征最重要，也最明显，就是在那灵敏的耳朵上，有一小撮鹫鸟的羽毛。"

"珠牡听明白了，我这就和妈妈一起去捉千里驹。"

珠牡起身刚要走，又被觉如叫住了：

"这马能懂人言，能说人话，跑起来超尘腾空，身子能呼神，尾巴能唤龙。珠牡呵，它可是我觉如的事业马，你……"

一直在旁边静听的妈妈郭姆打断了觉如的话：

"觉如无须再多讲，我和珠牡都明白：田土、种子和温度，三者齐备五谷熟；强弓、利箭和猎人，三者相合才会有猎物；妈妈、觉如和珠牡，三人同心定能把天马捉。巧方法不是生来有，心齐上天也有路。"

珠牡和郭姆二人来到野马成群的班乃山中，只见那一群群野马漫山遍野，奔腾跳跃，郭姆自然认识天驹，却不急于说话。她要看看珠牡是不是记住了觉如的话。

珠牡也不问郭姆妈妈，只是仔细地用眼睛搜寻着，想从那千百匹野马中找出天马千里驹。对珠牡来说，这虽然不是一件轻而易举的事，但是她到底还是认出了它。

但见这匹马，鬃毛和尾巴像松耳石一样碧绿，身上的毛像红宝石一般闪着红光，滚圆的四条腿不停地踢踏跳跃。她惊喜地对郭姆喊道：

"阿妈您快看啊，这一定是觉如所说的千里驹。快！快！我们快去捉住它。"

"珠牡，不急。觉如不是说了吗，天马能懂人言，又会说人话，我们且试它一试。"郭姆说着，对那红宝石般的骏马唱了起来：

> 天马千里宝驹呵，
> 请把我的话儿听：
> 射手的黄金长尾箭，
> 插在英雄的箭囊中，
> 若不能制敌无益于主人，

江噶佩布

天马千里宝驹,格萨尔的坐骑,能够飞天,说人话,懂人语,还能明辨善恶是非。

虽然锐利又有什么用?
可爱而又勇敢的孩子,
是人世间的英雄,
若不能制敌而保护亲人,
有没有儿子都相同!
五谷的穗头在田中,
装饰着田野,迎风摆动,
若不收到粮仓里,
有没有庄稼一样受穷。
千里宝驹应属于真英雄,
若总是漫游在山野,
虽然神速有何用?
若是觉如的千里驹,
请速速降临到郭姆家。
第一为觉如登金座,
第二为天马免孤凄,
第三为黎民百姓谋幸福,

第四为降伏妖魔和强敌,
世界安定享太平。
超凡至圣的天驹呵,
具有先知的千里驹!
若能听懂我的话,
请你快快降临勿迟疑。

郭姆唱罢,成群的野马吓得四散奔逃,只有那匹红宝石般的千里驹非但没有逃走,反而慢步向郭姆走来。珠牡见了,高兴得直拍手:

"阿妈,看啊,宝马千里驹向我们走来了!"

"是呵,它向我们走来了!"郭姆眼中闪着惊喜的泪花。

谁知那千里驹竟在距她们二十几步远的地方停住了,对珠牡和郭姆二人说起话来:

"我是天马千里驹,江噶佩布是我名。我已下世十二载,愿望无一能如意,不见郭姆来看我,不知觉如在哪里。现在我年老体已衰,想做英雄不可能。请郭姆告诉觉如,我要返回天界了。"千里驹江噶佩布说完,冲霄而去。

见此情景,珠牡急得直哭。她大喊着冲上去,想拉住天马,不防被脚下的石头一绊,跌倒了。她趴在地上,仍然爬着,叫着:

"千里驹呵,不要走,觉如需要你!岭噶布需要你!珠牡我,也需要你!啊,千里驹,不要走呵!……"

妈妈郭姆并不像珠牡那样着急。她见宝马冲天而去,立即俯下身来,祈求护法帮助。

果然,在天空的白云中,出现了天神、龙王,还有各路厉神,簇拥着觉如在天界中的哥哥东琼噶布、弟弟龙树威琼和妹妹妲莱威噶。他兄妹三人早已应允了推巴噶瓦(觉如)的嘱托,现在又听见郭姆的呼唤,特地前来帮助郭姆和珠牡降伏那匹千里宝驹。只见哥哥东琼噶布手中拿着神索,另一端套着千里宝驹。东琼噶布将神索交给郭姆,天马驯服地让郭姆牵着,众天神慢慢隐去。

这一切,珠牡都看在眼里。她猛然从地上爬起,扑向郭姆,要去接阿妈手中的神索。不料,这一下却惊了千里驹,它再一次腾空而起,把郭姆也带到了空中。珠牡一下子惊呆了。

只见那天马带着郭姆冲霄而去,越飞越高,越飞越远,郭姆只听耳边风声呼呼作响,不敢睁开眼睛。那天马却开口说道:

"郭姆不必害怕,且睁开眼睛,看看这大好的世界。"

郭姆慢慢将眼睁开,那印度、波斯、索波、羌地、汉地、魔地等,均历历在目。郭姆心中却暗暗叫苦。

天马见郭姆并不搭话,又说:

"郭姆,你好好看看吧,看看你将来也许会到的地方。怎么,你好像不高兴?"

"我怎么能高兴?觉如的大业未成,岭噶布的百姓还在受苦,珠牡不知哭成什么样子,我怎么还能有心思观风景?"郭姆的语气既悲哀,又怨恨,既充满希望,又带着深深的不满。

天马听到郭姆的责备,并不生气,反倒嘻嘻地笑了起来:

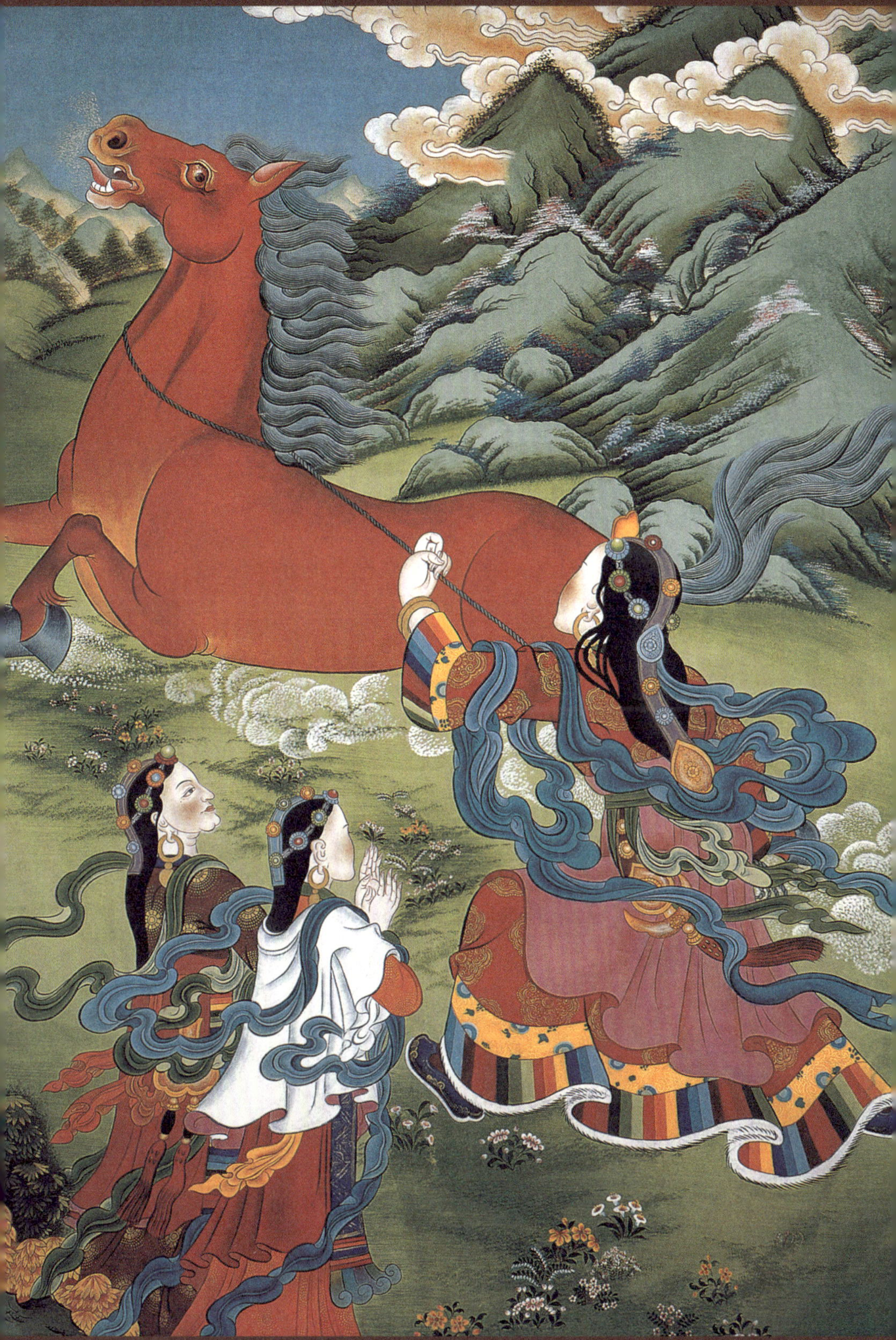

"郭姆莫着急,我不会半途撒手回天界,觉如的大业一定能成功。既然我能等到这一天,就一定会帮助觉如成就大业,帮助百姓过上幸福安乐的生活。"

"那你这是?……"

"郭姆呵,我带你飞行有两个用意,一是和觉如开个小玩笑,二是要让你郭姆见见我们未来的天地。郭姆呵,不必再问,待我慢慢讲给你。快看,快看吧!"天马的话既诚恳,又有深意。

明白了天马的用意,郭姆自然不再着急。她紧紧地搂住天马的脖子,把天马的话牢牢地记在心里,细细地观察着他们经过的地区。

"郭姆,你看那就是南赡部洲的四大圣地:印度的灵鹫圣山、汉地的峨眉圣山、五台圣山、藏地的冈底斯山。

"你再看,看看我们藏地的四大圣山:那像披着法衣的山峰,是前藏的雅拉仙布山;那像悬挂着白绸帘子的山峰,是达木的念青唐古拉山;那像白狮蹲踞的山峰,是南方衮拉日杰山;那像斑斓虎怀抱虎仔的山峰,是东方威德公杰山。"

"这些山多美呵!"郭姆由衷地赞叹着。她从龙宫来到岭地,并没有机会出门走走,后来虽然跟着觉如四处流浪,可从没有见过这么壮美的地方。

"再往前走,那云雾笼罩、深黑黯淡的地区就是魔地了。那像铁镢钉入的地方,是魔地的城堡夏如朗宗,这是觉如降妖伏魔的地方,也是我江噶佩布为百姓做事的场所。

"那像白施食[①]似的地方,是霍尔白帐王的巴罗孜吉地区,这

---

① 白施食:糌粑做的供品。

是珠牡被劫漂流的地方，是觉如要用心计征战的地方。

"那南方门域的卡霞竹山，是黑魔的居住地，也是觉如要降伏的区域。收复此地时，这里将成为供应弓箭原料的宝地。

"那边有一片像毒水滚动的黑海，叫作柏日毒措湖，这是姜地萨丹王的领地，是鱼类繁殖的地区，到将来觉如灭敌之时，黑海将变成福海，妖山也将变成宝山。

"郭姆呵，我说的这些，你可都记在心里？"

"郭姆已把天马的话一一牢记在心里，如果天马不再有什么吩咐，快快带我回家去吧。"郭姆一心惦念着觉如和珠牡，恨不能马上回去。

"郭姆不要急，最后还有一个小小的要求，那就是要为我宝驹作赞语。宝驹的好处，除了珠牡无人能知晓。"

"这个容易。只要珠牡知道，她会很好地作赞语。"郭姆生怕这宝马又要回到天宫去，所以连连答应。

见郭姆答应了自己的要求，天马江噶佩布立即下降，一下子降到了汉地五台圣山。觉如像是知道宝驹要落在此地似的，早已等候在这里。他见到宝驹和阿妈郭姆，并不说什么，只是用手轻轻拍了宝驹三下，这天马竟像着了魔法一般，转瞬间带着郭姆和觉如又回到了班乃山中。但见珠牡正望着天空，不哭不喊，只是呆呆地望着，望着。她忽然看见郭姆、觉如骑着宝驹归来，喜出望外，一时竟不知道说什么好。

郭姆一见珠牡还待在原地，立刻想起了千里宝驹的最后要求，马上对珠牡说：

"珠牡姑娘，你看看这匹宝马，对它作最美好的赞语吧！"

"是呵,珠牡姐姐,这是天神给我的千里驹江噶佩布。你是嘉洛家的姑娘,是九群骏马的主人,知道岭地三十匹事业马的情况。你再看看我的马,看看它能不能加入岭地事业马的行列中去?"觉如知道,只有珠牡的颂词才能留住宝马,所以,他迫不及待地请珠牡赞颂宝马。

家有九群骏马的森姜珠牡,当然知道马的优劣。她很小的时候,就听老人们讲:上多哇骑骥如旭日,遍体洁净如甘霖;下多哇良马像铁笛,皮薄身长腰杆细;中多哇骅骝像丝线,外表松弛内机警。……

珠牡见过良马千百匹,唯独没有见过江噶佩布这样的千里驹。就是郭姆阿妈和觉如不请求,珠牡也要情不自禁地作最好的赞语:

哎呀呀,
千里驹,
真稀奇!
在岭地的三十匹骏马中,
没有一匹能比得上你!
东赞的玉佳铁青马,
察香丹玛的银光坐骥,
还有森达的白雪彪,
嘉察协噶的白背铁骑,
和你一比不稀奇!
你是真正的千里驹,
一有野牛的额头,
二有青蛙的眼圈,

三有花蛇的眼珠，
四有白狮的鼻孔，
五有红虎的嘴唇，
六有大鹿的下颌，
七有鹫鸟的羽毛，
七种动物的优点你样样有，
岭噶布的凡马怎能与你比？
你有飞天的双翅，
还有奔驰大地的四蹄；
你有能听八方的双耳，
还有能嗅千里的神鼻；
你能说人话、懂人语，
真言假语能辨析。
今日觉如得到你，
完成大业定无疑。
神驹呀，
珠牡的颂词句句真，
岭噶布需要你，
我珠牡的终身也全靠你！

神马听完珠牡的赞词，不再躁动不安，而是顺从地站在觉如身边，等待着主人跨上它的腰背。它将带着觉如去夺取赛马的胜利。

觉如收服了千里宝驹江噶佩布，自觉万事俱备。珠牡更是信心十足，千里宝驹必定取得赛马的胜利，自己的丈夫必然是觉如无疑，因此和母子二人非常亲近，宛如一家人。

"觉如和郭姆回来喽！"

"珠牡把觉如接回来啦!"

……

岭噶布的人们奔走相告,众兄弟们一下围住了觉如和郭姆,说不完的问候话,道不完的离别语。但他们最关心的,还是郭姆手中的那匹千里驹,因为这匹马太非同一般了。

在欢迎他们的人群中,没有达绒晁通王。觉如用眼睛搜寻着,因为种种原因,他太想见到这位叔叔了。刻不容缓,觉如把妈妈安排了一下,就牵着千里驹向晁通家走去。来到门口,觉如朗声叫道:

"叔叔,觉如到您门上来了,请布施一些马料吧!"

晁通闻声走出门来,首先看到的不是觉如,而是觉如手中牵着的千里驹江噶佩布。这真是匹世上难寻的宝马啊!晁通盯着宝马看了好一会儿,才把目光转向觉如。

"哎呀,好侄儿!听说你回来了,我正要去迎接,偏巧又有点事缠住了。前几天商量赛马的事,你不在,可叔叔并没有忘了你,筵席还给你留着哩!"

看到晁通盯着宝驹的那种贪婪的眼神,觉如心中暗笑,晁通一定又在打宝驹的主意了。这晁通本来就是那种连针尖大的好处也不放过的人,对宝驹,这关系到岭噶布的王位由谁来坐的大事,他怎么能不关心呢?

"我的好侄儿,你这匹马是谁的呀?从哪里弄来的?我怎么从来没见过?"

觉如冷笑一声:

"一匹野马,从未调教过。能不能骑,只等赛马会上试一试。"

晁通心中暗自高兴。心想,觉如毕竟年轻,他不识马的优劣。

"哦,觉如,我的好侄儿,赛马的时候,必须要有体格强健、脚步迅速、身材高大、性情温驯、模样好看的马来当坐骑。我看你这匹马,好像并不具备这些优点,对你参加赛马很不利。依我说,不如让我们叔侄做一次马的生意。……"

"做生意?"

"是啊,叔叔有一匹绿鬃白海骝马,是在马群中左挑右选选出来的,给你当坐骑一定很合适。我们俩换匹马,你还要多少找头,叔叔都答应你。"

觉如笑了:"做买卖当然可以,但必须双方情愿。这匹马性子很烈,但却是匹难得的好马,若不卖掉它又无法调教,若卖掉它又实在可惜。如果叔叔能给我母子冬夏的花费,再给十三匹绸缎,十三锭马蹄元宝,十三包黄金,我就可以考虑和您交换。不过,您的马我觉如得能骑,我的马您也能养才行。"

晁通一时高兴,只听见了觉如答应和他换马,并没有听出觉如的话里有话。

第二天,晁通准备了上好的花茶,三岁犊儿的牦牛乳,香甜的点心,荤素食品,美味水果和多年的陈酒,真是碟盘杂陈,堆积如山。另外,把觉如要的换马的找头——十三匹绸缎,十三锭元宝,十三包黄金,也都准备齐全。刚要派人送去,觉如就牵着马来了。晁通真是从心里高兴,现在只要把觉如的这匹马换到手,赛马大会上就可以稳坐王位了。

晁通笑吟吟地把觉如接进他的大帐:

"好侄儿,东西都在这儿,包你完全满意。过去我们叔侄二人在一起的时间太短,没机会说话,今天我们要好好说会儿话。"

觉如见帐房里堆了那么多吃的喝的，不动声色地说：

"叔叔既然准备了，那我就收下，只是这么多东西我怎么能拿得走呢？"

"这个不用侄儿操心，我派管家送去就是。"说着，晁通吩咐管家把送给觉如的东西立即送到郭姆的帐房中去。

觉如这才坐下来。

"叔叔有什么吩咐，请说吧。"

"叔叔不是吩咐，是拉家常。人生一辈子，苦乐当然不会少，就看怎么说了。我们且不管这些，就请侄儿看马吧。"

"马是不用看的，如果叔叔肯用玉佳马换，我们还可再商量。如果不同意，我看就不用谈了。"

"你？！"晁通怎么肯舍得用玉佳马换他觉如的这匹野马呢？

"叔叔不肯吗？"觉如故意逗晁通。

"侄儿不要说笑话，玉佳马是我达绒家的稀世珍宝，岂肯轻易将它给人。"

"玉佳马是你的珍宝，江噶佩布就不是我的珍宝了吗？我怎么可以轻易把它给你呢？"

"那也好，买卖是双方情愿的事，既然你不愿意，那就请你把找头拿回来。"

"拿出来的东西再收回去，好像藏地还没有这个规矩。难道叔叔要破坏这个规矩吗？"说完，觉如牵着千里宝驹江噶佩布扬长而去。

晁通气得直喘粗气，发狠一定要在赛马会上出这口气。

第四回

圆满成就觉如欢喜
万念俱灰晁通忧愁

　　盛大的赛马会如期举行,美丽可爱的玛隆草原充满了欢乐的气氛,杜鹃在唱,阿兰雀在叫,天空蓝得像宝石,白云白得像锦缎。花儿红了,草儿绿了,草原似乎变得更广阔了。达塘查茂会场上,人头攒动,如山似海。岭地的赛马英雄和勇士们个个英姿飒爽,好不威风。没有人不认为自己是胜利者,没有人以为自己不会夺得王位。人人都在向天神祈祷,而且坚信护法会帮助自己。

　　达绒长官晁通王,还有他的儿子东赞和众弟兄们,把头昂得高高的。在他们看来,举行赛马大会的预言是马头明王讲给晁通王的,这是天神给他们的护佑。而玉佳马又是岭噶布公认最快的骏马,必胜无疑。

　　琪居、珍居、琼居即长、仲、幼三个部落的百姓分别坐在自己的位置上,深信自己会取得胜利。

　　以总管王绒察查根为首的琼居即幼系家族,更是心中有底。十二年前天神早已预言,这次赛马会就是为觉如准备的,就是要让觉如堂而皇之地登上岭国的王位。可是,觉如并没有在他们的行列中。觉如到哪里去了？怎么还不来？总管王和嘉察用眼睛扫视着四周，琼居的弟兄们也焦急地寻找着觉如。

此时，觉如正在珠牡家中，接受嘉洛·敦巴坚赞的赠品和祝愿：

> 送上九官四方的毡垫，
> 愿觉如登上四方的黄金座；
> 送上镂花的金宝鞍，
> 愿觉如做杀敌卫国的大丈夫；
> 送上"如意珠"和"愿成就"，
> 愿觉如做邪鬼恶魔的降伏者；
> 送上饰着白螺环的宝镫，
> 愿觉如为众生做出大事业；
> 送上"如愿成就"的藤鞭，
> 愿觉如做摒弃不善的国王，
> 做我女儿森姜珠牡的好丈夫。

祝福之后，家人已将宝马饰物全部准备停当，嘉洛父女二人眼看着觉如骑上千里宝驹向赛马场飞驰而去，便也忙朝观看赛马的帐篷走去。

"觉如来了！"人群中不知是谁大喊了一声。这下可好了，大家都知道达绒·东赞的对手来了，玉佳马的对手来了。森姜珠牡也来到了姐妹们身边，她心中暗自高兴：在人们面前出现的，将是打扮得富丽堂皇的觉如，是自己未来的丈夫，是岭噶布的大王。

珠牡这样想着，注目观看，可是她一下愣住了。她怀疑自己的眼睛是否出了毛病，便使劲地揉了一下。没错，是觉如。可他，他怎么会是这副样子呢？

只见他：头戴一顶又破又不合尺寸的黄羊皮宽檐帽，身穿一件绽开口子的牛犊皮硬边破袄，脚踩一双露出了脚趾的皮制红腰靴子，就连马上的金鞍和银镫也变得破烂不堪了。这哪里是来参加比赛的，分明是个叫花子。

珠牡简直不能相信面前这个要饭花子将成为自己的丈夫，她钻心地难受。忽然，一只蜜蜂飞来，在珠牡耳边轻轻唱了几句，珠牡顿时明白了，眼前的觉如，不过又是他的化身而已。自己一时心急，竟忘了觉如的神变本领。

琼居的众弟兄一见觉如这副落魄样，顿时大失所望。一个个垂头丧气地走开了，生怕他的晦气玷污了他们。只有嘉察和总管王心中清楚，不管怎样，岭噶布的王位定是属于觉如无疑。

达绒晁通王见了觉如这副样子非常高兴。这下可好了，马头明王的预言无比正确，达绒家的胜利已经注定。晁通对琼居那些神情沮丧的弟兄们高声喊道：

"弟兄们，准备好呵！打起精神，赛马就要开始了。"

这喊声分明透露出得意和骄狂。当然，一看到觉如那副落魄可怜的样子，再看看晁通那春风得意的神情，人们确信：今日得胜者，除晁通以外，不会是别人。

在阿玉底山下，众家勇士们不先不后，一字排开了，只听得一声法号长鸣，宣布赛马开始。一匹匹骏马像一团团滚动着的云彩，在草原上向前飞驰着。很快，岭噶布大名鼎鼎的三十位英雄跑到了前面。

在古热石山上，有十三个供烧香敬神的房间，人们烧起柏树枝和叫"桑"①的树枝。顿时香烟缭绕,布满天空。佛灯也在神器的坛城周围燃起,灯火闪耀。只听螺号阵阵,人们五体投地,口中念诵着咒语,向佛菩萨、护法神祈祷,为战神唱赞歌。

在鲁底山上观看赛马的人们,心情一点也不比参加赛马的人轻松。就连那平日最活泼的七姊妹,也紧张得瞪大眼睛,唯恐漏掉赛马场上每一个细小的变化。

眼看赛马场上的马群越来越远,莱琼·鲁姑查娅忽然想起一件事,便低声对珠牡说:

"珠牡姐姐,我昨晚忽然做了个梦,梦见……"

"别那么小声,老跟珠牡嘀嘀咕咕!有什么话,大声讲出来,让我们也听听!"卓洛·拜噶娜泽故意对莱琼说。

"是嘛,也让我们听听。"几个姑娘纷纷凑近了。她们看不清赛马场上的情景,又不甘寂寞,就恢复了她们活泼风趣的本性。

"嗯,好吧!"莱琼·鲁姑查娅把水灵灵的俏眼一扬,她见众姐妹把目光都聚在自己身上,心中好不得意,便道:

七大美女观看赛马 >>>

在岭噶布的重大活动中,最善于打扮的要数姑娘们,而在姑娘们中打扮得最漂亮的要算七姊妹。重要的不是她们的服饰有多么绮丽,而是她们那婀娜的丰姿、照人的光彩和动人的神态。所以只要她们一出现,立即会引起众人的注目。可她们不但毫不在意,反倒愿意让众人多看自己几眼。

---

① 桑:柏树枝或一种油性很大的树枝,焚烧树枝叫"煨桑",是一种向神佛祈祷的仪式。

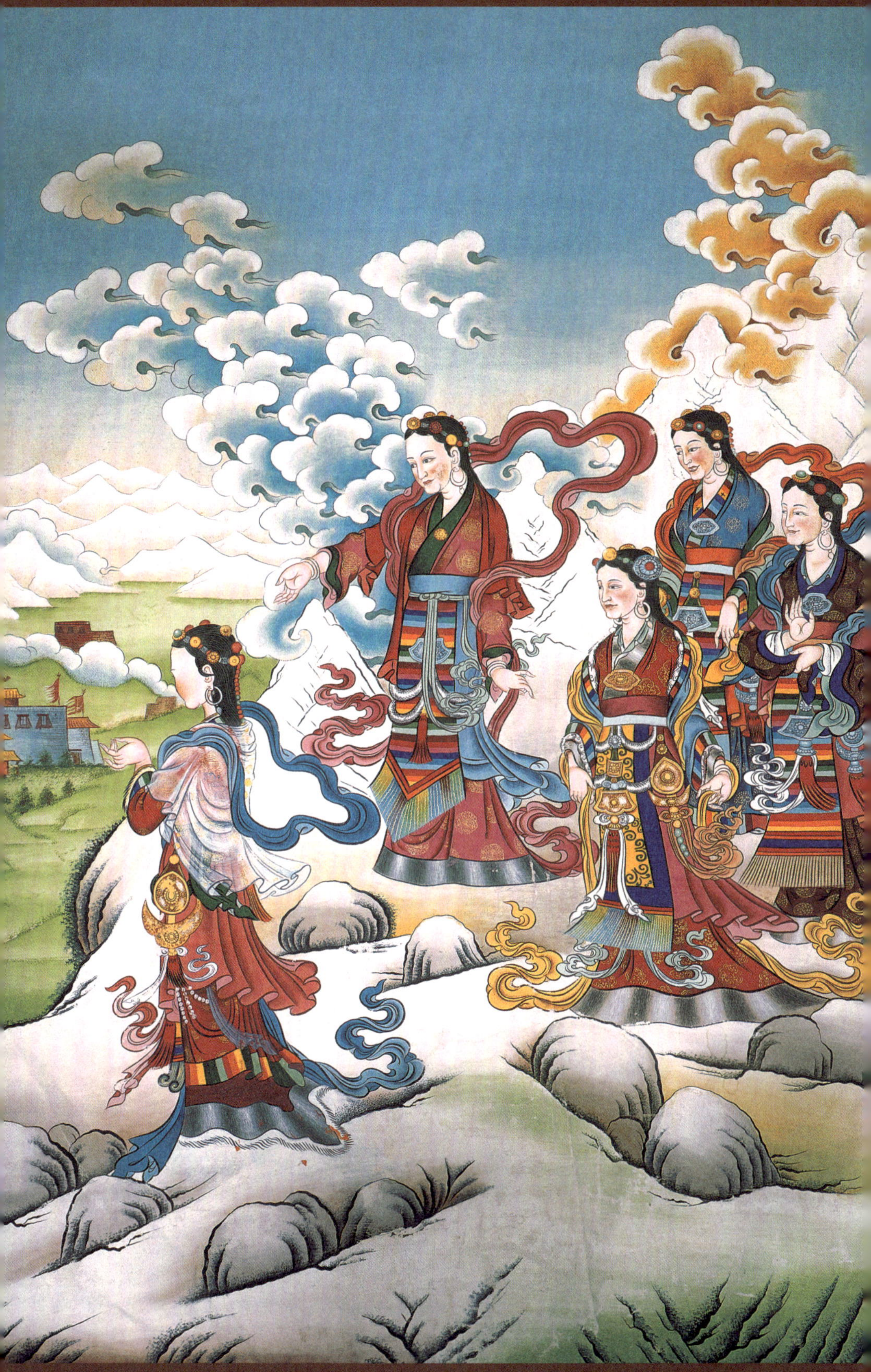

"昨夜我梦见在玛隆义吉金科地,大鹏高飞,苍龙游舞,狮虎奔驰,大象行走,出现了一位惊天地、泣鬼神的勇士,他凌越太空,震慑大地。还梦见古日的天湖中太阳浓云相互竞技,烈日升空,光芒遍照。"

"这是什么意思呢?"晁通的女儿晁姆措显然没听懂。不仅她没听懂,旁边几个姑娘也直摇头。只有珠牡心如明镜,却含而不露,微笑不语。

"哪位姐姐能解我的梦呢?"莱琼又扬了扬眉毛。

"我试试!"总管王的女儿玉珍是个心急嘴快、机敏聪慧的姑娘,她看了看周围的姐妹道:

> 琼居的神魄依大鹏,
> 珍居的神魄依青龙,
> 琪居的神魄依雄狮,
> 达绒的神魄依猛虎,
> 弟兄们的神魄依大象。
> 倘若武勇上能凌太空,
> 下能镇大地,
> 定是神武无比的好象征。
> 太阳和浓云在天湖上竞争,
> 象征着觉如是龙所生,
> 烈日将升上天空,
> 这是觉如登上王位的好兆头,
> 光辉照遍全世界,
> 是觉如圆满造福大众的象征。

玉珍说罢，不仅莱琼高兴，珠牡也微微点头同意。只是那晁姆措像被激怒了的母狮子，头发像黄牛尾巴似的甩来甩去，她真是气极了。既然玉佳马是岭噶布公认的快马，那么她阿爸坐王位已确定无疑，可这两个臭丫头却胡说王位是觉如的。这还了得！不要说觉如得不到王位，就是这样说说也是不可以的。于是，晁姆措气急败坏地说道：

"坏阿妈的丫头多么诡诈，竟能颠倒是非黑白，还说得头头是道。你说觉如是好象征，那么你去等吧；觉如是好兆头，你去婚配吧。"

莱琼和玉珍刚要回敬，珠牡轻轻拽了一下她俩的袍襟，示意不要理她。莱琼把小嘴一撇，很不高兴。玉珍却明白了珠牡的用意，不再与她计较。

那晁姆措见没人搭腔，以为众人被她说得无言以对，便更加肆无忌惮起来：

> 黄金宝座将属玉佳马，
> 森姜珠牡将属晁通王，
> 嘉洛的财富要归达绒仓，
> 岭噶布定属我父王。
> 觉如的马儿像老鼠，
> 掉在弟兄们后面像啄食，
> 又像达勒虫儿用鼻向前拱，
> 倒数第一的锦旗虽然少，
> 觉如一定能拿到。

众家姐妹虽不理会晃姆措的恶言恶语,但莱琼和玉珍的脸却早被气得通红。只有珠牡像是什么也没听见似的,依旧笑着,微微昂起头,细细地观察赛马场。

那赛马场上,比赛进行得正激烈。晃通骑着玉佳马跑在最前头,觉如骑着江噶佩布落在最后面,嘉察一边扬鞭催马,一边不时回头望着觉如。可觉如偏不看他,倒像是要观察大地的美丽风景,非常轻松地一路慢跑着……

赛马会盛况空前,路程已经跑了一小半,觉如不由自主地用腿夹了一下马肚子,千里驹加快了速度。其他各家英雄们更是扬鞭打马。晃通和他的玉佳马始终跑在最前面。

正在此时,天空出现了一小团乌云。不知怎的,这乌云越来越大,天色变得越来越黑。接着,一声霹雳划破了云层,眼看就要降下一场冰雹。

是气候变化无常呢,还是护法神故意考验大家?不是,都不是。原来是这阿玉底山的虎头、豹头、熊头三妖魔在作怪。那虎头妖说:

"今天岭噶布举行赛马会,弄得满山尘土飞扬,还有马的粪便,到处都是。这些脏东西都丢给我们,怎么得了……"

"不仅如此,他们还把雪山踏得摇晃,草原也破坏了……"这是憨声憨气的熊头妖。

"今天我们要不给他们点颜色看看,以后随便什么人都敢在山上胡闹。那些官人、牧人乃至穷汉,再也不会供奉我们。这还了得!"一向舌尖嘴巧的豹头妖喋喋不休地说着。

于是三妖召集了属下的黑暗魔军,布上乌云,撒下霹雳。当三妖正要把冰雹降下的时候,突然觉得周身不自在起来。

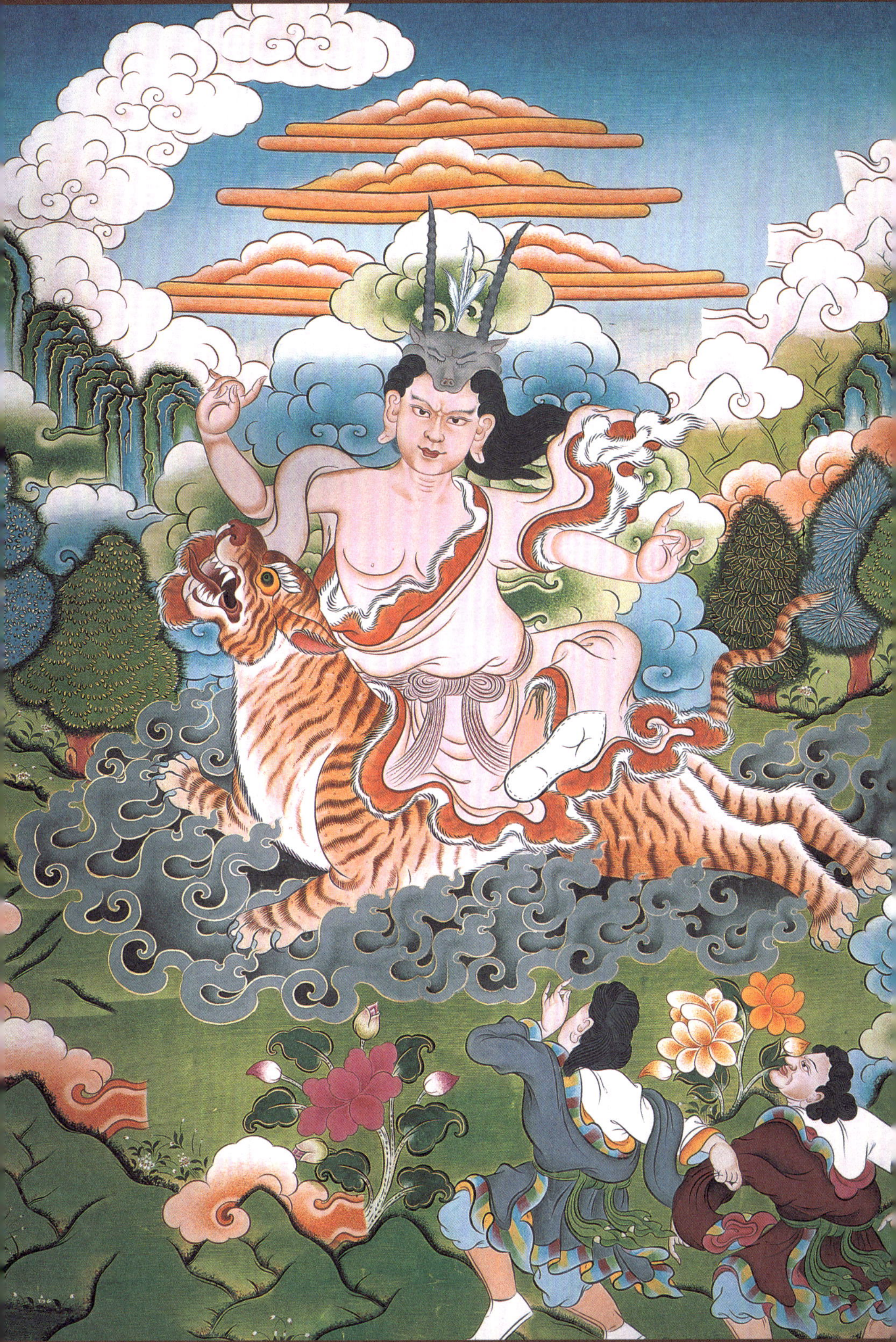

原来，那觉如早把三妖的行为看在眼里。偌大一个赛马会，岂有被妖魔搅了的道理？如不降伏这三妖，岭噶布的人们迟早要受害。顷刻间，觉如已将神索抛向空中，三妖一下子被缚到觉如的马前。

三妖顿时失了灵气，连连叩头，表示愿意归顺，为觉如效力。

觉如命他们立即收起乌云，回归山门听命，从今往后再不准作恶伤人，否则绝不轻饶。

乌云顿时散去，阳光比先前更加灿烂、明媚，玛麦地方的仙女立即给觉如献上了三件宝：水晶甘露净瓶、开启古热石山宝矿的钥匙和一条八宝三吉祥丝绸哈达。觉如降妖有功，不仅为凡间众生免除了灾祸，也为仙家减去了不少麻烦。

觉如谢过仙女，立即打马追赶赛马的队伍，一瞬间就赶上了走在最后的驼背古如。觉如一见古如那一弓一弓吃力的样子，觉得好笑，就故意逗他：

"我是觉如向上翘①，你是古如驼着腰②，我、你二人相配合，你看这样好不好？觉如、古如相伴行，我俩一同来赛跑，得了彩注我俩分，欠了债务我俩还。"

那古如一听，顿时烦躁起来。他看觉如这副穷酸相，还说什么能得彩注；跑在了最后，还要和我配合，这配合大概没有别的意思，一定是要我和他平分债务。我决不能和他作伴配合，我可不愿意替他还债。让他死了这条心吧！于是，古如虎着脸对觉如说：

---

① 觉如，有向上翘、挺起之意。

② 古如，有俯下、驼背之意。

"你别打我的主意了,古如没有那么傻,平白无故替你还债。现在我俩早就失去获得彩注的希望了。如果天神肯帮助我获得彩注,我决不和你平分;如果你得了彩注,我也不希罕。我更不会替你还债。你我是白雪与红火,两者不相容,更说不上什么配合。"

"古如啊,我觉如可是一片好心,我是看你驼着背,怪可怜的,真心愿意帮助你,你怎么这样说话呢?你不后悔吗?"觉如还想给古如一个机会。

古如一听此话,不禁哈哈大笑:

"可怜?帮助?哈哈……你大概还不知道我驼背的好处吧。我古如,上为岭噶布的神驼,若没有我则神仙要衰败;我中为岭噶布的富驼,若没有我则富者要衰败;我下为岭噶布的福驼,若没有我则福禄要衰败。你没听那岭噶布人唱的歌么?

> 上弦的月牙弯着好,
> 它把碧空装饰得好;
> 丰年的穗头弯着好,
> 填满众生的仓房好;
> 太空的彩虹弯着好,
> 天地靠它衔接好。
> 男子汉驼时武艺强,
> 女人们驼时见识高,
> 兵器弯时好厮杀,
> 坡路弯时好赛跑。

"觉如啊,我虽比不得那富翁,但比起你觉如来也算是个富人。我有九头犏牛、九块水田、九个儿子和九个女儿,春冬两季不会缺水酒,秋夏两季我家的乳酪多。觉如呵,你怎么可以和我相配合?我是决不和你配合的。"

觉如见古如的这种态度,只觉得又好气又好笑。气那古如有眼不识真菩萨,笑那驼背气冲牛斗的好气魄。可又跟他说不清楚。觉如待要不理他呢,又不甘心就这么算了。特别是古如对自己驼背的赞颂,更是叫人从心底里发笑,凭这一点也该回敬他几句才是:

> 弯刀会刺伤自身,
> 弯角会戳瞎自己眼睛,
> 弯臂的手会打自己的脸,
> 驼背的嘴会啃自己的腿,
> 倒扣的瓶子盛不了水,
> 弯曲的彩虹不能当衣服。
> 外面身体弯曲是由于病,
> 病若发作小心要老命;
> 里面心意弯曲是自私,
> 私心太重会变成疯子。
> 百人走向山上去,
> 驼子就像头当腿;
> 百人向上立起时,
> 驼子就像向下睡;
> 弟兄们跑马向前去,
> 古如跑马向后退。

觉如唱完，打马就要向前跑。古如被觉如的歌气得直发抖。他拼命地想直起腰，和觉如讲理，可那驼背却怎么也直不起来。古如想：赛马的彩注，我和觉如反正都没份了，可这坏觉如太气人，说什么也不能让他跑到我的前面去。于是，他举起马鞭朝自己的白额驼马没头没脑地乱打起来。那马被古如这一打，顿时乱蹦乱跳，左右闪动，把觉如挡在了后面。觉如心中暗笑古如的愚蠢，轻轻拍了一下江噶佩布的右耳，那宝驹立即明白了主人的意思，腾起一蹄，把古如的白额驼马踢到路旁的一个土坑里，与此同时，又把离了鞍尚未落地的古如吞入口中。古如像是走进了一座神庙，有金顶红墙，还有闪闪发光的金佛像。古如正待跪下求神灵保佑，那宝驹又一使劲，把古如连同一团粪便一起送到了外面。古如一屁股坐在马粪上，一点也没摔伤。他那坐骑白额驼马立即走上前来，舔着古如的手。古如颤抖着站起身来，望着早已跑得没有踪影的觉如，心中一阵懊悔，不觉长叹一声，垂头丧气地骑着马转了回去。

宝驹江噶佩布载着觉如飞也似的向前奔去，越过了一群又一群赛马人。很快，他赶上了岭噶布三个美男子之一的仓巴俄鲁。

觉如看了看仓巴俄鲁，闪光的额头，玫瑰色的腮，珍珠般的牙齿，星星般的眼睛；身着素白锦缎袍，胯下一匹"藏地雪山"马，好一个银装素裹的美少年。觉如心中暗自称赞，但不知这美少年心地如何，还要试上一试。

"喂，俊美的俄鲁，你可认识我？"

俄鲁只顾赛马，并未注意觉如对他的观察。听见叫他，回头见是觉如，立即回答：

"当然，岭噶布的人可以不认识狮子，可没有人不认识觉如您哪!"

"哦?那我要你帮帮忙行吗?"

"当然,请说吧!"俄鲁毫不犹豫地回答。

"你看我们两人,多么不一样呵!你那么俊美,我这么丑陋;你那么富有,我这么穷困;你肯帮助我像你一样漂亮、富有吗?"觉如说完话便使劲盯住他。

"这个?……当然,我愿意帮助你,等赛过马,你到我家,把财产分给你一半就是。"俄鲁只犹豫了一下,仍不失慷慨。

"可我等不了那么久呀?"

"那我现在有什么东西可以给你呢?嗯,这样吧,就把我这顶珍贵的禅帽送给你吧。"

觉如当然知道这顶帽子的好处,并且已经看出这美少年的心地确实也同外表一样美。可这帽子的好处,俄鲁是否也知道呢?该不是把它当作一件普通的礼物送给我的吧?想到此,觉如故意不屑地说:

"送顶帽子管什么用呢?它能使我变得俊美,还是富有?"

"觉如啊,难道你不知道这顶帽子的好处?这是我们长系供奉的宝物,它虽不能使你漂亮,却能给你比漂亮更多的好处。"

"哦?那你说说看。"

"戴上它走遍四方无阻拦,五害[①]三毒不染身,自心光明如日月,六道众生得解脱,知识智慧用不尽。"

觉如心中暗喜,接过法帽戴在头上,把自己的黄羊皮帽子揣

---

① 五害:水、旱、风雾雹霜、疫、火五种灾害。

在怀中。他把玛麦仙女所献的水晶净瓶和八宝三吉祥哈达送给了俄鲁。

觉如又向前跑去，超过了许多兄弟。他忽然看见算卦人衮喜梯布，人人都说他算卦最灵验，现在时间还早，我何不让他给我算一卦。他来到衮喜梯布的身旁，与他并辔而行：

"大卦师，久闻大名，我觉如也想请您算一卦。"

"噢，觉如公子想问什么？"衮喜梯布并未减慢速度。

"哦，我在想，无上的宝座和壮丽的河山，还有那十八个边地国家的王位，这些都不是凭快马得来的，可我们岭噶布为什么要凭快马来夺天下呢？马快就能成王，马慢就将沦为奴隶，这不是件很荒唐的事吗？"

"这不是我能回答的问题。"衮喜梯布皱了皱眉头。

"这我知道，我并不要你回答，我只是请大卦师算算我觉如能不能得到彩注？"

"觉如公子，若在平日，我可以澄神静虑，至诚至信地为您祈祷卦神。可在今天这鞭缰争先后、马耳分高低的时候，我只能为您用布卦的绳子算个速卦，望公子不要见怪。"

"当然，只要算得准，我一定重重谢你！"

衮喜梯布一边跑马，一边祈祷打卦。不一会儿，卦师兴奋地喊了起来：

"觉如啊，这真是个好卦象，好卦象呵！"

"卦上显示你能镇住江山，做岭噶布的王，能使百姓安居乐业，同时合家团圆，象征着你能做珠牡的如意郎。"

觉如笑了，这衮喜梯布果然名不虚传。觉如献给他一条洁白如雪的哈达作酬谢。

觉如又跑了一阵，突然痛苦地呻吟起来，身体也像支持不了似的，一下子滚鞍落马，趴在地上。

"哎呀呀，我好痛，好痛哟！"

大医师贡噶尼玛恰巧从觉如身边走过，他赶忙勒住马询问：

"觉如公子怎么了，病了吗？"

"八年来的流浪生活，使我痼疾缠身。医生呵，能不能给我点药吃啊？"

贡噶尼玛为难了，因为药囊没有带在身边，虽有些救急的药品，但不知是不是能治觉如的病。一看觉如那副疼痛不堪的样子，大医师立即下马，蹲在觉如面前：

"觉如啊，很痛吗？是哪里痛？待我替你把把脉，再给你一些药吃。"

医生把手按在觉如的手腕上，他用奇异的目光看着觉如：

"病分风、胆、痰三种，由贪、嗔、痴而生。这三者相互混合，才生出四百二十四种疾病。我看你这脉中四大调和无渣滓，缘起之脉澄又清。要么是我医生诊断错误，要么这脉相是幻觉，要么是觉如在装病。觉如呵，不必如此，你的脉相好，事业会成功，彩注自然归你得。"

觉如一下从地上跳起来，脸上的病相早已烟消云散。他一边把哈达缠在医生的脖子上，一边笑着说：

"岭噶布都说贡噶尼玛的医道高明，今日一试，果然是真。医生呵，赛马会后再见吧。"

觉如上马急驰，刹那间追上了总管王绒察查根。觉如笑嘻嘻地叫了一声：

"叔叔！"

"这半日你到哪里去了？你若再不快些赶上，晃通就要抢下王位了。"绒察查根虎着脸，责怪道。

"怎么会呢？叔叔，您心里应该清楚，上天安排的宝座，怎么会让畜生夺去呢？我在赛马途中，已经为大家办了不少好事。当然，还看到不少热闹。"觉如想起刚才的一切，不由得又笑了起来。

"觉如，不可把赛马当儿戏，快跑吧。不然天神也不会保佑你。"总管王打了一下觉如的马屁股，宝驹江噶佩布猛地向前一蹿，远远地离绒察查根而去。

那晃通骑在骏马上，好不悠闲自在，眼见相距终点古热石山已经不远，他高兴得不得了。本来赛马会的劲敌只有觉如一个，可到现在，却不见觉如的踪影。王位、七宝，还有美丽无双的森姜珠牡……

晃通正乐不可支的时候，忽见觉如已经跑到自己眼前。顿时，就像在燃烧的干柴上泼了一瓢冷水似的，晃通的喜悦心情踪迹皆无，可表面上还要装出一副镇定自若的样子。他笑容可掬地问觉如：

"侄儿！你怎么现在才跑到这儿？你看谁能得到今天的彩注？"

觉如故意要捉弄一下这位自作聪明的人：

"叔叔呵，我已经在金座前跑了两次了，但并不敢坐上去。现在参加赛马的众家兄弟，一个个累得满头大汗，马累得四腿打颤，谁知还能不能有人跑到终点，坐上金座呢？！"

晃通听说觉如已经在金座前跑了两次，不禁心头一紧；当听到觉如说没敢坐那金座，突然又松了一口气。但他还得想办法稳住这个叫花子，说服觉如自动放弃夺取王位的念头。于是，他又笑眯眯

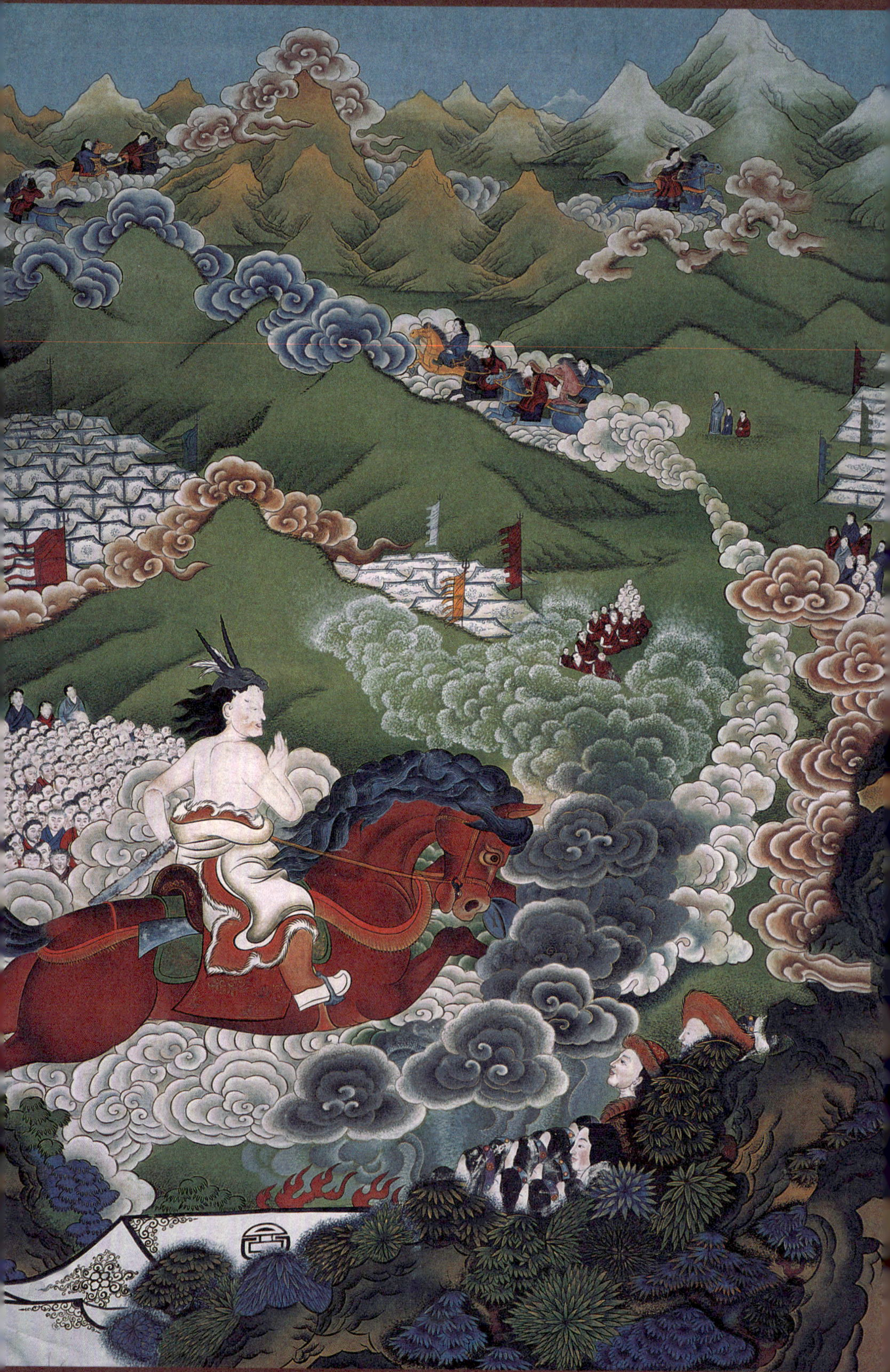

觉如参加赛马

达塘查茂会场上,姑娘小伙、阿爸阿妈个个装扮一新,精神抖擞。只有觉如为了迷惑晁通,打扮得仍像个叫花子:头戴一顶又破又不合尺寸的黄羊皮宽檐帽,身穿一件绽开口子的牛犊皮硬边破袄,脚踩一双露出了脚趾的皮制红腰靴子,就连马上的金鞍和银镫也变得破烂不堪了。

地说:

"跑到终点的人是会有的,可坐上王位也不见得是件好事。这赛马的彩注,不过是引诱年轻人的工具。得到彩注,说不定会给家庭增加麻烦和困难,给自己带来不利。叔叔是一片好心,不要再为彩注奔忙了吧。"

觉如冷笑了一声说:

"既然赛马的彩注会带来厄运,那么你还是不要受害了吧,我觉如是什么都不怕的。觉如从来都把好处让别人,把坏处留给自己。现在,就让我觉如去承担这彩注带来的恶果吧。"说着,他扬鞭打马而去。

晁通顿时醒悟过来,自己被觉如捉弄了。他又气又恼,但又不甘心,扬鞭催马,继续往前跑。

转瞬间,觉如追上了嘉察协噶。望着哥哥的背影,觉如突然心生一计。

只见嘉察身穿白镜甲,胯下"嘉佳白背"马,腰间佩带宝刀,正在奋力打马前进。那白背马已累得鬃毛汗湿,四蹄打颤,连长嘶的

劲儿似乎都没有了。突然,嘉察面前出现了一黑人黑马,挡住了他的去路。嘉察只听那黑人说:

"喂,嘉察,听人说,嘉洛家的财富和森姜珠牡都交给你了,你快快连人带物一起交出来,留你一条活命;如果敢说个'不'字,马上叫你鲜血流满三条谷。"

嘉察一听此言,气得牙齿咬得格格响:

"黑人妖魔,你别梦想,我们岭噶布的七宝和姑娘岂能交与你?就连我也没有权力享用。能够称王的,只有我的弟弟觉如,他才有这种权力,如果你识相的话,趁早闪开一条路,不然叫你下地狱。"

"我要是不闪开呢?"黑人妖魔狞笑着,露出一排带血的牙齿。

"那好!"嘉察从怀中抽出宝刀,向黑魔用力劈去。嘉察的宝刀劈了个空,险些从马上闪下来。黑人黑马早就不见了,只见觉如端端正正地坐在宝马江噶佩布背上。他对嘉察协噶微笑着说:

"协噶哥哥,请你不要劈!不要怪我,我是怕万一岭噶布发生什么事情,特别是弟兄们发生争斗时,你是不是能秉公处理,我是在试探你呀!"

嘉察方知是碰上了觉如的化身,马上正色道:

"我的好弟弟,哥哥的心意你不用试,天神对你早有预言——降伏四魔,天上地下,所向无敌。我嘉察除了为弟弟效劳,并无别的想法,请弟弟快快扬鞭飞马,早早夺得王位。"

"怎么?哥哥你不想要王位和岭噶布吗?你若不想要,我这个叫花子更不需要它!"说着,觉如翻身下马,把身上的牛犊皮袄也脱了下来,安闲地坐在地上不动了。

嘉察一见,也慌忙下马。

"觉如弟弟呵,重要的不是王位,而是为众生办好事,为了众生的事业,我们在所不辞。现在你若松懈麻痹,不仅会丧失王位,还会给百姓带来灾祸。你看,万一在公众面前被晁通夺去了王位,你觉如就是再有神变,又有什么用呢?觉如呵,为了岭噶布的百姓,你快快上马飞驰吧!"

觉如一听,嘉察哥哥的话句句在理。再看天色也不早了,晁通已遥遥领先,距金座很近了,再要耽误一会儿,将终生遗憾。

觉如飞身上马,朝终点驰去。

晁通心里别提多高兴了。现在距金座只有咫尺之遥,只要玉佳马再向前一跃,他就可以稳坐金座了。

在这关键时刻,奇怪的事情发生了,玉佳马并没有像晁通所希望的那样向前奔驰,反而腾空向后退去。晁通惊得大叫一声,他想勒住马缰,可玉佳马不但没有停下来,反倒更快地向后奔跑。晁通急中生智,立即滚下马来,要徒步跑到金座上去。

玉佳马一下子跌翻在地,呼呼地喘着粗气,哀哀地鸣叫着。晁通又跑了回来,他实在不忍心把自己的宝马扔下。他又用力拉了拉马缰,想让它和自己一起走。玉佳马瞪着两只悲哀的眼睛,像是在说:"主人家,救救我吧,救救我吧!"它是再也走不动了。晁通把心一横,决定丢下他的玉佳马,用力朝金座奔跑。但是那两只不听使唤的脚,像是踏在滚筒上一般,无论怎么跑,都不能靠近金座,只是在原地踏步。

就在此时,觉如骑着宝驹江噶佩布风驰电掣般飞到了眼前。晁通一见觉如,浑身的肌肉一阵发紧,又猛地朝金座跑去。觉如见他如此模样,冷笑了两声。

晁通怒火中烧:

"臭叫花子,你在笑我吗?"

"尊贵的叔叔,你是在和我说话吗?"

晁通王索性不跑了,质问觉如道:

"你为什么要和我过不去,为什么偏要夺我达绒家的金座?"

"谁说金座是你达绒家的?"

"那当然。这是马头明王早已预言过的,岭噶布哪个不知?谁人不晓?"

"那么,好吧,我站着不动,让你自己去跑,怎么样?"

"觉如,你不要再给我耍这套把戏,你不离开这里,我是没法靠近金座的。"

"那是为什么?刚才我并不在你身边呀!"

晁通暗想:对呀,刚才觉如并不在我身边,莫非马头明王的预言错了?难道这金座不属我达绒家?难道这赛马的彩注不该被我得到?晁通望着玉佳马那可怜的目光,扑通一声跪在地上,抱着它的脖子大哭起来。

"叔叔,你还想得到赛马的彩注吗?"

"不!不!我什么都不想,什么都不要。只是,我的玉佳马,我的玉佳马呀!"晁通声嘶力竭地哭叫着。

"那么,如果我能医好你的玉佳马,你肯把它借给我用用吗?"

晁通的哭声戛然止住,连连点头道:

"任凭觉如吩咐,只要玉佳马同以前一样。"

"我要往汉地驮茶叶,借它去驮一趟,你看怎么样?"

"好,好!"晁通现在早已把金座置之度外,一心只希望玉佳马赶快好起来。

觉如把马鞭向上一挑,玉佳马"嚯"地站了起来。觉如又在玉佳马的耳边低语了几句,玉佳马一扫刚才那副疲惫不堪的神态,变得像赛马前那样精神抖擞了。

晁通一见玉佳马恢复了神气,那夺金座的欲望又开始熊熊燃烧。他一把拉过玉佳马的缰绳,翻身就要上马,却被觉如止住了:

"叔叔,玉佳马只能往回走。如果你再想去夺金座,那么玉佳马就会永远站不起来了。"

晁通虽不甘心,却也无可奈何。他再次感到觉如的力量,不敢轻举妄动;既然金座已经无望得到,还是保全玉佳马的性命要紧。

觉如来到金座前面站定,并不忙着坐上去,而是细细地打量着眼前这辉煌耀眼的金座。为了它,晁通不惜花费重金举办赛马会;为了它,连我的宝马也显得不轻松。它仅仅是个金座椅吗?不!它是权力的象征,是财富的象征,是……觉如环顾四周:天,蓝蓝的;草,青青的;雪山闪着银光,岩石兀然耸立。这一切的一切,都要归登上金座的人统理了。想到此,觉如安然地登上了金座。

刹那间,天空出现了朵朵祥云,穹隆中,吉祥长寿五天女乘着色彩缤纷的长虹,拿着五彩装饰的箭和聚宝盆;王母曼达娜泽捧着箭囊和宝镜;嫂嫂郭嘉噶姆掌着宝矿之瓶,率领着部属和众多空行显现在宝座前。

千里驹江噶佩布立于金座一侧,长长地嘶鸣了三声,顿时,大地摇动,山岩崩裂,水晶山石的宝藏之门洞开。玛沁邦惹、厉神格卓、龙王邹纳仁庆等人献茶，众神捧着胜利白盔、青铜铠甲、红藤盾牌、玛茂神魄石镶嵌的劲带、战神神魄所依的虎皮箭囊、威尔玛神魄所依的豹皮弓袋、千部不朽的长寿内衣、战神的长寿结腰带、威镇天龙八部的战靴……觉如被众神恭恭敬敬地围绕着，一一穿戴整齐。曜主的大善知识又献上宝雕弓，玛沁邦惹拿出犀利无比的宝剑，格卓捧出征服三界仇敌的长矛，龙王拿出九庹长青蛙神变索，多吉勒巴拿出能运千块磐石的投石索，战神念达玛布拿出霹雳铁所制的水晶小刀，嘉庆辛哈勒拿出劈山斧。这种种宝物皆饰于觉如身上，加上华丽的服饰，顿时使他变成了仪表堂堂、威武雄壮的伟丈夫。

哥哥东琼噶布、弟弟龙树威琼、妹妹妲莱威噶、嫂嫂郭嘉噶姆等变化为许多童子，手持法鼓、法螺、铙钹、令旗等，吹奏仙乐，热烈地祝贺觉如登上王位。

前来参观赛马的人们被眼前的盛况惊呆了。他们有生以来，还是第一次享受到众神如此美妙的歌舞和仙乐，恍然若梦，怔怔地不知道自己该做些什么好了。

自从降生以来，觉如犹如被乌云遮住的太阳，又像那陷在污泥中的莲花，虽然为众生做了许许多多的好事，却不为人所知，反而处处受贬，被迫漂流四方，历尽艰辛，这大概也是天神令其吃遍人间之苦，再做君王，方能体谅下情，为众生多办好事。

至此，觉如登上岭国国王的金座，并正式取名，称作世界雄狮大王格萨尔洛布扎堆[①]。

[①] 洛布扎堆：意为降敌法宝。

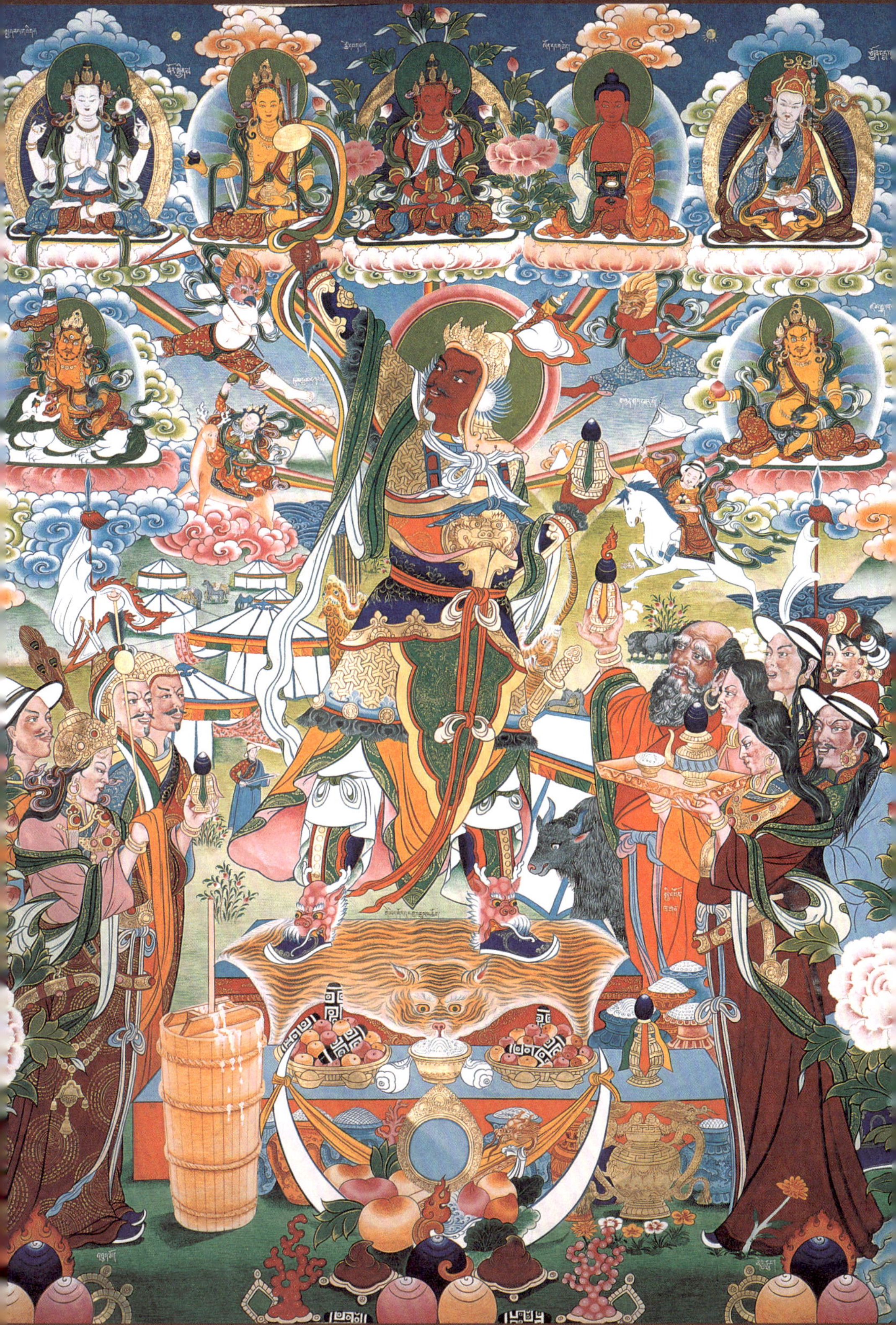

众神随着奇妙的仙乐,热烈祝贺,虔诚祈祷,然后慢慢地飘然离去。岭噶布的人们呼啦啦地拥向金座,向雄狮大王格萨尔欢呼。岭噶布终于有了自己的君王,众生就要过上和平安宁的日子了。这发自心底的欢呼声,震得山摇地动,天上的彩云随之飘舞,海中的浪花随之翻飞。

人们欢呼呵,太阳终于驱散了乌云,莲花终于冲破了污泥,岭噶布终于有了自己的君王,众生就要过上和平安宁的日子了。

雄狮大王格萨尔从金灿灿的宝座上站了起来,看着欣喜若狂的百姓们,他略微思考,便开口道:

"参加赛马的众弟兄呵,岭噶布的众百姓,我本是天神之子、龙王的外孙,今日自称为雄狮大王格萨尔洛布扎堆。我降临人间已经一十二载,历尽艰辛,遍尝苦难。今日终于登上金座,乃是天神的旨意,不知众生是否诚服。"

岭噶布的百姓们匍匐在地。他们早已看见格萨尔登上金座的时候,上有天神撒花雨,中有厉神布彩虹,下有龙神奏仙乐。他们怎能不服从?他们不但心悦诚服,而且感到这是他们虔诚地祈祷的结果。

格萨尔见众人心悦诚服,虔诚之至,便开始封臣点将:

"既然如此,我来封臣:奔巴·嘉察协噶为镇东将军,防御萨丹王的姜国人;森达穆江噶布为镇南将军,防御南方魔王辛赤;察香丹玛为镇西将军,防御黄霍尔人;念察阿旦为镇北将军,防御戎、魔二地之人。……"

封臣点将之后,格萨尔庄严宣告:"除了岭国的公敌外,我格萨尔并无私敌;除了黑头藏民的公法外,我格萨尔并无私法。从今以后,我们岭噶布的众百姓,有了十善的法纪,就要把那十恶的法纪抛弃。只要我们齐心努力,众生就能长享太平。"

万众同声欢呼,心悦诚服地拥戴格萨尔为岭噶布的雄狮大王。

在众人的欢呼声中,总管王绒察查根捧着穆布董氏的家谱和五部法旗,一起献给了雄狮大王,并热烈地祝福:

  在那黄金宝座上,
  坐着世界雄狮王,
  面如重枣牙如雪,
  格萨尔本领世无双。
  上有稀奇宝幢与旗幡,
  中有众人在歌唱,
  下有龙族的好供养,
  甘霖普泽花开放。
  上天神仙喜洋洋,
  世间百姓欢舞且歌唱,
  下界群龙高兴布祥云,
  地狱魔类失败在悲伤。
  这一面白色旗,
  是象征太阳光辉的旗;
  这一面黄色旗,
  是赞颂权势的旗;
  这一面红色旗,
  是象征吉祥的旗,
  这一面绿色旗,
  是拜谒天母的见面旗;
  这一面青色旗,

是龙王邹纳的见面旗。
将这家谱献给您,
愿您和臣民不分离;
将这法旗献给您,
愿您为众生谋福利。

接着岭噶布众兄弟纷纷上前献礼。

众家兄弟齐声祝愿威猛的雄狮大王格萨尔:

愿您镇压黑魔王,
愿您铲除辛赤王,
愿您打败霍尔王,
愿您降伏萨丹王,
愿您征服四大魔,
愿您把四方黑暗齐扫光!

晁通也走上前来,叩首庆贺。此时的晁通王,只有仇恨和忧愁,他恨不得把觉如一口吞在嘴里嚼烂。有朝一日,他必将报此大仇,以平息自己心头之恨。晁通现在虽然心中有千仇万恨,但却不能表现出来,表面上仍旧装着高兴的样子,庆贺觉如称王。格萨尔佯装不知,不但收下了他的哈达,还把先前答应给他达绒仓的所依品——苦行时用的棍棒和财神的布袋——赐给了他,又嘱咐他说:

"这是我的化身之物,今日赐给你,日后在射杀魔王鲁赞时,我还要借来一用。"

晁通连连叩首：

"大王放心，我一定精心保管，何时需用，一定及时奉上。"

森姜珠牡从轻歌曼舞的姑娘们中间走出来了，用长哈达托着嘉洛仓的福庆所依的宝物——财神所用的长柄吉祥碗，内盛长寿圣母的寿酒和甘露精华，笑吟吟地献到了雄狮大王面前。然后，为格萨尔唱了一支美好的祝愿歌：

尊贵的雄狮王格萨尔呵，
我是嘉洛·森姜珠牡女。
献上拜见的彩绫十三种，
还有美酒吉祥碗中盛。
在您金山似的身体上，
犹如彩霞环绕相拥抱，
愿武器的光泽和您的光辉，
永远灿烂辉煌！
在您雄伟的身体上，
放射着珍宝的彩光，
愿常享受福利的甘雨，
与众生永不离，
雄狮王！
在我娇嫩的身体上，
俏丽面庞邬波罗花上，
荡漾着灵活的眼睛，
敬献给您，
雄狮王！
在曲折的道路上，

在为众人的大事中，
我犹如影子随你身，
永不分离，
雄狮王！

众姐妹随着珠牡的歌声，跳得更加欢快、轻盈。珠牡的眼睛里荡漾着快乐的光彩，比平日更显得婀娜妩媚，楚楚动人。格萨尔的心猛地一动，立刻走下金座，与珠牡二人双双起舞，走进了众臣民中间，陶醉在众百姓欢歌曼舞的喜庆之中。

第五回

为救爱妃雄狮出征
大显神威射杀魔王

格萨尔正式称王后,岭噶布的百姓过上了幸福、安乐的生活。格萨尔纳森姜珠牡为王妃,二人恩恩爱爱,如鱼得水。过了不久,按照古老的规矩,格萨尔又娶了梅萨绷吉等十二个姑娘为妃,加上珠牡,就成为著名的岭噶布十三王妃。

这一天,格萨尔出宫巡视,来到邦炯秋姆草场。只见这里的雪山白得耀眼,草场绿得喜人。草场上那一头头雪白肥壮的绵羊,像是雪山上滚下来的雪珠,又像是海中涌出的珍珠,在绿草如茵的大草甸子上漂动着,漫游着。

看着眼前的美景,格萨尔大王惬意无比。一阵倦意袭来,格萨尔脱下身上的袍子,把头伸进袍子右边的袖筒,脚伸进左边的袖筒,像张弓一样,在草场的卓措湖畔睡着了。

就在格萨尔酣睡之际,姑母朗曼噶姆驾着彩云,冉冉飘下。姑母附在格萨尔的耳边,轻轻地呼唤着:

"推巴噶瓦,不要贪睡快快起。快去东方查姆寺,修学大力降魔法。快快去,别忘记,修法要带梅萨王妃去。"

说完,姑母被五色彩虹环绕着,飘然而去,留下沁人心脾的芬芳。

格萨尔毫不怠慢,立即起身返回。到了上岭噶,格萨尔把要带梅萨一起去闭关①修行的打算一说,珠牡不高兴了:

"哎呀!大王,你闭关修法,理应我去伺候,要梅萨去干什么?"

"这是天神姑母的旨意,你留在家中伺候阿妈好。"

"天神姑母?"珠牡以为格萨尔在骗她,疑惑地问,"你在天界还有个姑母?"

"当然有。"格萨尔怀着崇敬的心情说,"每当关键时刻,天神姑母都会给我传授预言,指点迷津。"

珠牡将信将疑,无论怎么说,她可不愿意让梅萨去陪大王。她想了想,有了主意。

珠牡找到了梅萨,对她说:

"为了降伏妖魔,大王要去东方查姆寺修猛烈忿怒王大力法,命我做修法侍从。你就同阿妈住在一起吧,等闭关修法后,我们再见面。"

梅萨对珠牡的话将信将疑,但她并未说什么,勉强地点头答应了。

---

① 闭关:密宗修行的一种方式。身、语、意三门不出不入为闭,六根安住不动为关。在闭关修法时,关门不出,除伺候修法的人以外,不能与任何人接触。

珠牡满心欢喜地跑回来对格萨尔说：

"大王呵，不是我不让梅萨陪您去，实在是她最近身体不大好。闭关修法是件大苦事，就让她在家歇息歇息，还是让我陪大王前去为好。"

格萨尔本来就喜欢珠牡，虽然也喜欢梅萨，但毕竟又差了一些。如今梅萨身子不爽，也就不再勉强，违背天神姑母的预言，乐得和珠牡同去闭关修法。

转眼间，格萨尔闭关修法，已过了第一个七天。这天夜里，梅萨做了一个噩梦，梦见从上沟刮来红风，从下沟刮来黑风，自己被卷进风里刮走了。梅萨又惊又怕。第二天一大早，她就带上自己亲手做的甜食，到查姆寺来找格萨尔大王，她迫不及待地要见大王，请他解梦。

当梅萨来到查姆寺附近的一眼泉水边时，恰巧遇见珠牡前来背水。一见梅萨，珠牡面露愠色：

"梅萨，你来有什么事吗?!"

梅萨顾不得饥渴和疲劳，也顾不得看珠牡的脸色，急忙说：

"阿姐珠牡，昨天夜里我做了个噩梦，好吓人哪！我是来向大王禀报这个梦的，烦劳阿姐给我通报一声。"

珠牡答应着，背着水桶走了。可她并没有把梅萨的梦告诉格萨尔，转了一圈，当她背着空桶回到泉边时，却这样对梅萨说：

"阿姐梅萨，我已为你通报过了。大王说，梦本非真，由迷乱起，特别是妇人的梦，不必相信，你就安心地回去吧。"

梅萨只觉得鼻子发酸，泪水充满眼眶，可怜巴巴地望着珠牡：

"那，好吧。阿姐珠牡，请你把我带来的甜食献给大王，把我的梦再给大王讲一遍,一定要问问主何吉凶。"说完,梅萨的泪水流到腮边,一扭头,又顺着来路转了回去。

珠牡心中也很不好受,但一想到正在修法的大王是不能打扰的,她还是决定不把梅萨的话告诉格萨尔,但却把梅萨带来的甜食献给了大王。

"哎,这甜食像是梅萨做的,她来过了?家里出什么事了吗?"

珠牡心中一惊,表面上却像没事儿一样,语气中带着嗔怪:

"大王说的什么话?梅萨做的甜食,有金子吗?有玉石吗?梅萨能做的甜食,我也一样会做。大王不必多想,还是一心修法才是。"

格萨尔不再说什么,默默地吃着,心情却怎么也不能像先前那样平静。

"格萨尔大王,不好了!梅萨王妃被黑魔抢走了,抢到半空中去了!大王快点回岭噶布吧。"

在格萨尔闭关修法的最后一天,女仆气喘吁吁地跑到查姆寺报信。

格萨尔一听,骑马就要去追黑魔,却被天神姑母在空中拦住了:

"以前我曾告诉你,闭关修法要带梅萨去,你却私自改主意。降伏黑妖魔,现在还不到时机。不要追赶快回去,修养到智勇兼备齐。"

格萨尔追悔莫及,现在是追不能追,不追又实在太憋气。他更加发奋地修习降魔的法术和武艺,等待时机。

抢走梅萨的妖魔是谁呢?他又是怎样得知格萨尔闭关的消息?原来,事情就坏在晁通手里。

在北方亚尔康魔国,有一座九个尖顶的魔宫。那抢走梅萨的黑妖鲁赞就住在这座宫殿里。这个凶恶的黑魔王，身体像山一样高大，长着九个脑袋，十八个犄角。身上爬满了黑色毒蝎，腰上盘绕着九条黑色毒蛇。手和脚共长有三十六个像铁钩一样的铁指甲。在他身边，聚集了一群妖臣、女巫，还有苯布教巫师二十九人。特别是黑魔的父王黑大力士和黑魔的妹妹阿达娜姆，更是武艺超群，万夫莫敌。

就在格萨尔闭关的第七天，黑魔鲁赞正在闲坐，晁通悄悄派人送来了书信，诉说岭噶布内情：格萨尔正在闭关，美艳无比的妃子梅萨留在家里，正是入侵岭噶布、抢夺美女的大好时机。黑魔鲁赞早就看上了窈窕漂亮的梅萨，他再也按捺不住，驾起黑云，带领妖臣魔将，抢了梅萨，席卷了岭噶布。当格萨尔得知此事时，鲁赞早已回到魔地。

过了一些时候，按照姑母的指示，降魔的时机终于到了。

"珠牡呵，我的爱妃，我就要去北方降魔，家里的事情多劳你啦！"格萨尔说完，跨上宝驹江噶佩布就要离去，珠牡却拉住了马缰："大王呵，我的心上人！不要太匆忙，吃了甜食喝了酒，路上也不受饥渴。"

说着，珠牡把格萨尔扶下战马，献上自己做的甜食和美酒。格萨尔哪里知道，珠牡为了留住大王，竟在那酒中偷偷放了健忘的药。格萨尔吃喝完毕，药性发作，倒头便睡。

不知过了多少天，在一个十五月圆之夜，姑母朗曼噶姆又出现在格萨尔的宫中。此时，格萨尔和珠牡正双双睡在床上，姑母伏在格萨尔耳边说：

"格萨尔呵，搭救梅萨且莫忘。你若再怠慢迟疑，那就不能降魔,反而会被妖魔欺呀!"

格萨尔猛地翻身坐起,姑母已驾云离去。格萨尔揉了揉眼睛,猛然记起前番姑母的旨意,都怪贪酒误了大事。一看身边的珠牡睡得正熟,就决定不叫醒她,免得多费口舌。

格萨尔悄悄起来,吩咐侍女召集众人,商议出兵北地。

王妃珠牡也醒了。她见几个侍女里外忙乱,大王格萨尔也不在身边,甚为惊异,不知道发生了什么事。

格萨尔走进房里,见珠牡已醒,立即吩咐她:

"快去打开宝库大门,取出我的胜利白盔、世界披风甲和红刃白把水晶刀,再把九万神箭准备好,牛角弓、硬盾牌、金鞍银镫准备好。"

珠牡心里明白,大王又要出征了。前次进酒拖住了他,这次恐怕仅仅再进酒是不行的了。那么,怎么办呢?还要想办法阻止大王去魔地才是呀!珠牡心里这样想着,还是去宝库取来了格萨尔所需的物品。

不多时,岭噶布的三十位英雄战将、十一名王妃以及众多的臣民百姓,都聚集在大广场上。格萨尔当众宣布要去北地降伏黑魔鲁赞,守卫岭噶布的事情就交给嘉察协噶负责。

众人俯首听命。当格萨尔大王跨上宝驹江噶佩布,就要出发的时候,只见王妃森姜珠牡跪着挡在马前。格萨尔的心往下一沉,随即下了马,双手搀起心爱的王妃,缓缓地对她说:

"珠牡呵,我的爱妃,今日离别,我心如针刺,去北地降魔,是因缘注定之事,还望王妃不要忧心,岭噶布的事也需要你多操劳。"

珠牡眼含热泪,接过阿琼吉献上的美酒,叫道:"大王呵,请喝下我这碗酒吧！"

看着珠牡的泪眼，望着她手中的美酒，格萨尔没有去饮它。他还是耐着性子对王妃说：

"爱妃珠牡呵，我俩本是一同下凡到岭地的，上有天神来指引，中有念神发宏愿，下有龙神立誓约。现在姑母传神旨，要我到北地去降魔，如果违背旨意，我俩就要永远分离。爱妃呵，快快留步让我走吧。"

珠牡的泪水润湿了她那玫瑰色的腮，像是带着露水的梨花，更显娇柔妩媚。

"大王呵，雪山不留要远走，留下白狮子住哪里？森林不留要远走，留下花母鹿住哪里？岭噶布大王不留要远走，留下珠牡托身在哪里？"

"珠牡呵，雪山走远还留下手掌大的山间，白狮子可以住那里；大海走远还留下明镜大的水面，金眼鱼可以住那里；森林走远还留下鞍垫大的草木，花母鹿可以住那里；格萨尔走远还有嘉察哥哥在这里，珠牡王妃就有所倚。"

珠牡见好言语不能打动大王的心，不觉动了气：

"我有一件流苏珠宝衣，还有金银首饰在箱里，大王若在岭噶布，我为你穿戴；大王若离去，我就用火烧，用石砸，永远不要它。"

格萨尔见珠牡生气，心中也很不高兴：

"好言相劝你不听。放开手，让我走！"

珠牡把手中的马缰拽得更紧，由生气变成了愤怒：

"当初无数英雄争相娶我，我在百人之中选中了你。你脚穿难看的破马靴，头戴尖尖破皮帽，身穿百洞烂皮袄，是我珠牡可怜你。

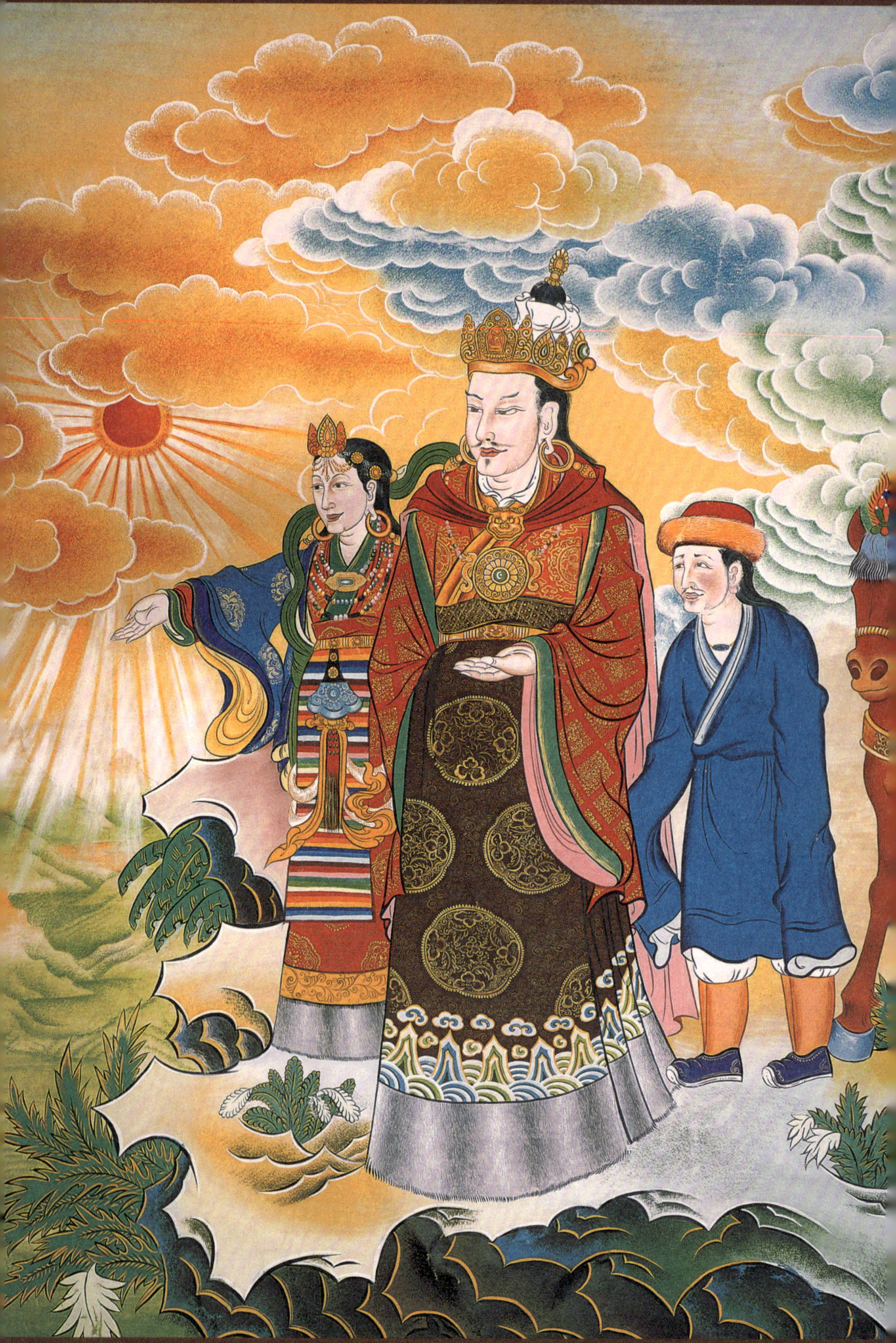

现在我成了路边石,随你踢来又踢去,如果你还认我做王妃,就听我的话留在这里。"

格萨尔听珠牡说出这般绝情之话,顿时怒火往上冲:

"好呵,森姜珠牡!想不到你容颜娇美,内心却如此狠毒,这样泼辣的女人我怎能要?再若无理定把你抛弃!"

说完,格萨尔不再听珠牡说话,打马就走。那珠牡并没有放开马缰,被江噶佩布拖出足有十几丈远。珠牡又气又急,一下子昏了过去,手也松开了。

恍恍惚惚中,珠牡感觉格萨尔大王又像是站到了她的面前,珠牡慢慢睁开双眼,大王不见了,只听见周围的一片呼唤声:

"王妃,醒醒!"

"呵,王妃醒了!"

侍女阿琼吉和莱琼吉从左右两边赶紧把珠牡扶起来。

"阿琼吉,莱琼吉,快快替我去备马。没有大王的生活我一天也不能过下去,我要随大王去北方,不管多远多苦我也要随他去。"

"这……"二侍女面面相觑,不敢不从命,慌慌忙忙地去备马。

珠牡美美地吃了一顿饭。马一备好,她趁人不备,立即出宫,头也不回地去追大王去了。

珠牡马不停蹄地追赶,经过无数山岭和谷地平川,终于在北方一个名叫纳查贡的水草滩追上了格萨尔。雄狮王正在这里休息,宝驹江噶佩布在一边悠闲地吃着青草。大王又以酣畅快乐的环形寝卧方式安睡着。珠牡立即扑到格萨尔面前,搂住大王的脖子,如泣如诉地呼唤着大王:

"大王呵,你好狠心,把我一个人丢在岭噶布!如果你实在要去北方，珠牡我也不拦你，让我和你一同去吧！我的好大王，好丈夫，你醒醒呵！"

格萨尔早就醒了，听了珠牡的哭诉，他心里一阵阵发酸。是呵，和珠牡结婚三年，恩恩爱爱不曾分离。此去北方降魔，少则半年，多则三载，让她一个人怎么生活呢？格萨尔把珠牡搂在怀里，答应带她去北方。珠牡一听此言，又高兴，又激动，加上旅途的疲乏，她躺在格萨尔的怀里睡着了。

不知过了多久，姑母朗曼噶姆驾着祥云出现了。伴着仙乐，姑母对格萨尔说道："白雪山脚两头猛狮子，一头要出征转山边，另一头要守在水晶石洞边；岭噶布的大王和王妃，大王降伏四魔走天边，王妃要守护在家园。"

听了姑母的话，格萨尔明白此去降魔是不应该带珠牡的。可是，珠牡怎么办呢？姑母给他出了个主意。

"大丈夫不能心太软，也不必心怀忧愁。趁着珠牡熟睡时，快快离去别犹豫。我自有办法送她回去。"

格萨尔轻轻把珠牡放在一块平坦的大石头上，狠了狠心，骑上马走了。

珠牡实在是太累了，这一觉睡得特别香，特别沉。但是，当珠牡一觉醒来，早已不见了大王。珠牡急忙上马，她一定要去追赶雄狮王。

走了没多远，一条大河横在珠牡面前，河对岸有一位头戴法冠、身穿法衣的上师，正倚着一株檀香树作法。珠牡沿着河的上游、下游跑了一个来回，也没有找见渡口，就冲着对岸的上师大声喊道："喂，学识渊博的上师，你可见过一个行路人过河去了？"

"什么样的行路人?"

"长着白螺牙齿紫面皮,穿着岭地的金甲衣,骑着火红的千里驹。"

"看见了,只是这个人已走远,姑娘你是无法追上他的。"

"不,他是我的丈夫,我的大王,我一定要追上他。"

"姑娘呵,这个地方名叫黑魔沟,这个海是老魔的寄魂海,姑娘家最好别靠近。再说,这条大河你也没有办法过来呀!"

珠牡无可奈何,却又不甘心就这样转回去,便对那位上师说:

"有道行的上师呵,只求你帮我一件事,有几句话要转达给格萨尔王。大王曾对我发过誓,活着绝不抛弃我。口里的誓言是这样说,纸上的字句是这样写,石头上面的字也是这样刻。我一心一意恋大王,他却狠心丢下我;我今生和他相伴的缘分只到此,发愿来世相见在天国。请别忘姑娘托付的话,见到大王一定对他说!"

珠牡说完,看着上师,又望了望眼前的大河,叹了口气,慢慢地转了回去。原来那上师乃是格萨尔所变,听了珠牡的一番话,格萨尔的心一下子悬了起来,回岭噶布的路途遥远,珠牡她一个人,会不会……

眼见珠牡远去,格萨尔心中大为不忍。我去北方降魔,为的是救出妃子梅萨,如果梅萨尚未救出,珠牡倒先有了闪失,岂不让我心痛?格萨尔想了又想,一时起了转回岭噶布的心思。

"推巴噶瓦,你忘记所发的誓愿了吗?"一个声音从空中飘来,柔和中透着威严。这是天界的姑母朗曼噶姆发了话。

"你到北方去,仅仅是为了梅萨吗?不!更重要的是降伏妖魔,解救众生,造福百姓。现在,你不能退却,不要彷徨,珠牡自有我来保护，你的护法神也会帮助她回岭噶布。"

姑母的一席话，如一声惊雷，使格萨尔翻然醒悟。是的，我不能回去，不降伏黑魔鲁赞，我是绝对不能回去的。

格萨尔立即骑马向北方奔去。不知过了多少天，终于来到一座像心一样耸立的大山前。

山顶上有一座四四方方的城，城的四面竖着用尸体做的幢幡。格萨尔心中暗自揣测，这恐怕就是魔地了吧。格萨尔下了马，上前叩门。

沉重的城门吱吱呀呀地开了一条缝，从里面走出一个天仙般的姑娘，眨了眨眼睛问：

"喂，你怎么跑到我们魔国来了？看你长得还不同常人，暂且饶你一命。要是鲁赞看见你，就插翅难飞了。快快逃命去吧！"

格萨尔并没有走的意思，他上前一步，揪住了魔女的前襟，一把将她掀翻在地。格萨尔用膝盖抵住姑娘的胸口，从腰间抽出白把水晶刀，直逼魔女的喉头：

"说！你是谁？这是什么地方？黑魔鲁赞在哪里？"

魔女被尖刀逼着，自知不是格萨尔的对手，只得道出实话：

"我是北方魔女阿达娜姆，黑魔鲁赞是我哥哥，这里是岭地与魔国的交界处，我兄命我守护此地。你一定是雄狮大王格萨尔啦，姑娘我一直敬仰你。"

格萨尔收起了尖刀："你愿意帮助我去降伏黑魔鲁赞吗？"

"听凭大王吩咐！"

"不过，他可是你的亲哥哥啊！"

"是啊，可我早已过够了这魔国的生活。如果大王不嫌弃，我愿做您的终身伴侣，请您做这铁城的主人。"

雄狮大王被阿达娜姆的诚心感动了，被姑娘的美貌迷住了。看她那玉洁冰清的肌肤，那窈窕婀娜的身姿，那莲花绽放似的容貌，叫格萨尔怎能不动心！

格萨尔和阿达娜姆姑娘就这样自己做主成了亲。每日里，夫妻二人形影不离。外出，阿达娜姆陪大王跑马打猎；回家，阿达娜姆为大王唱歌跳舞。就这样，不知过了多少日子。有一天，格萨尔突然想起妖魔未除，自己怎么能安心住在这里？可又怕阿达娜姆不让他走。如果得不到她的帮助，降伏鲁赞就不那么容易了。想到这些，格萨尔变得闷闷不乐，聪明的阿达娜姆全都看在眼里。她知道大王的心事，也知道留不住他，便决定帮助大王去降魔。

这一天，阿达娜姆准备了一桌丰盛的宴席，格萨尔大为不解：

"王妃，有什么喜事，这样大摆宴席？"

"为大王饯行呵！"

"饯行？"

"是啊，鲁赞不除，大王怎么会安心在这里久住？今天我就要给大王好好说说降魔的方法，帮助大王得胜利。"

"啊，我的妃……"格萨尔没想到阿达娜姆竟是

阿达娜姆

北方亚尔康魔国黑魔王鲁赞的妹妹，号称北方魔女，后被格萨尔降伏，娶作王妃，列入岭军英雄行列。

这样的明白事理，以大业为重，竟比那森姜珠牡还要胜过几分。

"大王呵，此去降魔会碰到很多困难，我把这只戒指献给你，你如此这般……一定会顺利的。"阿达娜姆褪下手上的戒指，郑重地交给格萨尔王，又附在他耳边细细地说了半天。格萨尔连连点头，明白了降魔的奥秘。

格萨尔王与王妃阿达娜姆依依不舍地分了手。走了半日，一座黑猪鬃一样的山挡在面前。山的旁边，是一片黑茫茫的海，着实令人恐惧。突然，从黑海中钻出一条熊一般大的黑狗来。格萨尔知道，这就是魔狗古古然杂。魔狗大叫一声"站住"，一下子蹿到格萨尔面前。

格萨尔不惊不慌，微微笑了笑，把阿达娜姆的戒指举到了面前："古古然杂，不要见了谁都喊'站住'，我是阿达娜姆的丈夫。这戒指是阿达娜姆给我的定情之物。你不欢迎反倒要咬我，见了魔王我要告你的状！"

魔狗被那闪闪发光的戒指晃得睁不开眼睛，又听说格萨尔是阿达娜姆的丈夫，心想，阿达娜姆的厉害谁人不晓，还是少惹是非为好！

"呵呵！不知大驾光临，恕我老狗无理。您请，请到海子里休息！"

"不必了，我还要赶路。"格萨尔收起了戒指，扔给古古然杂一块肥牛肉。魔狗高兴地叼着牛肉，跳进黑海里去了。

格萨尔又往前走，眼前出现两条路，一条白色，一条黑色。阿达娜姆说过，白路是活路，黑路是死路。格萨尔顺着白路往前走，天亮时分，他来到一座像五个指头竖起的高山旁边。一个长着五个头的

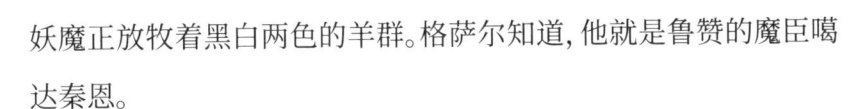

妖魔正放牧着黑白两色的羊群。格萨尔知道,他就是鲁赞的魔臣噶达秦恩。

格萨尔自报姓名:"我是断鲁赞魔命的行刑人,我是勇武无敌的战神,我是引导众生的天神之子。我是岭国的大首领,雄狮大王格萨尔。"

五头妖秦恩一听是格萨尔,顿时警惕起来。都说他是妖魔的死对头,不知自己是不是他的对手。在魔国,五头妖的武艺只在鲁赞之下。如今见到格萨尔,他想和雄狮王比试比试,于是向格萨尔提出比武射箭。格萨尔欣然应允。秦恩马上立了四十五个靶子,它们是:九只绵羊、九只山羊、九层铠甲、九个铜锅、九副鞍鞯。

格萨尔将九万良友箭抽出,默念助箭辞。念毕,搭箭开弓。弓弦响,箭离弦,闪电般的红黄火焰遮天盖地,如同燃烧的羽毛一般。利箭射穿了四十五只箭靶,在空中打了个旋,又回到格萨尔的箭囊中。

五头妖秦恩看傻了,他活到偌大年纪,见闻不算少,可从来没见过这样的神箭。他心悦诚服地认输了。

格萨尔愤怒中带着得意地说:

"五头妖魔你听着,如果还想活命,就老老实实地为我办事情;如果有半点不应承,现在就要你的命!"

五头妖秦恩一听,自己还有活命的希望,立即答应为格萨尔办事,并讲了自己的身世:

"我本生在绒国,后被鲁赞抢来,才在魔国住了下来,成了五头妖魔。今后我愿随大王去岭噶布,做个善良百姓。"

格萨尔见老汉说得情真意切,颇受感动,饶了他的命,并让他立即去鲁赞的九尖魔宫,打探消息。

五头妖魔秦恩带着格萨尔交给他的任务,来到魔城九尖宫殿,看到魔王和王妃梅萨正悠闲地坐着。一见秦恩进宫,鲁赞忙问:

"呵,我的大臣,各个地方都安静吗?没有什么敌人来作乱吗?"

"大王在上,托大王的福,各个地方都很安静,没有什么敌人敢来作乱。"

"那么,你的身体好吗?"魔王又问。

"呵,多蒙大王庇佑,臣子的身体也很好!"秦恩拜过大王和王妃。

"哎呀,我的大臣,我好像嗅到了生人的气味,这怕是你带来的吧?"鲁赞不愧是魔王,一下从秦恩的身上嗅到了非同寻常的气味。

"啊,昨天,有一只白羊得了病,我把它杀了,可能溅在身上一些血,或者留下些膻味吧!"秦恩急忙解释。

"噢,也许是。"鲁赞将信将疑,"秦恩,你坐下休息吧,我还要出去巡视一回。王妃,你陪秦恩坐坐。"说着,鲁赞走了出去。

秦恩知道,老魔是不放心。可这也正好给了他和王妃说话的机会。

"呵,王妃,"见鲁赞走出去,秦恩马上对梅萨说,"昨天有个过路的印度商人,他说是从岭噶布来的。"

"哦,他说了些什么?"梅萨一听岭噶布,顿时有了精神。

"他说岭国现在已经没有国王,格萨尔已死了一年多。"

"什么,你说什么?"梅萨顾不得掩饰自己的焦虑之情。自从被鲁赞抢到魔地来,鲁赞对她热情之极,百依百顺,把其他王妃都忘在一边。梅萨吃的是最香最美的食品,穿的是最柔软最漂亮的衣服。梅萨尽管享受着荣华富贵,但心中还是日夜思念家乡,想念她的大王,只是不敢有半点流露罢了。今天一听秦恩说格萨尔已死,她再也无法掩饰自己对大王的真情了。

秦恩见梅萨急成这副模样,忙又缓和了口气:

"也许是我耳聋没听准,也许是那印度商人讲错了话,要不然,我带他到这里来见您,您可当面问问他。"

"好吧,你把他带到后宫。记住,别让老魔鲁赞知道。"

"臣子明白。"

秦恩走后,梅萨心乱如麻,原指望有朝一日大王会来搭救自己出魔地,哪想到大王竟先她而去。今天且把那印度商人叫来问一问,如若是真,那她也不想再活下去了;如若是假,那,那定要让五头妖把他吃掉,谁让他尽说些乱人心思的话呢!

梅萨正兀自想着,秦恩已把格萨尔带了进来。

梅萨望着这"印度商人",那面孔似曾相识;不,岂止是相识,简直是太熟悉了。

格萨尔也直盯盯地看着梅萨,那美丽的头饰遮不住憔悴的面容,那华丽的衣服盖不住衰弱的身形,她比在岭国时瘦多了。

格萨尔慢慢脱下印度商人的外衣,露出了雄狮王的服饰。梅萨也脱去魔妃的服饰,只剩下洁白的内裙。大王和王妃紧紧地搂在一起,梅萨轻轻地抽泣着,格萨尔大王也潸然泪下。

"大王呵,你快带我逃出去吧!"

"妃子不要心焦,等降伏了老魔我们再走不迟。"

"这……"梅萨有些迟疑。她不是不愿意让格萨尔降伏老魔,而是怕大王斗不过老妖反遭伤害。梅萨把格萨尔带到魔王的宫里:

"大王呵,你看看,这是鲁赞的床,这是鲁赞吃饭的碗,这是鲁赞的铁弹、铁箭。"

格萨尔在床上一躺,像个婴儿一样,只占了床的一角。他又想端那饭碗,拿那铁弹、铁箭,竟拿不起来。梅萨见状,忙劝道:

"要想打败老魔,是很难很难的啊!"

"那么,我就不要降伏这黑魔了吗?梅萨,你一定知道降魔法,还要帮助我才是。"

"这样吧,我把老魔的黄母牛杀了给你吃,你就会长力气。"

于是梅萨立即动手杀了牛,又把它煮熟。格萨尔一口气吃了这头牛,身体顿时变得又高又大。老魔的床睡不下他了,拿老魔的饭碗和铁弹、铁箭更是轻而易举。格萨尔心中十分高兴,梅萨也欣喜地说:

"这下,降伏妖魔就有希望了。"

梅萨叫格萨尔仍旧回秦恩那里去住,等明天再来告诉他降魔的办法。

这天夜里,梅萨对老魔鲁赞说:

"大王呵,不好了,我做了一个梦,梦见我右边的发辫被剪掉了,这恐怕不是什么好兆头。如果大王有个三长两短,叫我怎么办呢?昨天听秦恩老汉说,岭国的格萨尔要来北方降魔呢,不知什么时候就会到这里。您对您自己的寄魂海、寄魂树、寄魂牛,还要多加小心才好啊!"

老魔呵呵一笑:"妃子不必担心,我的寄魂海是仓库里的一碗癞子血,把这碗打翻,寄魂海才会干;我的寄魂树,只有用我仓库里的金斧子砍三次,才会断;我的寄魂牛,只有用我仓库里的玉羽金箭去射,才会死。在我睡熟的时候,我的额头有一条闪闪发光的小鱼儿,这是我的命根子。在鱼儿闪光的时候被箭射中,我才能死。"说完这些,老魔鲁赞忽然后悔起来:"爱妃呵,这些事可千万不能让外人知道,不然,我就真的没命了。"

"妃子明白。"梅萨真高兴,竟这样轻而易举地知道了老魔的秘密。天亮时,梅萨假意关心老魔:

"大王呵,为了保险,您还是出去巡视一下吧,万一格萨尔来了,也好早些对付他。"

老魔还真有些不放心,吃过早饭就出去巡视了。

格萨尔又来到九尖魔宫。梅萨详细给他讲了降魔的方法。接连三天,格萨尔弄干了鲁赞的寄魂海,砍断了鲁赞的寄魂树,射死了鲁赞的寄魂牛。老魔的妖气消去了不少,身上的铁蝎子和手脚上的毒蛇也无影无踪。从此以后,魔王一直处在昏迷状态,半死不活。

现在,就差射死他额头闪闪发光的小鱼了。

格萨尔被梅萨藏在灶房,待老魔昏睡之时,突然射出了雕羽箭。谁知,这一箭竟没有射中。紧接着,格萨尔再发鹰羽箭,这一箭正中老魔额头。但是,鲁赞的妖气未尽,并没有马上死去,反而从床上跃起,扑向格萨尔:

"我早就闻出你的味了,你弄干了我的寄魂海,砍断了我的寄魂树，射死了我的寄魂牛，现在又射死了我的寄魂鱼。既然我不能活，也绝不让你活下去！"

格萨尔和鲁赞扭打在一起。梅萨生怕雄狮王有闪失，忙把豆子撒在鲁赞脚下，而把灶灰撒在格萨尔脚下。格萨尔念诵大力咒语，拼命一摔，老魔被脚下的豆子一滑，跌倒在地。格萨尔立即拿出宝马，搭上神箭，用力猛射，刚好射在魔王的额头中央，他立即倒地而亡。然后将鲁赞的尸体压在一座黑塔下面。格萨尔坐禅静修，超度鲁赞的灵魂到清净国土。此时，格萨尔到魔国才三个月零九天。

此后，格萨尔仍用秦恩为大臣，在魔国大做善事，又住了两年零三个月。

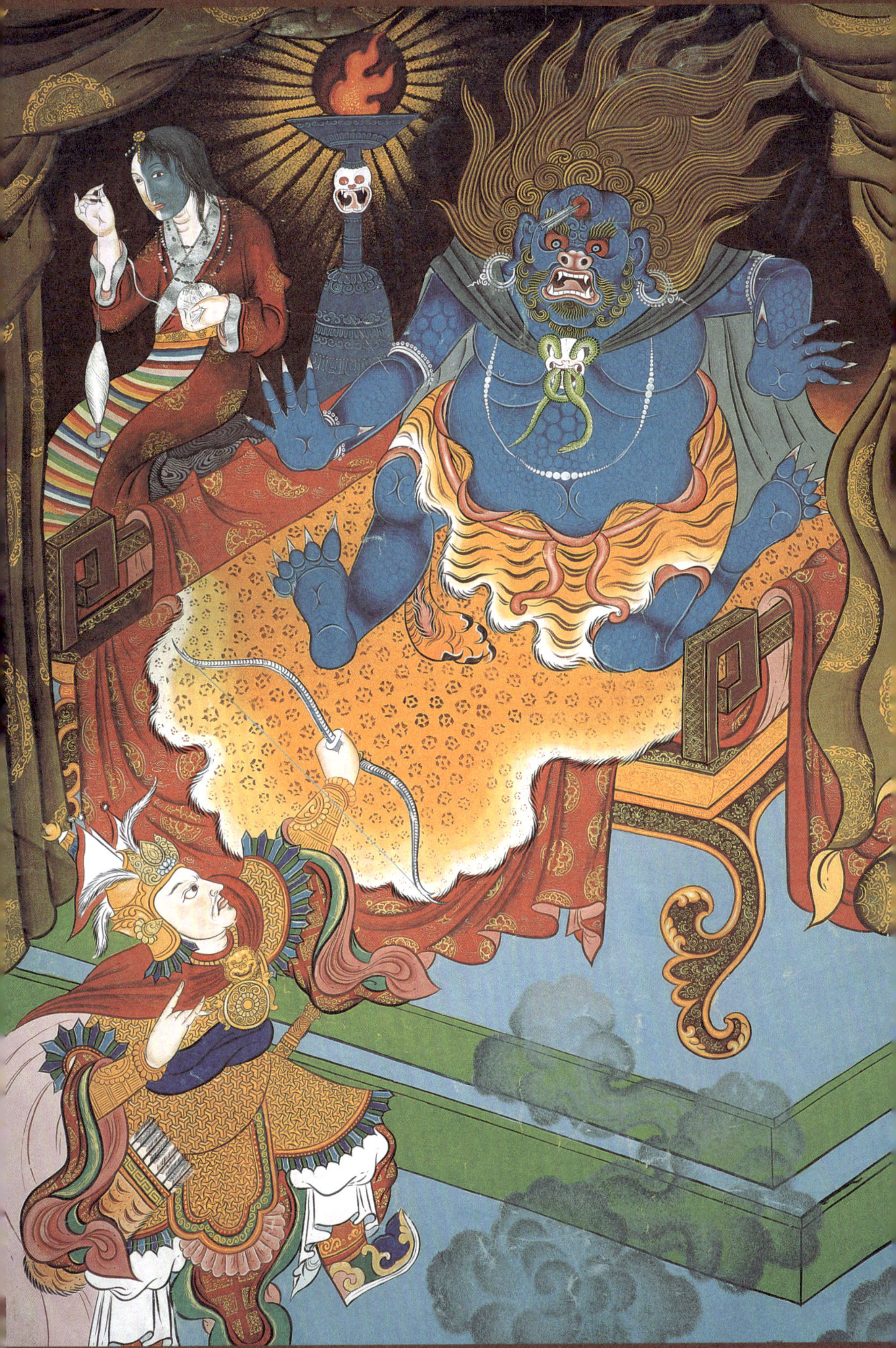

第六回

霍尔兴兵抢走王妃
受惩罚白帐王被诛

岭噶布的东北面,是霍尔人居住的地方,又叫黄霍尔。黄霍尔有三位大王,也是三位兄弟,分别住黑、白、黄三种颜色的帐篷,所以被人称为黑帐王、白帐王和黄帐王。其中白帐王的武艺最为精湛,由他统领霍尔各部落。

格萨尔到北地降魔的第三年,白帐王的王妃突然病逝。白帐王立即召集群臣商议,要选一位天下美女做他的新王妃。大臣们决定派宫中饲养的会说话的鸽子、孔雀、鹦鹉和乌鸦出去,飞向四方去寻找美女。

四只鸟奉命飞了出去,当来到一处三岔路口时,鹦鹉说话了:

"为大王选王妃实在是不容易。一是大王要的美女天下难寻;二是即便找到了,也不见得能娶得来。要是娶不来,就得出兵去抢,一动刀枪,不知要死多少人马。那个时候,罪魁祸首就是我们四只鸟了。依我说,我们还是不要做这种遭人埋怨、受人责骂的事吧。"

温顺的鸽子和美丽的孔雀也不愿意做这种伤天害理的差事,三只鸟各自返回了自己的家乡。

只有黑老鸦不听鹦鹉的话,它要报答大王对它的恩典,选一个天下最美丽的女人,黑老鸦不辞辛苦地飞呀飞,找呀找,寻呀寻。这一天,竟飞到了美丽的岭国。在达孜城的吉祥胜利宫,松石梁大宝帐前,乌鸦终于飞不动了。它左右仔细端详:呀!天下第一美人竟藏在这里!这里正是格萨尔大王的宝帐——王妃珠牡居住的地方。珠牡独守空房,已经整整三年,今日心情稍好一些,正让两名侍女帮自己梳洗打扮。主仆三人坐在大帐前,欣赏着天空中美丽的彩云,以及远处的青山、近处的绿树和俊鸟的鸣唱。

就在这个时候,黑老鸦飞到了这里。它被珠牡的美貌惊呆了,高兴得哇哇叫:

"呵,珠牡姑娘,久闻你长得漂亮,今日一见,果然非比寻常。你本是格萨尔的妃子,如今却独守空房。可惜你美妙的青春,守着空房独自悲伤。我老鸦是霍尔白帐王的使臣,像你这般美貌的人儿,正好和白帐王配成双。你要是做了他的妃子,荣华富贵任你享,强似在这里守空房。"

老鸦说得洋洋得意,珠牡却听得怒火满腔。她抓起一把灶灰向老鸦撒去,哪知这灶灰非但没有撒在老鸦身上,反倒把自己的小松石发压摔了出去。乌鸦一见,立即啄起小松石,展翅向霍尔国飞去。

自从派出四鸟,白帐王等得好不心焦。屈指算来,四鸟已派出百日,还不见一个回来?!正在他急不可耐之时,黑老鸦飞了回来。一见那晶莹碧绿的宝石,白帐王知道乌鸦一定给他带来了好消息。

"老鸹辛苦了,快快对我说,美丽的姑娘在哪里?"

黑乌鸦装出一副疲惫不堪的样子,倒在地上不说话。白帐王知道她要什么,便命人宰杀白嘴神羊、长毛神牛和雁黄神马,赏赐

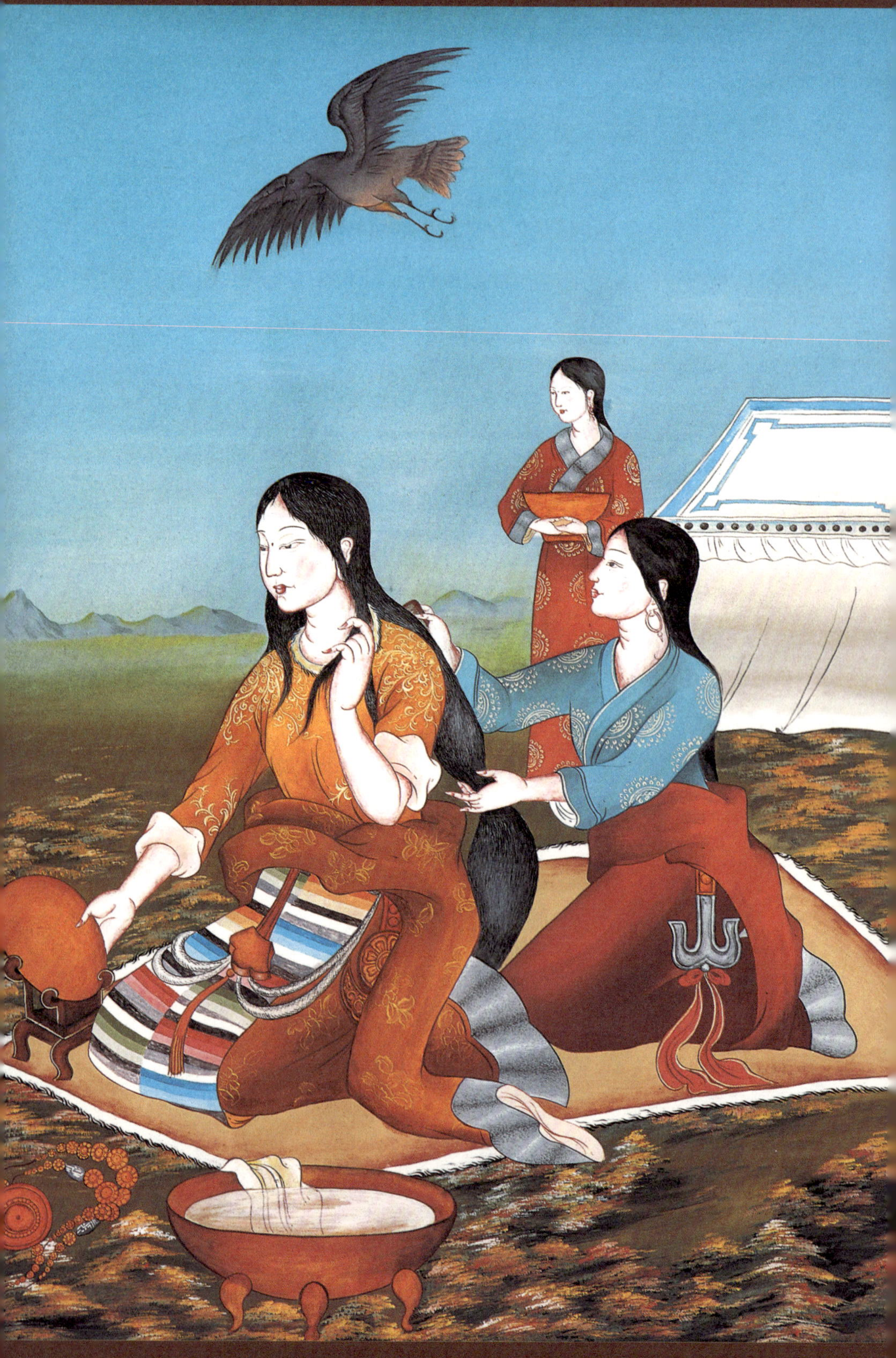

给她,黑乌鸦一边享用着侍卫宰杀的白嘴神羊、长毛神牛和雁黄神马,一边腆着肚子道:

"珠牡王妃俏模样,遍身芳香赛花朵;人间美女虽无数,只有她才配大王;格萨尔大王去北方,如今她正守空房。"

"呵,太好了!天赐良机,我马上就派兵把她娶过来。"

白帐王的大臣辛巴①梅乳泽,在一旁听了乌鸦和大王的对话,心中暗想:无故向岭国兴兵,不仅违背了上天好生之德,也会给百姓带来灾难。再说岭国的雄狮王也异常厉害。为了避免大王做出令他追悔莫及的事,梅乳泽劝道:

"大王呵,我们和岭国,不曾有过战争,和睦共处了这么多年,为了一个妃子,就要大动干戈?就是你把珠牡抢来了,那雄狮王岂肯善罢甘休?大王还是再好好想一想吧。"

白帐王一心想着珠牡,根本听不进辛巴梅乳泽劝告,但为了堵住梅乳泽的嘴,为了使出征岭国更有根据,他决定请吉尊益西打卦问卜。

吉尊益西是霍尔噶尔柏纳亲王的女儿,不仅长得漂亮,且天资聪慧,能掐会算。她的卦是极灵验的,所以在霍尔国很受人喜爱,也被人尊重。一听白帐王要她算卦,吉尊益西带着虎皮卦毯、白螺卦箭、红袖子卦绸、绿松石骰子等物来见白帐王。白帐王让吉尊益西算算此次出征能否达到目的、取得胜利。姑娘虔诚地祷告着,立即打卦,见卦象凶险,慌忙禀报:

"卦象出现三座山,三山间有大草原,上有银刀光闪闪,下有

---

① 辛巴:原意为屠夫,寓褒于贬,这里作英雄讲。

血海波浪翻，我的阿弟刀下死，大王也难逃劫难。这个卦象太凶险，将来祸患数不清。大王大王请思忖，不要无故动刀兵。"

白帐王一听，非常不满："你这个卦象不可靠，不要再费唇舌说凶兆，若不是看你年轻容貌娇，定斩你首级不轻饶！"说着，他斥退了吉尊益西姑娘。

见白帐王执意出兵，辛巴梅乳泽也不好再说什么，只得随大王出征。

再说岭国的珠牡王妃，一天夜里，竟做了一个噩梦，梦见山崩地裂，洪水滔天，砸坏了岭国的房屋，淹没了岭国的牛羊。珠牡被噩梦惊醒，吓得出了一身冷汗。她叫醒了阿琼吉和莱琼吉，把自己的梦说给她俩听。两个姑娘说：

"王妃，不好！梅萨王妃就是做了噩梦以后被抢走的。前几天黑老鸦来为霍尔王说亲，说不定霍尔国要出兵来抢王妃呢！"

珠牡也惊慌起来，忙让二侍女去召集岭国大小战将、各家英雄。自己也紧张地思索着，想着对敌的办法。

以嘉察和绒察查根为首的岭国三十名英雄和众多臣民都应召前来。听了珠牡的讲述，大家都认为这是祸患兴起的恶兆。只有晁通说是吉兆，是雄狮王要回岭国的象征。但是没人相信他的鬼话。总管王和珠牡商量决定派英雄丹玛率领骑兵，到霍尔观察动静。

丹玛带着二十一个骑士，出了岭国往前走。刚走到一个不太高的山顶，便发现在前面的大石滩上挤满了黑红十二个部落的军队，炊烟缭绕，弥漫四野。这些军队的营门都朝着岭国，看这兵马排列的阵势，肯定是来进攻岭国的。丹玛立即吩咐二十一个骑士马上回去报告，他还要仔细观察，见机行事。

二十一个骑士向岭国驰去，丹玛则不慌不忙地从阳山采来冬青，唱起了赞颂战神的歌，准备只身挡住霍尔的兵马。突然，丹玛的银灰马说话了：

"霍尔的兵马多如牛毛，我们只有一人一马，若直接去攻击，肯定会碰壁。我们不如假扮成跛人、跛马，你徒步行走，我空鞍前进，等到了霍尔军的面前，再猛烈冲击。"

丹玛听从了银灰马的好主意，牵着坐骑一瘸一拐地往前走，果然没有引起霍尔人的注意。眼看就要到霍尔军的营门了，丹玛迅速放下白盔的遮檐，跃上马背，像一道闪电，冲进了霍尔军的大营。辛巴梅乳泽的先锋营地被他砍倒了十八座大帐，踏翻了十八个锅灶，灶灰四处飞腾，笼罩了大地，遮黑了天空。霍尔兵被这突如其来的袭击吓懵了，乱作一团。丹玛趁机把霍尔人放牧的战马赶走了。

目睹混乱的战况，辛巴梅乳泽又来劝告白帐王：

"大王呵，我们还是不要进兵岭国了吧！你看这跛人跛马就如此厉害，如果岭国大军一来，还会有我们的好结果吗？不要为了一个女子大动干戈吧。我们霍尔的美女多得很，大王说要谁就娶谁。"

"我只要珠牡，不要再多言！岭国的跛人跛马抢走了你的马，你不去追马，反倒来这里嚼舌头。平日里你是勇冠三军的大将，今天怎么变得如此胆小?!"白帐王连讽刺带挖苦，把个梅乳泽训斥了一顿。他什么都不说，立即率领二万巴图鲁军向岭国杀去。

岭国的英雄们早已做好准备，两军相遇，水火不相容，直杀得尸骨成山，血流成河，霍尔兵死伤不计其数，岭国的兵将也损伤不少。

珠牡心如火焚，昼夜不眠：看样子，霍尔王如果不把我抢到手，是不会善罢甘休的。怎么办呢？如果我能用计把霍尔王骗过一段时

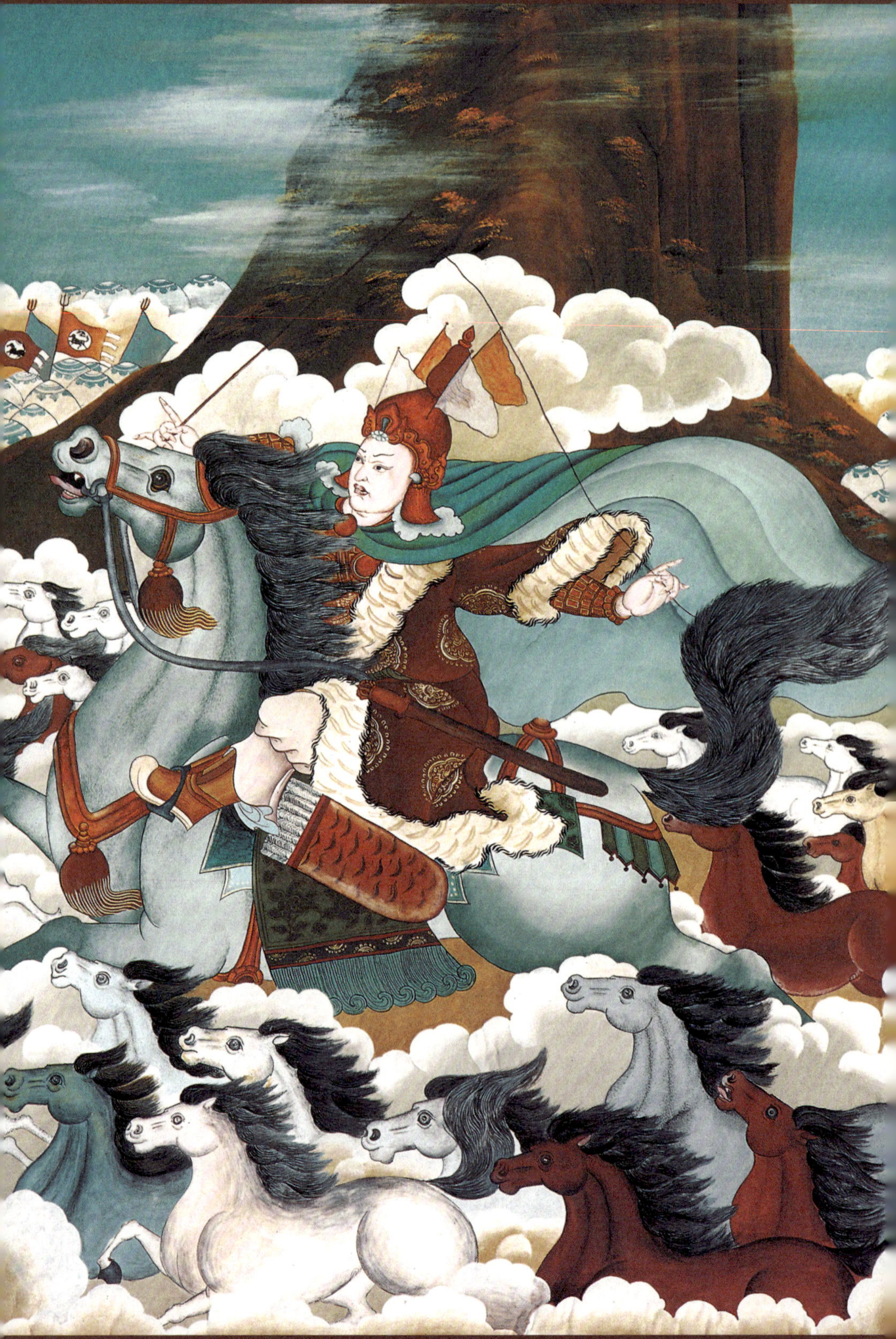

>>> **丹玛抢得骏马归**

丹玛听从了银灰马的好主意,牵着坐骑一瘸一拐地往前走,果然没有引起霍尔人的注意。眼看就要到霍尔军的营门了,丹玛迅速放下白盔的遮檐,束紧白甲,拉紧银灰马的肚带,跃上马背,像一道闪电,冲进了霍尔军的大营。辛巴梅乳泽的先锋营地被他砍倒了十八座大帐,踏翻了十八个锅灶,灶灰四处飞腾,笼罩了大地,遮黑了天空。辛巴们被这突如其来的袭击吓住了,不知所措,乱作一团。丹玛趁机把霍尔人在阴山、阳山和山谷里放牧的战马赶到一起,从容不迫地赶走了。

间,说不定雄狮王很快就会回来,只要格萨尔大王一回来,自然会打退霍尔百万雄兵。

珠牡立即吩咐阿琼吉把自己的想法告诉嘉察和总管王,让他们告诉霍尔王:珠牡决定要跟他们去。与此同时,珠牡给格萨尔大王写了一封信,派岭国的寄魂鸟白仙鹤给大王送到魔地去。

珠牡的计策得到了总管王的赞同。嘉察虽然不很愿意,但一见岭国的兵马损失惨重,心想,若能用计拖住黄霍尔人,等格萨尔回来也好。于是把珠牡的假意允婚当作真情,告诉了霍尔白帐王。

白帐王心中别提多美了,一想到世上最漂亮的美人就要归自己所有,他高兴得快要发昏了。

就这样,等呵等,一晃三年。黄帐王和黑帐王等得很不耐烦,白帐王更是心急如焚。他又派辛巴梅乳泽去催珠牡快些启程。

珠牡比白帐王还要心焦。她也在等,等雄狮王格萨尔的音信。

可一天天过去了，一年又一年也过去了，格萨尔音讯皆无。莫非大王升天了吗？不然的话，怎么会不回来？就在珠牡心焦似火之时，辛巴梅乳泽又来催促：

"珠牡王妃，我们大王好耐性，等到现在已经三年整。你今天说东，明天说西，总是拖着不启程，这究竟是为何？如果王妃再不快些跟我们走，我们的三位大王就不客气了。"

"辛巴莫着急，莫生气，我珠牡从小生长在岭国，要离去自然麻烦多；再说出嫁是大事，不能随便当儿戏。今天我还要到上沟看姑母。她已经老了，我这一走，恐怕再难见到她。临行前，我一定要去看她一看才是。"珠牡强压心头的焦急和不安，故作轻松地对辛巴梅乳泽说。

梅乳泽无奈，只好答应。又怕珠牡中途逃走，所以寸步不离地跟在她身后。

二人走到上沟的下面时，珠牡拿出一瓶酒对梅乳泽说："好心的梅乳泽，你在这里喝酒，我一个人上去吧。不然，姑母见你这副杀气腾腾的样子，会吓坏的。"

"也好。"梅乳泽看了看这山路，料定珠牡不能逃跑。

珠牡一个人向岭国最高的山峰爬去，到了山顶，她顾不得喘息，拿出随身带着的一面水晶宝镜。这是面神镜，能把全世界各个角落都看清。她这次登上山顶，就是为了看看她的大王究竟还在不在人世间。从宝镜中，珠牡不但看见了格萨尔大王还健在，而且看见了梅萨绷吉和另一个美若天仙的姑娘，二人正陪着大王饮酒唱歌。珠牡不看则已，一见真似万箭钻心，痛彻骨髓！

"天啊！"珠牡大叫一声，昏了过去。

一只小喜鹊叽叽喳喳地唤醒了珠牡。珠牡泪眼蒙眬，一见喜鹊，忙让它去见格萨尔大王：

"花喜鹊呀，请你告诉狠心的大王，岭国百姓正在遭受苦难，让他快快回岭国。"

珠牡慢慢走下山来，见了辛巴梅乳泽，不等他催促，就说：

"我的姑母病得很重，我要侍奉她老人家几天才能走。"

辛巴梅乳泽见珠牡眼圈红肿，真以为是珠牡的姑母得了重病，遂动了恻隐之心，点头答应了。

白帐王等了三天又三天，终于耐不住了，又派梅乳泽来催珠牡上路。珠牡谢过梅乳泽，然后说：

"我姑母的病好些了，可我还有个姐姐住在中沟，我还得跟她辞行。"

"你们女人家就是事多。"辛巴梅乳泽有些不耐烦，可还是跟珠牡一同去了中沟。

珠牡又拿出好酒，让梅乳泽在山下慢慢饮着，自己则带着水晶宝镜爬上了山顶，用宝镜一照，见大王和两个妃子仍旧在饮酒唱歌，那只为珠牡送信的花喜鹊被射死在大帐门口。珠牡的心碎了，狠心的大王真是不念旧情，还把为我送信的喜鹊射死了。天啊！天啊！我珠牡可怎么办啊！珠牡又昏了过去。

珠牡再次醒来时，见一只美丽的红狐狸正趴在自己身边，用舌头舔着她的手腕。珠牡抚摸着红狐狸的脖子，只觉心灰意冷。

"王妃珠牡，我愿为您去找大王，我愿为您去送信。"狐狸说话了。

"你没看见送信的小喜鹊已被大王射死了吗？"

"那是它吵得大王心烦。我不会惹大王生气的,有什么话您就快说吧。"

珠牡见狐狸一片真情,忙颤抖着从手上褪下金指环,泣不成声地说:

"狐狸姐姐,你把这指环带给格萨尔大王,告诉他,在达孜城中有个姑娘正在受难。三年了,她用计拖了三年,她一天捱一天地盼着大王回来救她。现在,她已经被逼得没有了办法,大王如果还肯怜惜她,就快回来吧,若再迟疑,就来不及了。霍尔王要抢走她,岭国也将亡在霍尔人手里。"

红狐狸衔着珠牡的金指环走了。珠牡又红着眼圈下山来了。

辛巴梅乳泽见状,心想,难道她的姐姐也病了?这回可不能再拖了,再拖下去,白帐王就要发火了。

珠牡不说话,默默地跟着辛巴梅乳泽往回走,倒是梅乳泽有些沉不住气了:

"珠牡王妃,你姐姐好吗?"

"很好。"珠牡不愿多说话,只是低着头,跟在辛巴后面慢慢走,一边走一边想。快到达孜城的时候,珠牡的眼睛突然一亮,有了主意。

"要是王妃的事都办完了,我们就启程吧。"梅乳泽试探地问。

"好!"珠牡不再推脱,答应得出乎意料的爽快。

辛巴梅乳泽高兴得立即回去向白帐王报喜,珠牡则快步向宫中走去。她要快些把自己的计划付诸实施。

两个忠诚的侍女阿琼吉和莱琼吉出来迎接。珠牡一见二人,忙把莱琼吉的手拉住了:

"阿琼吉,你说,莱琼吉和我长得像不像?"

"嗯,王妃不要生气,岭国的人们都说莱琼吉长得像王妃,只是不如王妃那么美丽。"

"嗯,好,可是……"珠牡突然觉得没有办法把自己的计划说出来。

"珠牡姐姐,我早有此心,只是不敢冒昧。若王妃允许,我愿意……"莱琼吉似乎早有准备,神情异常镇定。

"那,我,我怎么对得起你……"珠牡又哭了。

阿琼吉也像是明白了什么,她显得很兴奋:"这太好了,太好了!莱琼吉,你这个死丫头,怎么不早说。"

"阿琼吉,快请总管王和嘉察哥哥来。"

绒察查根和嘉察协噶很快就来了,莱琼吉讲了她们的计策,总管王连声称赞:"好呵,好主意!"

嘉察可没那么乐观:"主意倒是不错,可苦了莱琼吉姑娘一个人了。"

"嘉察哥哥,不要这样说,为了岭国,为了王妃,我,我愿意……"莱琼吉的声音有些哽咽。

珠牡和阿琼吉默默地低着头,手却紧紧地拉着莱琼吉。

黄霍尔退兵了,因为他们达到了目的。白帐王显得格外高兴,三年来的战争,已使他心烦,但为了娶到珠牡,他情愿。今天,梦中的花,水中的月,已经实实在在地摆在了他的眼前,叫他怎能不喜欢!

辛巴梅乳泽看出了破绽。但是,为了早日退兵,为了和平安宁,他装聋作哑地没有说话。

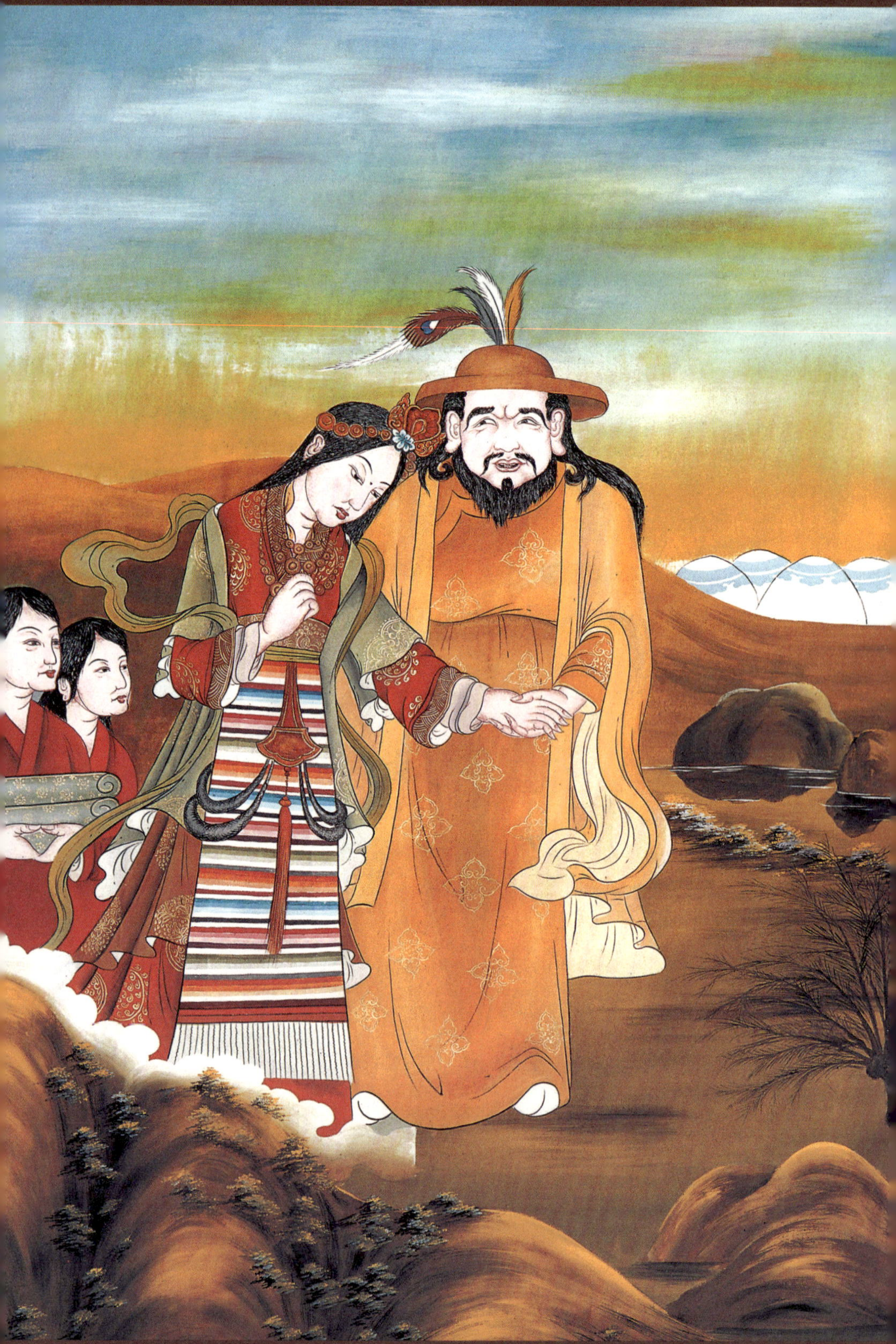

霍尔兵马终于撤退了，第六天就到了雅拉赛布山。就在众人扎帐宿营之时，一支红铜尾箭飞到了白帐王的大帐里，这是一支带着信的箭。侍从把信呈给白帐王。看罢信，白帐王的脸顿时像那叠信纸一样蜡黄。

"把辛巴梅乳泽叫来。"白帐王大声吼着。

梅乳泽一走进大帐，白帐王就把那叠黄纸摔给了他：

"你看看吧，你办的好事，你办的好事呵！"

梅乳泽从地上捡起信，所担心的事终于被那几张纸揭露了出来：

"黑乌鸦冒充了会唱歌的杜鹃，丫头顶替了美貌的王妃。本想和珠牡结成终身伴侣，谁知迎娶的却是丫头莱琼吉。赫赫有名的白帐王哦，这样的欺哄受得了？这样的侮辱受得了？……"

梅乳泽的心慢慢往下沉，脸上阴云密布。

"这是谁送来的信？"梅乳泽恨不能一口把这写信的人吞到嘴里，再把他嚼碎。

"是这支箭。"一个侍卫把红铜尾箭递给了梅乳泽。

莱琼吉扮主嫁给白帐王

梅乳泽受白帐王派遣，一次次催促珠牡启程赴霍尔，都被珠牡巧妙搪塞。这天珠牡突然想出一个主意满口答应梅乳泽。梅乳泽立刻向白帐王报喜，珠牡则向侍女面授机宜，酷似珠牡的莱琼吉愿意冒充主人。征得总管王和嘉察同意后，莱琼吉穿戴停当。来到霍尔营帐。白帐王以为得到了世上最美的女人，心满意足，立刻宣布撤兵。

这是达绒长官晁通的箭。梅乳泽终于想起了红铜尾箭的主人,不由得怒火冲天:

"大王,没想到岭国人欺骗了我们,我们现在就回兵,这一次定要杀他个片甲不留,也一定要把真正的珠牡抢到手。"梅乳泽没有说出口的是,首先要把这写信的达绒晁通王碎尸万段,让他再玩弄阴谋!

"我们都没有见过珠牡,可你是见过的呀!你不是存心要骗我吧?"白帐王已经起了疑心。

"大王,珠牡就要做您的王妃了,我怎敢仔细看她呢?再说,在我梅乳泽眼里,天下的女人没有什么不同,只是服饰装扮不一样罢了。那女婢一穿上王妃的衣服,叫我怎么认得出来呢?"梅乳泽急忙解释,白帐王也不再追究。

"那么,你就带着十万精兵去岭国把珠牡抢来吧。我们在这里等你!"

眼见霍尔兵马又铺天盖地而来,达绒晁通王的心里别提多高兴了,他终于又有了报复格萨尔的机会。他心想:我得不到的东西,你格萨尔也休要得到。

辛巴梅乳泽并不想和岭国打仗,只想劝珠牡早日跟他们上路,免得动刀动枪。所以,梅乳泽并没有大喊大叫,而是悄无声息地赶到岭国,直接围住达孜城——珠牡居住的城堡。

清晨,珠牡推开窗户,她深深地吸了一口气,顿时被眼前的景象惊呆了:周围全是霍尔兵马,只见人头攒动,刀矛林立。珠牡惊恐不已,怀疑自己又在做梦。正在这时,辛巴梅乳泽从万军丛中走了出来,对珠牡大声说道:

"年轻貌美的珠牡妃，自从霍、岭两国战争起，多少男儿洒热血，多少慈悲的母亲失爱子。这根子究竟在哪里？没有你珠牡妃，如此祸端不会生。白帐王一心想得到珠牡妃，谁知莱琼吉冒名替，天大的羞辱谁能忍？好言好语把珠牡劝，请别再犹豫快启程。"

珠牡从心里觉得梅乳泽的话有道理，但是，她不能跟辛巴们到霍尔国去。与其跟了那杀人成性的白帐王，不如一死了之。想到这里，珠牡回应道：

"我森姜珠牡为岭国的王妃，和雄狮大王格萨尔，好比皓月与太阳相配，一起从天界降生到人间，不为自己而是为黎民。我珠牡虽然没有什么好声誉，不能把达孜城装饰得更美丽，但决不会到霍尔的雅泽城去。"

辛巴梅乳泽一听，强忍怒气，依旧耐心地劝解：

"珠牡呵，你不要认为我愿意战争。为了和平，我劝过大王多少回，可大王发誓不娶到你不罢休。如今，霍尔和岭国已经打了三年的仗，尸骨成山，血流成河，难道你忍心两国的战争继续下去吗？"

珠牡没有了办法。自从霍尔退了兵，岭国的众兵马也解散回了家，没想到霍尔兵马这么快又卷土重来，临时再召集军队已经来不及。大王呵，格萨尔，你真的不回来了吗？你真的不要岭国了吗？自从你去北方降魔，我等了你整三年；自从霍尔入侵，我又用计拖了整三年。六年了，整整六年，大王你为什么还不归来？

"梅乳泽，你怎么还有闲工夫和她费唇舌，快些动手，把她抢走。"这时，白帐王亲率十万大军已从后面赶到了。原来，白帐王并不放心梅乳泽，亲点了十万精兵，随后而来。

"大王，我们还是不能太着急。请您先回大帐歇息片刻，我再劝珠牡几句，如果她能顺从我们走更好，如果不行再抢不迟。"

白帐王一听有理，不太情愿地回到了自己的帐房。还没有在虎皮垫上坐稳，一支利箭，带着霹雳，飞到大帐里，钉在白帐王坐椅上方的柱子上。

"快，快叫梅乳泽来！"

辛巴梅乳泽一进大帐，就看见了钉在柱子上的利箭：

"大王，这是格萨尔的神箭，我们还是快些离开岭国的好，不然格萨尔一回来，就不好办了。"

"那，珠牡呢?!"

"她说再想想。"

"再想想？她已经想了三年！她是故意在拖延时间，拖到格萨尔回还。现在，神箭已经到了，格萨尔也一定离此地不远，我们不能在此地久留，明天抢了珠牡就收兵回霍尔。"白帐王声威赫赫，但一见那神箭，胆子像是被什么切去了似的，不那么牛气冲天了。

"依我说，大王，我们还是不把珠牡抢走的好。那格萨尔已离此地不远，哪里能容我们抢走他的爱妃！如果大王一定要娶珠牡，又会引起一场更大的战争。"

白帐王这次是真的把梅乳泽的话听进去了，而且也真的想回国了，出征已经三年，说不想家是骗人的。

又是一支红铜尾箭，带着一叠可恶的黄纸射进了大帐。辛巴梅乳泽一见那箭和箭上的黄纸，知道肯定又不是什么好事，心中恨不得把晁通马上抓起来杀掉。

白帐王已把信拿在手里，只见满面的愁云顿时毫无踪影。他拿着那叠黄纸，狂笑着，大叫着：

"是菩萨在帮助我，我一定要把美人珠牡抢到手。"

辛巴梅乳泽从白帐王手中接过信，信中说，刚才那支箭的确是格萨尔的神箭，但格萨尔离这里还远着呢！要是离得近，他就不会射箭了。如果把那支箭拔下来，压在魔鬼神的脚下，就能镇住它，也能镇住格萨尔，抢走珠牡也不会有什么灾难。

"梅乳泽，就请你把这神箭拔下来吧！"白帐王用命令的口吻说。

梅乳泽走上前，拔了两下，谁知那箭竟纹丝不动，倒把个大英雄累出了一身汗。

"来，还得我自己来。"白帐王以为梅乳泽没有用力，便亲自动手，伸出两只柱子般的胳膊，猛地抓住那神箭，使劲一拔，神箭依旧纹丝不动，相反，因为用力太大，反把白帐王自己摔倒在地上。这下白帐王才知道这神箭的厉害。

白帐王心中暗想：这神箭尚且如此厉害，那雄狮王一定更是勇猛无比，如果不快些把珠牡抢走，等他一回来，就走不成了。

"梅乳泽，快，下令攻城，马上把珠牡抢走！不能让她再想，也不管她愿意不愿意，我一天也不能再等了。"

"大王，您还是一定要娶珠牡？"

"不要再多说，如果不把珠牡抢走，我们这三年多的时间，死伤的将士马匹，耗费的粮食物品，就失去了意义，我们也就白来岭国了。"

白帐王一声令下，霍尔大军开始攻城。王妃珠牡已做好了迎敌准备，她把雄狮王留在家中的铠甲和红鸟七神箭，一一披挂起来。

白帐王和辛巴梅乳泽当先向城头冲去，珠牡接连射出四支箭，

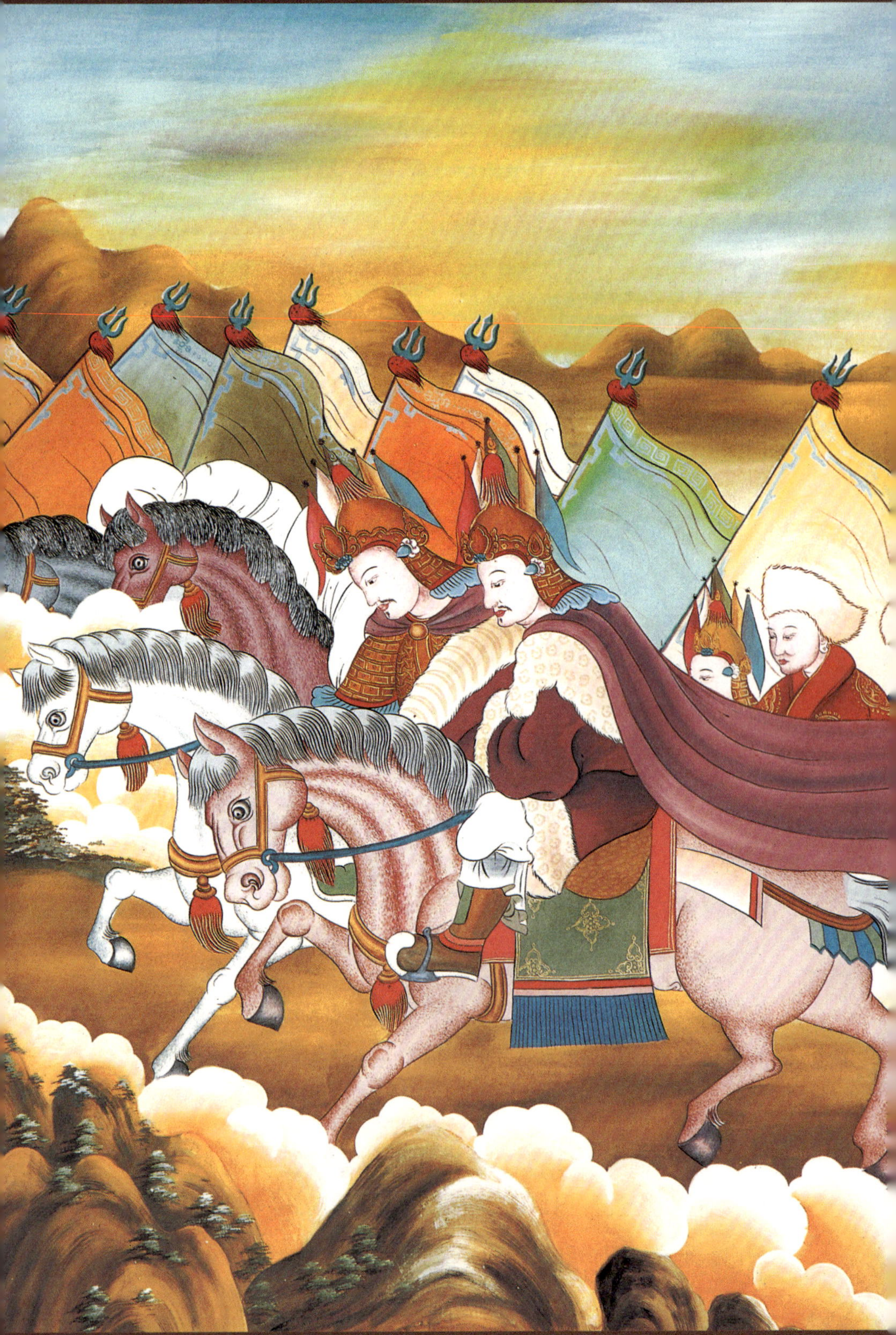

射死了四百霍尔兵,就在她要射第五支箭时,被白帐王捉住了。

白帐王吩咐吹起铜号,立即退兵。

当嘉察等岭国英雄们赶到达孜城时,已经是人去城空。只见城门洞开,宝库中的金银财宝、神箭神矛等宝物,全被霍尔人掠走了。大英雄嘉察气得七窍生烟。他像是发了狂似的,既不和大家商量,也不部署战事,只身朝霍尔人退兵的方向追去。

嘉察怎能不着急呀!格萨尔去北方降魔之时,曾把国事都托付给他,让他在家中保岭国、护王妃、卫牛羊。可如今呢,王妃被抢,珍宝被掠,格萨尔大王回来了,怎么向大王交代?

嘉察一路狂奔,座下的白背马也懂得主人的心思,跑得四蹄生风,如空中的闪电。不知跑了多久,嘉察终于追上了霍尔那漫山遍野的兵马。嘉察不顾一切地冲入霍尔的阵营,白缨刀左挥右砍,杀得霍尔兵血肉横飞;霹雳箭四射,射得霍尔兵滚翻在地。霍尔兵马顿时大乱,四散奔逃。压后阵的辛巴梅乳泽一见嘉察狠命追来,只觉得大事不好。硬拼的话,自己恐怕不是他的对手。要是不把他杀退,岭国的各路兵马一到,霍尔兵再退就难了。梅乳泽眉头一皱,想出一个主意。

梅乳泽骑着马跃出营来,站在一箭地之外对嘉察道:"嘉察协噶,请你不要苦苦追赶。今天正是初十五,白帐王受戒不杀人。我俩今天别真打,做个游戏玩一遭。"

嘉察信以为真,便站在那里,不再追赶。

"梅乳泽,你是霍尔的大辛巴,抢我们王妃不应该。霍岭两国要想息战,除非交回我们的珠牡王妃和珍宝物品。"

见嘉察没有再追赶的意思,梅乳泽高兴了:

"大英雄嘉察，两国的事我们先不管，我俩今天比比武艺，若你胜我负，我自去向我们大王说，把珠牡和珍宝还给你；若你负我胜，就请大英雄自动回岭国！"

嘉察一听，点头答应了。辛巴梅乳泽提出先比箭，再比刀。嘉察连想都没想，立即抽出雕翎箭，搭在弓上，说道："辛巴梅乳泽你听着，我不射你的战马，不射你的花鞍，不射你的铁甲，不射你的铁盔，我只射你的盔缨。"

说罢，一箭射去，正中梅乳泽的铁盔缨，把它射得飞上了天。那利箭闪着光，打了个旋，又飞回到嘉察的箭筒里。辛巴梅乳泽吓得变了神色，都说格萨尔厉害，这个嘉察也真够得上是大英雄，如今不除掉他，是走不脱的了。可惜呀嘉察大英雄，你就要做我的箭下鬼了，可这并不是我的本意呵！只因你苦苦追赶，霍、岭两国都不得安生，今天只好如此！

梅乳泽满面笑容地说："你是英雄好汉，讲仁讲义讲信用。我要射你头上的白盔缨，我的箭百发百中没有错。"

一箭出手，正中嘉察前额，嘉察疼得万箭钻心。但是，英雄并没有倒下去，他挺直身子，抽出腰刀，一夹马肚子，直冲霍尔阵营。辛巴梅乳泽早就躲了起来。嘉察左突右杀，杀死了不知多少霍尔人马。最后，英雄终于倒下了。

可怜嘉察协噶，格萨尔王的兄长，岭国的栋梁，举世无双的英雄好汉，竟死于诡计之中。

嘉察中箭身亡，总管王和丹玛等闻讯赶来。一见嘉察的遗体，绒察查根大叫一声，昏了过去。过了很久，他才苏醒过来。总管王心如刀绞，老泪纵横。王妃珠牡已被抢走，岭国的珍宝也被掠夺，如今嘉察又被杀害,岭国的英雄们还有什么脸面活在世上!"

众家兄弟也忍不住流下了眼泪。英雄丹玛的眼中射出怒火:"至死不流一滴泪,是男儿的本性。我们岭国的英雄们,宁可战死也不能叹息流泪,我们大家要振作精神,为嘉察报仇!"

岭国的英雄们止住了眼泪。丹玛把刀一挥,众家弟兄就要跟他一起去追霍尔的军队。

森伦王拦住了大家:"站住!嘉察已经死了,你们还要去送命吗?你们哪一个人比嘉察的武艺高,哪一个人比嘉察更英勇?"

年轻人面面相觑,答不上来。

"好,没有!在岭国,除了格萨尔,没有人能比得上嘉察。现在嘉察已死,靠你们是救不回王妃、夺不回珍宝的。"

"那,就这么完了?"

"不!这笔账不能算完,我们的雄狮大王很快就会回来的。等他一回来,霍尔的白帐王、黄帐王、黑帐王,都休想活命!"

悲痛欲绝的总管王绒察查根,频频点头。他赞同森伦王的主张,不想再看见岭国的年轻人像嘉察一样死去。

"这,这,咳,叫我怎能出得了这口气!"英雄丹玛憋得红了眼睛,大拳头握得格格响。

"这样吧,我们叔侄几个人,每人向霍尔城射一支箭,每支箭射中一样东西,让白帐王明白,我们岭国的英雄多得像河滩上的沙粒,是杀不光、害不尽的。"森伦王又出了个主意。

英雄们纷纷拈弓搭箭,各自默默祈祷,求护法帮助。嗖嗖嗖嗖……一支支神箭直接射向了霍尔国白帐王居住的王宫里。

话说格萨尔王去北方降魔,只用了三个月零九天,就射死了黑魔鲁赞。此后又解救魔国的众生，大做善事整整三年。

　　魔地的一切都安顿好了，格萨尔准备回岭国。他任用牧羊老汉秦恩为魔国首席大臣，管理魔国国政。就在安排好了这一切的时候，梅萨绷吉和阿达娜姆二王妃舍不得雄狮王离开魔国，于是敬献美酒，酒中掺杂了健忘的魔水。饮罢酒，格萨尔竟把回国的事忘得一干二净。整天在九尖魔宫里与梅萨、阿达娜姆二王妃寻欢作乐。

　　当珠牡派来送信的仙鹤降落在九尖魔宫的时候，格萨尔正在与秦恩掷骰子取乐。格萨尔猛一抬头，看见了空中的仙鹤，但他已记不得这就是岭国的寄魂鸟。后来又过了三年，就是珠牡用计拖住霍尔人的三年。

　　这一天，珠牡派来给格萨尔送信的小喜鹊飞到了格萨尔居住的城门上，大王和二妃正在唱歌，一见这只喜鹊，梅萨马上说：

　　"大王，我们正在高兴的时候，这只鸟又来捣乱，快快射死它！"

　　格萨尔拈弓搭箭，把小喜鹊射死在城门口。这就是珠牡在宝镜中见到的情景。

　　小喜鹊死后没多久，红狐狸跑来拍打城门，把口中的金戒指吐出半截。格萨尔一见那金光耀眼的戒指，立即走到红狐狸身边：

　　"狐狸姐姐，把这个指环送给我吧，我不射死你，还要赏赐你。"

　　红狐狸把指环吐在格萨尔的手中，把珠牡要自己带的话给大王说了一遍，最后说：

　　"雄狮王呵，珠牡王妃被逼了三年，岭国被围了三年，百姓们已经遭了三年的罪，您怎么还不回去呢？"

　　格萨尔的心被珠牡的戒指所照亮，终于想起了一切，并且想到

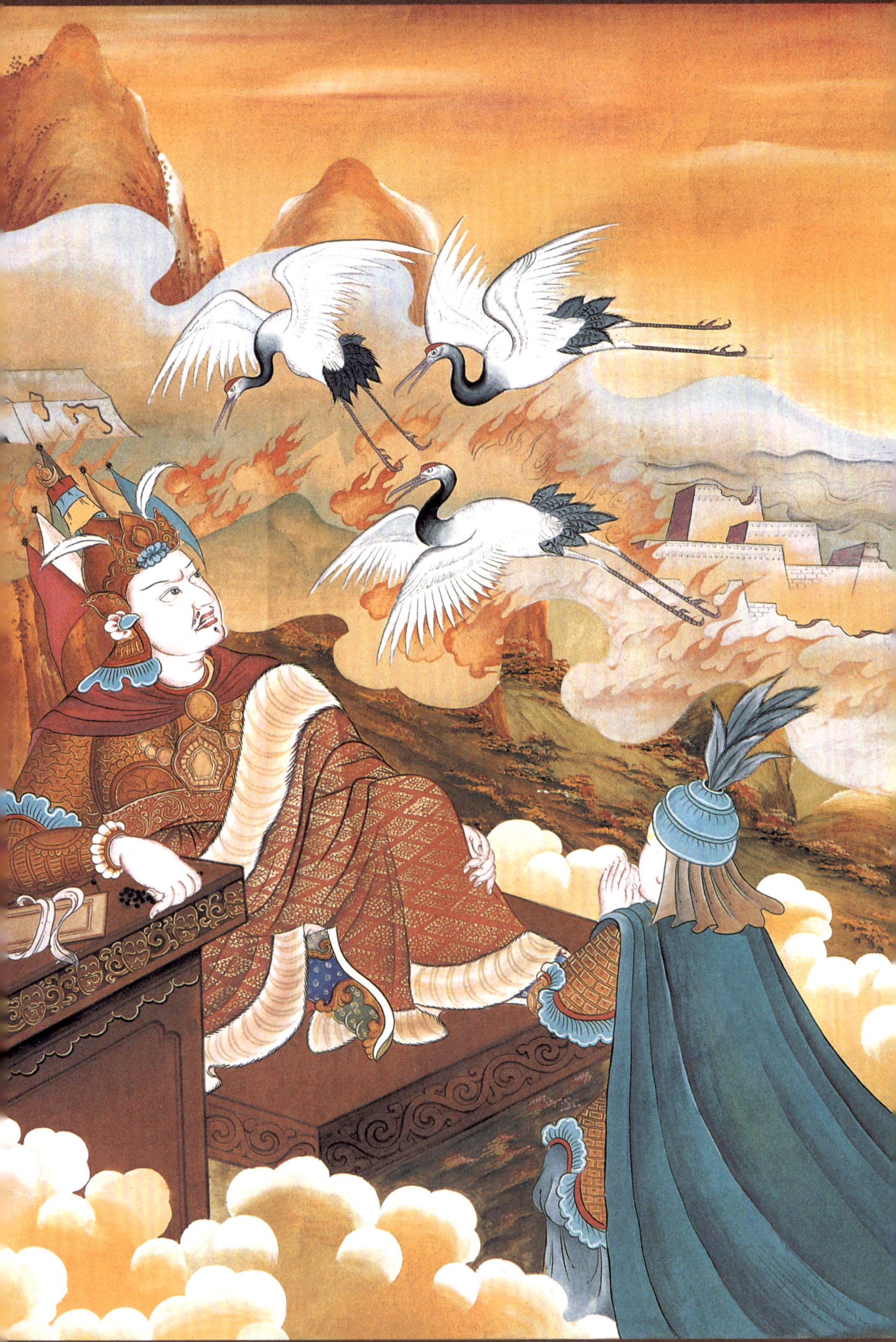

这几年的耽搁都是梅萨引起的。他决计马上回岭国,并且决不再饮梅萨妃子敬的酒。他知道,再迟一步,珠牡就有被抢走的危险。嗯,先射一箭,叫霍尔王害怕,也许还能再拖一些时间,只要有了时间,我就能赶回去,亲手惩罚那作恶多端的白帐王。

神箭带着雄狮王的神威,飞向霍尔白帐王的大帐,正射在虎皮坐椅上方的柱子上。这就是那支连白帐王也不能拔下来的神箭。但格萨尔没有想到的是出了奸臣晁通,给白帐王泄露了真情。

梅萨绷吉和阿达娜姆得知格萨尔又要回岭国的消息,摆下了一桌丰盛的宴席,声言要给大王饯行,却把那让人忘事的迷魂药撒在了饭食里面。格萨尔又没有提防,吃罢饭,又像前几次一样,把回国的事忘得精光。欢快的日子又飞一样地过去了,一晃又是三年。此时是格萨尔来北方魔国的第九年,珠牡王妃已被霍尔人掳去了三年。

这一天,格萨尔在二妃子的陪同下,外出打猎,刚刚走出城堡,胯下的千里宝驹江噶佩布忽然唱起歌来:

> 世界雄狮大王格萨尔,
> 在人人羡慕的达孜城里,
> 把阿珠作为心爱的伴侣,
> 以真诚的情义相偎依。
> 虽然难舍难分也得别离,
> 毅然来到这无人的北地。
> 并非居心把阿珠抛弃,
> 只因为到了降魔的时机。
> 如今魔国已经归顺,

> 百姓们有食又有衣。
> 王妃珠牡被霍尔掳去，
> 天大的灾难笼罩着岭国。
> 霍尔的罪孽已经满盈，
> 现在是降伏仇敌的时机。

格萨尔的心里像开了一扇窗户，他又变得心明眼亮了。他决计不再耽搁片刻，立即返回岭国去。梅萨绷吉还要阻拦，被阿达娜姆劝住了：

"岭国已被霍尔人抢劫，珠牡也被白帐王强娶为妃，格萨尔大王已在魔地耽搁了九年，如果不回去，天上的神仙，地上的厉神，龙界的龙神们都会惩罚我们。不要再挡大王的路，不要再给大王吃那健忘的药，我们也快快收拾东西，随大王回家乡吧。"

千里宝驹江噶佩布载着格萨尔大王腾空而起，直向岭国飞去。宝驹受天神姑母的旨意，对格萨尔唱那劝归的歌。此时，见大王归心似箭，江噶佩布也比平日跑得更快、更急，恨不得一步把大王带回岭国。

快到岭国时，格萨尔忽然拍了拍宝驹的脖子，江噶佩布明白，主人是要它放慢脚步。是呵，离开岭国已经九年了，这九年中，不知岭国发生了什么变化，岭国的人们都变成了什么样子。格萨尔灵机一动，变化成一个牧羊的小伙子，赶着一群羊，慢慢向岭国走去。

如今晁通已经当上了岭国国王，他竭力压榨百姓，大兴土木，为自己建造富丽堂皇的宫殿。自从晁通当王之后，众百姓没有一天不是在痛苦中煎熬。这天，晁通王正在他那辉煌的王宫顶上散步，看见一个牧羊人赶着羊群走来。晁通以为这是个发财的机会，便把格萨尔的父亲森伦叫来，让他去向那个不认识的牧羊人讨水钱、草税。

昔日赫赫有名的森伦王，如今已经沦为晁通的奴仆。老汉骑上跛脚马，一瘸一拐地向山坡走去，见了格萨尔，气喘吁吁地说：

"年轻人，我们大王说了，你的羊群喝水要交水钱，吃草要交草税。"

格萨尔一见父王沦落成这般模样，强忍住心头的酸楚，说道：

"当然，老人家，您请坐下，我要问您一些事情呢！"格萨尔把虎皮坐垫铺在地上。

"像这样华贵的坐垫，我老汉可没福分坐啊！"老汉叹了口气，蹲在一边。

格萨尔拿出自己的圆满吉祥碗给老汉喝茶，又用白把水晶刀给老汉切肉。森伦一见，心中疑惑：我儿的碗和刀怎么会到了这个年轻人的手中？睹物思人，老汉禁不住大哭起来。格萨尔再也忍不住了，猛地扑在森伦王怀里。

"阿爸！"

森伦怀疑自己的耳朵出了毛病，忙把格萨尔扶起来。怎么看都不像自己的儿子。

"年轻人，我的儿子是世界雄狮大王格萨尔，你是谁？我不认识你呀！"

"阿爸！我就是格萨尔。"雄狮王又变成了自己的本来模样，森伦这才认出眼前的年轻人正是自己日日思、夜夜想，翘首以盼的儿子，岭国的大王格萨尔。

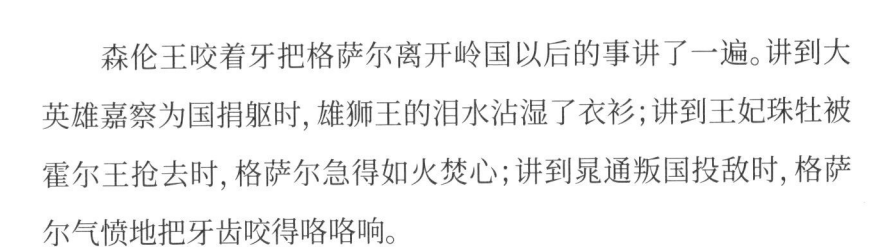

森伦王咬着牙把格萨尔离开岭国以后的事讲了一遍。讲到大英雄嘉察为国捐躯时,雄狮王的泪水沾湿了衣衫;讲到王妃珠牡被霍尔王抢去时,格萨尔急得如火焚心;讲到晁通叛国投敌时,格萨尔气愤地把牙齿咬得咯咯响。

森伦王紧紧拉着格萨尔的手:

"快回家去吧,快去见你的阿妈,快去惩罚那罪恶的晁通!"

格萨尔轻轻地抚摸着爸爸的手,想使他平静下来:

"阿爸!请您不要把我回来的消息告诉岭国人,我还要再转转,亲眼看一看晁通。"

第二天,一个鬓发斑白的老乞丐来到晁通的王宫门前,连连高喊:

"长命百岁的主人呵,给老叫花子一点吃食吧!"

晁通探出头来问:

"你是从哪里来的叫花子?清早来叫门,多不吉利。"

"尊贵的主人呵,我是从魔国来的。"

"从魔国来的?那,快进来,我有话要问你。"晁通一听是从魔国来的,忙把他让进宫来。盼咐侍女端来一木盘糌粑,上面放了一块酥油,还有一小壶酒。

"喂,老汉,我有机密大事来问你,只要你说实话,今后你的吃穿用度就包在我身上。"

"主人说吧,有什么事?"老汉慢吞吞地吃着糌粑,饮着酒。

"九年前我的侄儿格萨尔去北方降魔。头三年传说他死了,后三年又传说他没有死,如今这三年又没有了音讯。到底是死还是活,你要详细告诉我。"

"呵,那号称雄狮王的格萨尔,死去已有八年整,千里宝驹被梅萨用来驮水,箭囊被魔女当作口袋,魔王鲁赞却还活得好着呢!"

"真的吗?真的吗?"晃通兴奋得有些不敢相信自己的耳朵。

"当然!我给鲁赞做了三年的奴仆,自然知道得很清楚。"老乞丐一本正经地说。

"太好了,我心里的石头可落了地。真好呵,太好了,活该他不得长寿。"晃通说着,吩咐侍女拿大块的肉来,拿大碗的酒来,偿给这老乞丐。

老乞丐突然抖了抖身子,晃通王眨了眨眼睛,变了,眼前的老乞丐竟变成了雄狮大王格萨尔。晃通以为自己的眼睛出了毛病,揉了揉,又眨了眨,一点不错,正是格萨尔。晃通不知说什么好,格萨尔早把白把水晶刀抵在他的胸口:

"记得我远征北方降魔时,曾嘱托过你好好保护岭国。谁知霍尔兵马一到,你却通敌卖国。嘉察哥哥被害死,王妃珠牡被抢去。敌人退走你却称了王,还把岭国众生折磨得痛苦难当,今天我要为国除奸贼,为民报仇冤!"

晃通早吓得面如土色,哆哆嗦嗦,话不成句:

"对,对!侄儿说得对,叔叔确实有罪。叔叔做错了事,可心地并不坏。我再不好也是你叔叔,老人的性命你不要伤害。"

"今日不杀你,实在难消我心头之恨……"

宝驹江噶佩布早已忍耐不住,一张嘴把晃通吞了下去。

总管王绒察查根得知格萨尔回国的消息,带领丹玛等众家兄弟前来迎接。大家都高兴得不得了,百姓的苦日子终于到头了。

不多久,梅萨绷吉和阿达娜姆带着魔地的财宝物品也回到了这里。格萨尔把牛羊、物品分给了岭国的每户人家。

这时,江噶佩布也把只有一丝气的晁通扛了出来。格萨尔也分了一份财产给他,令他到达喀部落去放马。晁通心中愤恨,嘴上却千恩万谢大王不杀之恩,把个"好侄儿"又叫了千遍万遍。

格萨尔安置了两个王妃,让她俩留在岭国好好侍奉妈妈郭姆和爸爸森伦,然后骑上宝驹,朝霍尔国奔去。

格萨尔来到一条黑色的山沟时,被一只凶恶的大黑青蛙拦住了去路。它张着大嘴,想把格萨尔和江噶佩布一起吞下肚去。

原来,霍尔王抢走了珠牡之后,就怕格萨尔前来报仇,沿途设了九道关卡,这黑青蛙乃是霍尔的第一道关。

格萨尔不由分说地和黑青蛙大战起来,半天竟未分出胜负。雄狮王心里着急,恨不能一刀把黑青蛙斩为两截,可那黑青蛙左跳右闪,十分难缠。格萨尔急得使劲一夹马肚子,江噶佩布立即变作一只硕大的乌鸦,一口把黑青蛙吞了下去。关键时刻,宝驹又大显身手。

格萨尔继续往前走。第二道关是一座陡峭的山岩,一个瞎眼睛的母夜叉拦在唯一的小路上。雄狮王无心恋战,只把宝弓变成一块大磨盘石,自天上落下,把个夜叉婆砸得粉身碎骨。

就这样,格萨尔又打败了魔狮、魔马、魔狗、魔牛等妖魔,闯过了前八道关卡。

霍尔王设的第九道关最厉害。这道关卡的石崖戳进半天云外,中间狭路只容一人一马。守关的是两个神勇无比的大力士。格萨尔心想,只能智斗,不能硬拼。他一摇身,变成个仆人模样,走到关前。守关的两个大力士听到脚步声,早已警觉起来。格萨尔不等二人发问，马上说道：

"呵，二位大力士，我从岭国来，是嘉洛家的佣人。我家主人让我给珠牡王妃送个信，并带来了王妃喜欢吃的食品。"

两个大力士一听是王妃珠牡家的仆人来了，不敢怠慢，立即下关来看，格萨尔趁机向他俩敬酒。两个大力士不等格萨尔多劝，就大口饮起来，边喝边说：

"嘉洛家的人，是我们白帐王妃珠牡家里的人，我们是亲戚了，今晚，就住在这里吧，就住在……"话还没说完，两个大力士已经昏睡过去。他们哪里知道那酒中早被格萨尔撒了药。雄狮王见二人大睡，立即抽刀结果了他们的性命，再次上马。出了山口，空中忽然响起了姑母朗曼噶姆的歌声：

"霍尔王宫十分坚牢，先须准备爬墙索，这里往前经过三座山，最后一座山洞里，智慧仙女吉尊益西，是你的终生好伴侣，先住她家把亲定，有她才能进王城。"

格萨尔听罢，打马直向前走，翻过三座大山，只见一眼清清的泉水从山洞里流出来，一个美若天仙的姑娘，正在泉边汲水。姑娘身穿金龙黑绒长袍，腰间束着五彩帮垫，胸前挂着三层黑金镶花佛盒，脖子上戴着珠宝项链。没想到在这邪恶的霍尔国竟有这样的美女，为什么白帐王不娶她为妃呢？格萨尔想着，变化成一个小乞丐，向泉边走去。

吉尊益西自从给白帐王打卦后，一直留在国内。她一直牢记着那不吉利的霍尔王定要覆灭的卦象。昨天晚上，她梦见将有一位天神到这里。早晨一起来，她就让阿爸噶尔柏纳亲王准备好酒饭，自己到泉边来打水，没想到什么天神也没见到，却碰上个小叫花子。

吉尊益西心中疑惑,或许这个小乞丐就是天神变化的呢!吉尊益西试探着问道:

"看你头上有金盔印,腰上有铠甲痕,弯着腿像是刚下马,哪里像是要饭人。你可是天神?要么是英雄?为什么到霍尔来,可是要来报仇雪恨?"

格萨尔暗自佩服这姑娘的慧眼,听她要道出真情,急忙解释:

"我生来就是个叫花子,阿姐竟把我当天神,今天到霍尔来讨吃食,哪里知道什么是报仇雪恨。"

格萨尔越是掩饰,吉尊益西越是疑心。管他呢,反正酒饭已经准备好了,就带他回家吃一顿吧。

吉尊益西将格萨尔带回家,父王见女儿带了个要饭的叫花子回来,很不高兴,但见这小乞儿长得倒惹人喜爱,遂拿出酒饭。格萨尔吃完之后,向父女二人道了谢,就要出门,却被吉尊益西拦住:

"哎,你要到哪里去?"

"不知道,哪里热闹就到哪里去吧。"格萨尔装出一副天真烂漫的样子。

"阿爸,看他怪可怜的,我们就把他留下吧。"吉尊益西向阿爸恳求着。

"好吧。"噶尔柏纳亲王和蔼地问格萨尔:"喂,你会做些什么呢?烧火?打铁?"

"我都会。"格萨尔肯定地点了点头。

吉尊益西高兴极了,于是格萨尔便在噶尔柏纳亲王家里留了下来,帮助亲王烧火、打铁。

有一天,亲王对格萨尔说:

"孩子，家里的木炭没有了，你和吉尊益西去烧些炭回来吧。"

格萨尔点头答应了。吉尊益西准备好饭，二人来到靠山的一片树林里。格萨尔说：

"阿姐，我们各干各的吧。"

吉尊益西自己去挖窑、砍树、点火，烧了一堆木炭，却见格萨尔一直在舒舒服服地睡大觉。她十分生气，自己驮起烧好的木炭就回家了。跟爸爸一说，噶尔柏纳亲王也很生气，只等格萨尔回来再跟他算账。

没有多大工夫，格萨尔驮着很多木炭回来了。噶尔柏纳亲王用怀疑的目光看着女儿，吉尊益西也惊得目瞪口呆，转念一想，心里像是明白了什么，但却不动声色。

又过了些日子，木炭用完了，吉尊益西主动对阿爸说，她要和格萨尔去烧炭。吉尊益西准备好了饭菜，二人又来到第一次烧炭的树林里。吉尊益西并不忙着砍柴烧炭，而是静坐在地上默默地念诵着什么。一会儿她才起来，烧了一锅茶，把头茶献了天地，第二碗茶给了正在地上躺着的格萨尔，又把一条哈达和一对象牙手镯也献给了他。格萨尔见吉尊益西一反常态，行为古怪，心中纳闷，只听吉尊益西低声而又愉悦地唱道：

> 我这巍峨的雪山，
> 乃是你白狮的归宿，
> 为何至今不显现绿鬃？
> 我这葱郁的檀香林，
> 乃是你猛虎的归宿，

> 为何至今不显出斑纹？
> 我霍尔姑娘吉尊益西，
> 乃是雄狮王的终身伴侣，
> 你为何至今不显现真容？
> 姑娘我一直向往着你呵！
> 你可知道我的一片忠贞？
> 雄狮大王正是我的心上人！

雄狮王知道该是他显露本相的时候了。

吉尊益西唱完歌，却不见了地上躺着的小孩。她正用目光四下搜寻时，只见半空中出现了一位英雄。身材魁梧，齿白如玉，面色黑红。虎腰像金刚般坚实，双足如大象踏地。白盔白甲，骑在火红色的宝驹上，绫带纷纷飘起，身上放射着光芒，好似天神下凡而来。雄狮王在吉尊益西的玉颈下搭了一条"昼夜平安"的洁白哈达，对她说道：

"我正是格萨尔雄狮王，如今正要向白帐王讨还血债。一报杀我长兄嘉察的仇，二救被抢去的爱妻，三雪毁我岭国的恨。在这烦恼孤寂的时刻，只有你是我唯一的伴侣。征战时请为我出谋划策，降敌后请与我同返岭国。"

格萨尔大王与吉尊姑娘海誓山盟，发愿白头偕老，永不分离。

吉尊益西把手向西一指：

"大王你看，在那酥油般的雪山背后，有霍尔王的寄魂野牛。黄、白、黑三色野牛分别是黄帐王、白帐王、黑帐王的寄魂牛，红野牛则是辛巴梅乳泽的寄魂牛。你要想降伏霍尔三王，先要把黄、白、

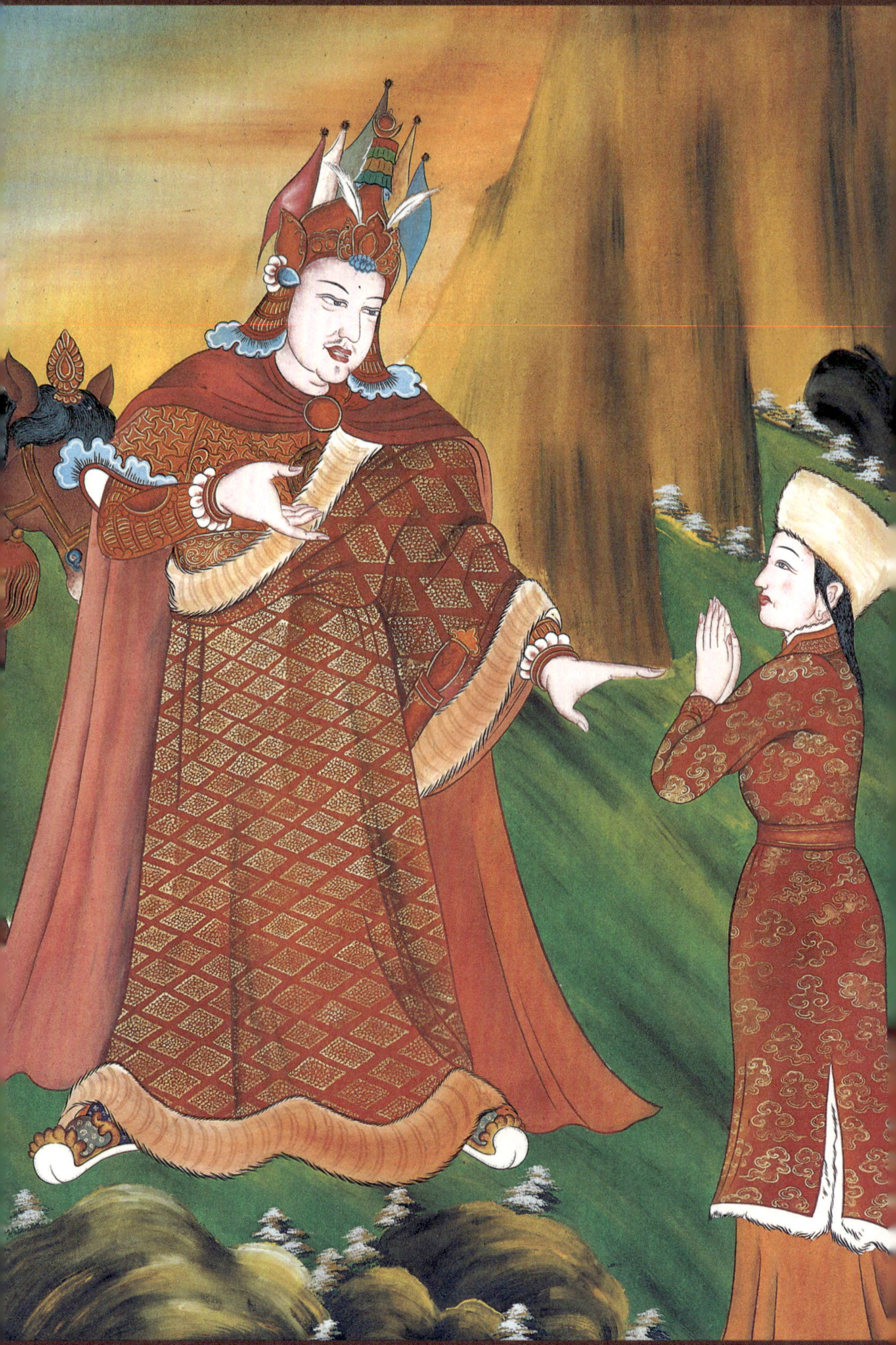

黑三色野牛的角砍掉。"

格萨尔听了吉尊益西的话,来到雪山后面,果然见一群野牛中有几头与众不同的寄魂牛:个子高大,样子凶猛。格萨尔摇身一变,变成一只大鹏金翅鸟,闪电般地落在黄野牛身上,砍掉它的一只角,接着又砍掉白野牛和黑野牛的一只角。当它落在红野牛身上时,突然觉得很不舒服,没顾得上砍那辛巴梅乳泽的寄魂牛牛角就飞了回来。

森姜珠牡王妃到霍尔国已经三年了,在万般无奈的情况下,做了白帐王的妃子,还给他生了个儿子。这天,白帐王和王妃抱着儿子在王宫的最高处玩耍,珠牡忽然看见一个衣衫破烂的人,牵着一只猴子向王宫走来。珠牡立即对白帐王说:

"大王,把那个耍猴子的叫进宫来玩一玩吧。"

霍尔三王自从寄魂牛被砍去一只角后,就得了重病,一直没有康复。白帐王心里很烦闷,一听有耍猴子的来了,巴不得叫进来给他开开心呢!

耍猴的人被叫进了宫中,表演了一会儿,果然引得白帐王开怀大笑,小王子也嘻嘻地笑个不停。当耍猴的领了赏钱就要离开时,

格萨尔路遇吉尊益西

格萨尔骑着江噶佩布,只身入霍尔国降魔,翻过三座大山看见那一个美若天仙的姑娘正在泉边汲水,暗想白帐王何不娶她为妃呢?他就变成小乞丐,被智慧仙女化身的吉尊益西迎回家中。吉尊逐渐认出小乞丐就是格萨尔王,就向他表露心意。

那王子却哭个不停。白帐王让珠牡带着王子再看一会儿，自己则进宫歇息去了。

珠牡听耍猴的说他是云游四方的叫花子，心想，也许他也到过岭国，到过魔地呢。等白帐王一走开，她马上向这叫花子问话。

"老叫花子，我有话要问你，你若说实话，我再赏你能吃一百年的饭食，能穿一百年的衣服。"

"听凭王妃吩咐。"

"你可知道雄狮大王格萨尔的消息？"

"知道！他到北方去降魔，没有征服敌人却被妖魔消灭了。他已经死了好几年了。"

珠牡一听，万念俱灰，大王已经死了，我这卑贱的身子活着还有什么意义。珠牡把自己头上的黄金饰物全部摘了下来：

"给你吧，老叫花子，这是我给你的赏赐。这些饰物在我身上失去了光彩，我也不想再活下去。只望你换些银两，超度雄狮大王格萨尔和她的王妃森姜珠牡。"说罢，从老叫花子的腰中抽出白把水晶刀，朝自己的胸口猛刺。

老叫花子手疾眼快，一把将小刀从珠牡手中夺回：

"阿姐呀，用不着这样做呀，我刚才是和你说着玩的。格萨尔大王已经降伏了黑魔鲁赞，现在，他已经到霍尔国报仇来了。"

"真的？！老叫花子，你不要再骗人了。"珠牡将信将疑，满面泪珠的脸上又布上了一层亦喜亦忧的疑云。

"刚才是骗人，现在不骗你了。"老叫花子嘻嘻地笑着，使珠牡想起了什么。是的，当初自己朝柏日东措海跳去时，觉如揪着马尾巴，就是这样笑的。莫非，莫非眼前的这个叫花子是雄狮大王的化身?!不行,一定得找一个在外面的机会,再详细盘问盘问他。

这耍猴的老叫花子正是格萨尔所变。他见珠牡仍像从前那样爱着他,心中感动万分。但是,他知道现在还不是流露真情的时候。格萨尔匆匆吃了赏赐的饭食,拿了银钱,走出宫去。他走到半路上,被霍尔的大臣辛巴梅乳泽拦住了。格萨尔心中一惊,莫非被他看出了破绽?梅乳泽的寄魂牛没有被砍下角来,所以他的精神旺盛,力大如牛,我一定得好好对付。格萨尔紧张地思索着对付梅乳泽的办法,表面上却装糊涂:

"呵,尊贵的辛巴王,跟我这叫花子有什么话说?"

"跟我来。"梅乳泽转身朝一个僻静的小树林走去,格萨尔紧紧跟在后面,这正是他所希望的,在一个不常有人来的地方杀死大辛巴,可以不引人注意。

二人来到小树林中,辛巴梅乳泽突然一转身,纳头便拜:

"我尊敬的主人呵,统治万民的明君,世界雄狮大王格萨尔,请接受我的敬意吧!"

梅乳泽捧出一条洁白的哈达,又从无名指上摘下自己的碧玉戒指,继续说:

"大王呵,我是有罪的辛巴,可我也有许多难言的苦衷呵!"梅乳泽把霍、岭战争的始末讲了一遍,最后又说:"雄狮大王呵,如今您来报仇雪恨,请手下留情饶我的命。我有黄金、白银、绸缎、松石、珊瑚、青稞麦子共一百零八驮,无数的骡马牛羊,都献给您,雄狮王,请饶赦我的罪过吧。"

格萨尔一想起哥哥嘉察死在这个辛巴王的手下,真想一刀砍了他的脑袋;但转念一想,先不杀他也好,免得打草惊蛇,惊动了三个霍尔王，就不好办了。等杀了霍尔三王，再找他算账不迟。格萨尔遂装出一副没听懂他的话的样子：

"呀呀，霍尔王的大臣子，大英雄十二万户部落的首领，怎么对我这个流浪汉行如此大礼，叫我怎么消受得了？"

"雄狮大王，请不必再这样。关于您的行踪，我绝不会告诉别人。我对您是诚心诚意的，请您不要辜负我的一片忠心。从今日起，我将闭门静修，再也不出来了。"梅乳泽说罢，扭头就走。

格萨尔捡起他敬献在自己面前的哈达和戒指，笑了笑，也走开了。

没几天的工夫，格萨尔已经锻造好铁链。吉尊益西跑来告诉他：

"大王，你现在要在霍尔三王的寄魂野牛的头上钉上铁钉子，然后就可以降伏他们了。"

格萨尔跑到雪山后面，在三头寄魂野牛的头上钉上了又长又大的铁钉子。三个霍尔王又病了，比上一次病得更重。白帐王吩咐侍卫来请吉尊姑娘进宫打卦问病。

吉尊装模作样地祈祷了一会儿，大惊失色地说：

"大王，卦象不好呵！你们的病是因为冲撞了家神护法孜曼杰姆。她生气归天去了，要想请她回来，必须请五个漂亮的姑娘，戴上最好的首饰，到前面山上煨桑①敬神，同时，王宫的三个门要大开三天，才能把家神请回来。"

白帐王心想：只要能治病，做什么事都行。他立即吩咐一切按

---

① 煨桑：藏族的一种祈祷仪式，用柏树枝和艾蒿等物燃起火焰，向护法作祈祷，请求赐福保佑。

照吉尊益西说的去办。黄帐王和黑帐王担心大开宫门会有危险，不同意三门齐开。白帐王想了想，决定只把内门紧闭，打开大门和中门。

一个十五的月圆之夜，格萨尔告别吉尊益西，摇身变成一个霍尔人，大门和中门都敞开着，格萨尔毫不费力地来到内城的门前，掏出怀中的铁链，三步并作两步快速向上爬去，一直爬到王宫的神龛上。

就在格萨尔向城墙上爬的时候，岭国的战神和霍尔国的魔鬼神厮杀起来，把珠牡的儿子吓得大声啼哭。珠牡自从见了格萨尔变化成的叫花子，一直心神不宁。她已经猜到，一定是格萨尔大王来了。于是，珠牡在白帐王要经过的地上撒了一些黑豆。刚撒完，雄狮王已经从王宫的窗户上跳了进来。白帐王一睁眼睛，见有人进宫，立即翻身下地，不料踩在豆子上，滑了一跤。格萨尔马上跳过去，左脚踏在他身上，又将一个金鞍压在白帐王身上，让他动弹不得，然后抽出白把水晶刀，骂道：

"你这害人的魔王，今天是你的死期！"

"你，你是谁？"白帐王惊恐万分。

"我就是世界雄狮大王格萨尔！"

"大、大王，我有罪！我有金银珠宝，我有黄金的宫殿，我有成群的牛羊，所有的好东西全都送给你。只请大王手下留情，别、别杀了我。"白帐王只有求饶的份。

"让你活命？！除非我的嘉察哥哥死而复生，岭国众家弟兄再投人世！今天，我这白把水晶刀，就是杀你的宝刀。"格萨尔说完，结果了白帐王的性命，随后又杀掉了黄帐王和黑帐王。

按照藏民古老的习俗,将马鞍压在一个罪人身上是最严厉的惩罚,永世不得投胎转世。

格萨尔吩咐珠牡快快收拾好,等他杀了黄帐王和黑帐王,就来接她走。

当格萨尔转回来时,见珠牡背着孩子,立即沉下脸:

"你要把魔王的孽种背到哪里去?"

"大王呵,求你答应我把他带走吧。他虽是白帐王的骨血,也是我的亲生子,是我身上的一块肉,现在还未断奶,离了妈妈,他是活不成的。"

"你还有这样的慈悲心肠!霍尔王杀了我们岭国多少孩子!在他们刀下,死了多少英雄。你快把这孩子扔下跟我走!"

珠牡懂得格萨尔此时的心情,却又不忍心丢下这吃奶的孩子,真是肝肠欲断呵!见大王已经走在前面,珠牡又看了一眼熟睡中的儿子,亲了亲儿子的脸,把他放在库房里,心中祷告着,但愿有人能抚养他,别让他饿死。珠牡抹去脸上的泪水,咬咬牙,一步三回头地出了库房。

见珠牡一个人跟自己走了出来,雄狮王的心里还是放不下那

降伏白帐王 >>>

白帐王一睁眼睛,见有人进宫,立即翻身下地,不料踩在豆子上,滑了一跤。格萨尔马上跳过去,左脚踏在他身上,连跺了三下,又将一个金鞍压在白帐王身上,让他动弹不得,然后抽出白把水晶刀,骂道:"你这害人的魔王,今天是你的死期!"

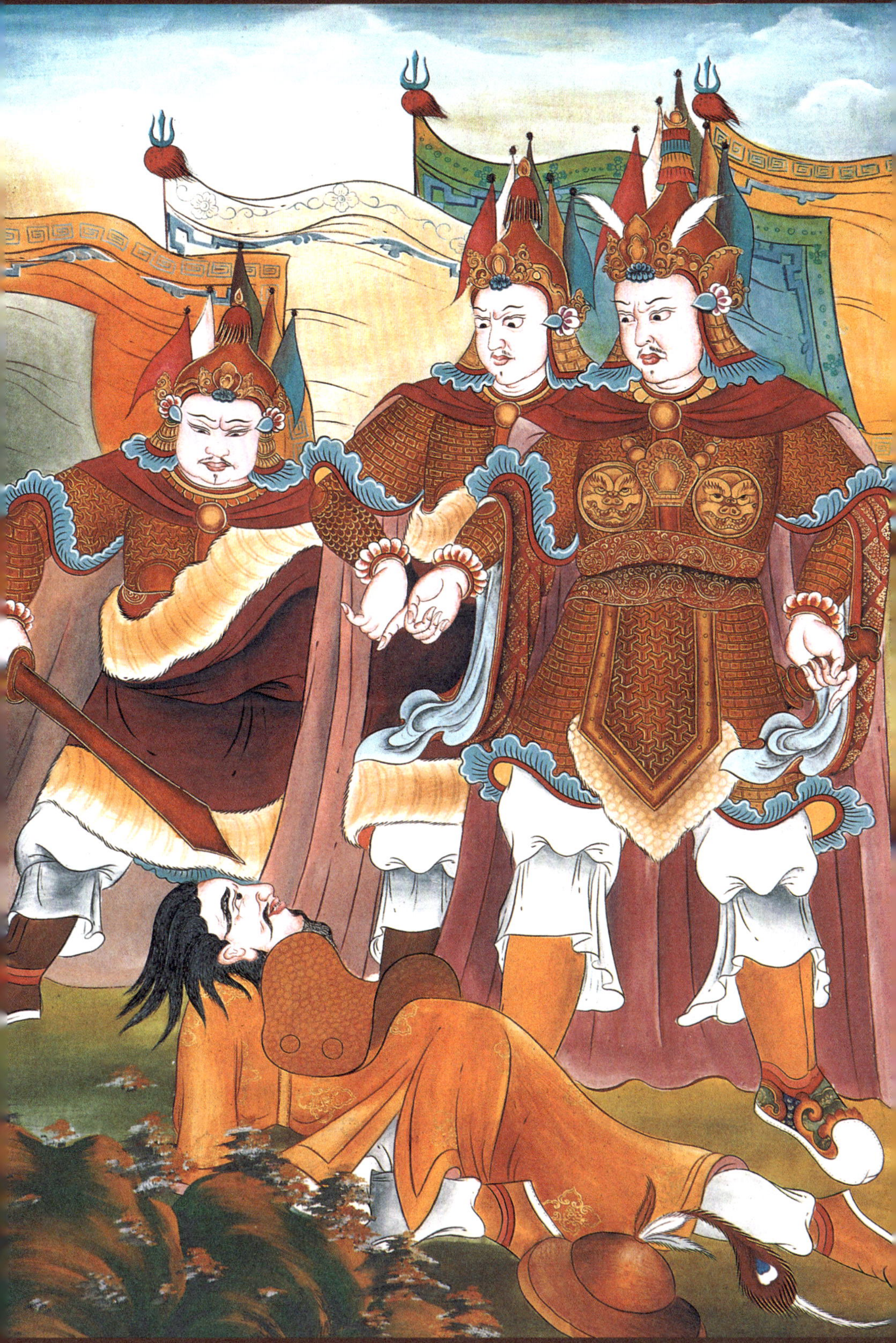

个孩子。心想,孩子是敌人的骨肉,长大后还会生敌对之心,应当斩草除根,免留后患。于是又返回去,杀了那小孩,才带着珠牡出宫去找吉尊益西。

格萨尔杀了霍尔三王,为民除了大害。全城百姓都来为格萨尔王庆功,大辛巴梅乳泽也来了。格萨尔一见他,怒从心头起,立即揪住他,要将他斩首。全城的百姓都跪下为梅乳泽求情,都说他是好人,白帐王入侵岭国,他从一开始就是反对的,连珠牡也说霍、岭之战不是梅乳泽的罪过。格萨尔见梅乳泽受到百姓们如此爱戴,也为之感动,于是,饶恕了梅乳泽,并把他封为霍尔国的首领。

梅乳泽诚心诚意地表示,愿意向格萨尔大王称臣,为雄狮王效犬马之劳。格萨尔吩咐他好好治理霍尔国,让百姓们过幸福安乐的日子,日后有用他之处,再让他立功赎罪,将功补过。

第七回

生祸端黑姜抢盐海
踏魔窟岭王戮萨丹

岭国南面的近邻名叫黑姜国,地大物博,兵多将广,国王名叫萨丹。萨丹王不仅武艺高超,而且通晓妖法邪术。他不仅对国内百姓横征暴敛,还经常向邻近的邦国发动攻击,弄得邻近小国鸡犬不宁。

这一天,萨丹王兴致大发,要巡视一下整个国家。成群的侍卫和大臣前呼后拥地围绕在国王身边,看了无数的粮仓、金库、牧场、牛羊,还有数不清的臣民百姓和珠宝绸缎,萨丹王心中甚是惬意。忽然,他感到像是缺点什么东西,眉头皱了起来,把原来要狩猎的念头也打消了。

姜国大臣们不知道他们的国王为什么不高兴,可姜国的保护神——魔鬼神却知道得一清二楚。这天夜里,魔鬼神像空中的闪电一样落在王宫中,附在萨丹王耳边说:

"大王的苦恼我知道,姜国不缺金不缺银,不缺牛羊和粮草,只缺一种最好的调味品——盐巴。邻近岭国有个阿隆巩珠盐海,大王应该把它抢占过来,为姜国所用。"

萨丹王一觉醒来，天已大亮。因为有了魔鬼神的鼓动和保护，他立即决定集合姜国的兵马去抢占阿隆巩珠盐海。

萨丹王命姜国的三员大将珠扎白登桂布、杰威推噶、蔡玛克吉为前锋大将军，令王子玉拉托琚为先锋，立即发兵岭国，去夺盐海。

王妃白玛曲珍听到这个消息，立即赶来劝说大王慎重从事，免得惹起祸端，将来后悔。

"大王呵，好战常因战斗死，好胜往往失败多。别国的土地不能占，没理的事情不能做。姜国地大财富多，有粮有肉果木多，大王和臣子吃不完，不要侵犯别国去惹祸。"

内大臣柏堆也很赞同王妃曲珍的话，劝大王慎重从事，免得惹起祸端，将来后悔。

老将齐拉根保却不爱听王妃和内大臣的话，他摸着自己花白的胡须，用教训的口吻说：

"我们黑姜国名扬天下，兵多将广，萨丹王智勇双全，那盐海本来就该归我们姜国所有，现在去抢夺，哪会有什么祸端！大王不必顾虑，快快发兵才是。"

曲珍见劝不动萨丹王，又转过来劝玉拉王子。

"玉拉我的娇儿，你年小身体未长大，乳牙未退奶未干，不能随便到阵前。你若有个一差二错，叫阿妈怎么活在人世间！"

玉拉王子心想，打仗是自己最高兴、最愿意干的事呵！便对阿妈说：

"阿妈呀，我和一般的孩子不一样。我是世间稀有的大英雄。我的左手能抓住闪电，右手能扳倒石山，一吼赛过青龙吟，一叫震过天雷轰。儿去出征夺盐海，保卫国家保乡土，这样才是大丈夫。"

玉拉不顾阿妈的苦心劝阻，穿起盘龙小红袍，扎上绿色腰带，登上黑缎小靴，系上五彩靴带，上马疾驰而去。

格萨尔大王平伏了黄霍尔之后，重整国政，大施善事。岭国百姓有了自己的牧场、土地，过上了幸福安宁的日子。

这一天，雄狮王早早起床，漫步来到王宫顶楼平台上，抬头仰望天空，忽然发现蓝幽幽的天空中出现一片彩云，彩云上托着一马一人，头上是一顶黄罗伞盖。格萨尔认出来了，这正是自己的在天之父——德确昂雅。格萨尔纳头便拜，只听得琵琶铮琮，铜铃叮当，父王德确昂雅说：

"孩儿呵，如今你已降伏了黑魔鲁赞，又消灭了霍尔三王。百姓们快乐，父王和天神们也欢畅。孩儿呵，岭国的南方有个萨丹王，他不仅残害生灵百姓，如今还要发兵来夺岭国的盐海，要把阿隆巩珠归黑姜。"

格萨尔一听姜国要来抢夺盐海，立即抽刀在手：

"父王，孩儿马上出征，讨伐萨丹王，保卫阿隆巩珠盐海。"

"孩儿不要忙，不久前的霍岭大战，生灵遭涂炭，百姓死伤难以计数，血流成河，尸骨积山，霍岭两国都遭受惨重损失，连天神都感到于心不忍。这次攻打黑姜，应该是智取，而不能强攻，由降将辛巴王梅乳泽出战，让他快去盐海旁，专把玉拉王子擒，千万不要把命伤。"父王说完，飘然而去。

格萨尔并不怠慢，马上派人向辛巴梅乳泽传命。

梅乳泽接到命令后，立即做好出征准备。只见他头戴金盔，身披红甲，跨上枣红千里马，先到霍尔的最高山上煨桑供护法。供奉完毕后，梅乳泽带着格萨尔和岭国三十位英雄给自己的三十一支利箭,像疾风一样朝盐海奔去。

梅乳泽来到盐海边时,姜国人马尚未到达。梅乳泽下马歇息。没过片刻时间,只见黑烟滚滚,尘土飞扬,他知道这是抢盐海的人马到了。自己单枪匹马,怎么能敌得过这来势汹汹的军队呢?梅乳泽灵机一动,想出一条妙计。他立即用霍尔王的口气,写成一封长信,拴在箭杆上,坐在盐海边等着。只见姜国王子玉拉像离弦的箭一样,快马驰来,在离梅乳泽几十步远的地方停住了:

"喂,海边的红衣人,你是从哪里来的?你有什么事情?快快离开此地。"

"我为什么要离开呢?难道这是你们的领地吗?"梅乳泽故意慢慢吞吞地说。

"我们姜国缺少调味的盐,今奉父王之命夺取盐海。红衣人呵,不要挡在我们面前!"王子玉拉心急嘴快,只想快点把眼前这个红衣人赶走。

辛巴梅乳泽

原为黄霍尔国白帐王的内大臣,霍岭战争失败后投降岭国,加入岭国英雄之列,成为格萨尔麾下著名的勇士。

辛巴梅乳泽缓缓站起身，从怀中掏出一支五尺长的白绸子哈达，面带微笑地来到玉拉面前：

"尊敬的玉拉王子，我是黄霍尔的内大臣辛巴梅乳泽。我正要到姜国去，霍尔白帐王有书信，欲与姜国结为联姻之邦。白帐王有一王子，已经到了娶亲年龄，到处寻找小王妃。护法神降下预言来，说姜国公主与王子正相配。霍尔王和萨丹王，结合起来就是世界第一王。"

王子玉拉一听，忽然大笑起来：

"呵，梅乳泽！不要撒这种可笑的谎言。霍尔白帐王早已被格萨尔降伏了，霍尔三十位大英雄也已被雄狮王杀死。只有你这老狗不嫌丢脸活在世上，充当岭国的奴隶和帮凶。"

"王子不要听人乱讲，堂堂大霍尔王怎能投降。现在有白帐王的书信一封，请王子给萨丹王呈上。"说着，辛巴梅乳泽把信递上。

王子玉拉接过信封一看，写着"黄霍尔王的事情但愿成就"。打开一看，信中内容果然是向姜国求婚，与辛巴梅乳泽说的一样。在信末还署有"从霍尔国雅塞王宫寄出"的字样。玉拉托琚开始犹豫起来。莫非过去的传闻有错？看这辛巴王倒还谦和恭顺，也许他说的是真的。不行！我应该亲往霍尔国去看一看，才可知其中端详。于是，他对梅乳泽说：

"你这坏辛巴，我不能听你的话！我要去霍尔，看看是真还是假。"说完，玉拉把天青马打了三下，千里驹立即腾空而起，朝霍尔国飞去。

辛巴梅乳泽没想到这小王子还有如此心计，顿时慌了手脚。如果玉拉看清了霍尔的真相，那就坏了！梅乳泽立即煨桑，请求护法神相助：

"护法神快助我，玉拉托琚要去霍尔国。要用迷雾遮住他双眼，让他真相看不见。"

玉拉来到霍尔国时，果然见霍尔国仍像过去一样，牛羊遍地，骡马成群，王宫周围笼罩着青云，练武场上，三十位英雄像牛角一样排列整齐。玉拉这才放了心，看霍尔的这般景象，霍尔王肯定还活着，梅乳泽的话也是真的。

玉拉托琚回到盐海边时，辛巴梅乳泽正在等候他。玉拉下了马，对梅乳泽说："就算你说的都是真话，可我们姜国的公主，我的姐姐能不能嫁给你们霍尔国的王子，还要看你们的聘礼怎么样！"

"聘礼当然不成问题。我们霍尔国金银珠宝遍地都是，任凭你们挑选。"辛巴梅乳泽见玉拉相信了他的话，心中非常得意，"说吧，你们究竟要多少聘礼呢？"

"金马十八匹，银羊十八只，玉象十八头，铁人十八个，白水晶丫头十八名。还有百匹毛色好的马，百头颈项好的牛，百匹身材好的骡子，百头皮毛好的牦牛。"

"有有有，我们都有。霍尔国的骡马牛羊数不清，玉拉王子呵，你要的聘礼我都承应，还要额外送上珠宝数不清。今天我俩应该先庆祝，喝杯喜酒你说行不行？"辛巴王一心想生擒玉拉王子，把大话吹得更是不着边际。

玉拉托琚原以为自己要的聘礼会把梅乳泽难住，没料到他竟然全都答应下来，当然高兴。听梅乳泽要和自己饮酒，玉拉爽快地答应了。梅乳泽拿出一只黑金木碗，上面刻有八吉祥花纹，周围镶嵌着五种宝石，光彩夺目。梅乳泽斟满一碗美酒，端到玉拉面前。玉拉托琚别提多喜欢这只碗了,碗中美酒的香气早就扑鼻而来,更使王子心醉。

梅乳泽一边敬酒,一边唱酒曲:

> 大丈夫喝酒,
> 要像骏马饮水。
> 你是姜国的大丈夫,
> 喝上第一杯,
> 白帐王和萨丹王永和好;
> 喝上第二杯,
> 王子和公主永和好;
> 喝上第三杯,
> 霍尔人和姜国人永和好。

辛巴梅乳泽一边唱歌,一边劝酒,玉拉托琚忘乎所以,喝了一杯又一杯,不觉喝得酩酊大醉,身不由己地躺倒在地,鼾声阵阵。

梅乳泽见玉拉已经睡着,立即拿出牛毛绳子,把玉拉的手和脚捆了又捆;在四周钉了四个铁橛子,把牛毛绳的另一端拴在铁橛子上,试着拽了拽,觉得很结实,这才松了一口气。

那姜国王子玉拉被这么一捆,只觉疼痛难忍,酒也醒了几分。睁眼一看,见自己被捆在铁橛上,眼中立即闪出电光,嘴里放出毒气,发根喷出火焰,用力一挣,牛毛绳被挣断。他猛一起身,扑向梅乳泽:"可恨你这老狗施诡计,竟把我玉拉捆绑起,幸亏我玉拉力大无比,千军万马也能敌!"说着,玉拉托琚把梅乳泽向上一举,又向下一摔,向左一推,又向右一搡。可怜辛巴梅乳泽在玉拉的手中被折腾得呼呼直喘，哪还有还手之力！他急忙呼唤众护法神帮助。

山神来了，多闻天王和九曜罗曜星君也来了，他们都制伏不了这姜国王子。最后，还是白梵天王亲自来了，才把玉拉托琚压在地上。梅乳泽把玉拉左三道右三道地捆得像个线团团，玉拉这才动弹不得。

梅乳泽把玉拉绑在天青马上，立即向岭国奔去。被捆着的王子玉拉心中默默地念着姜国的魔鬼神：

"白胸鹰呵大鹏鸟，黄天鹅呵布谷鸟，请你们飞到黑姜国，把我的消息报爹娘。"

二人来到狮龙宫殿，立即被格萨尔传了进去。雄狮王一见玉拉王子那可爱的模样，先就有三分喜欢，但不知心地如何，还要试他一试：

"玉拉王子，你不在姜国好好过日子，却跑到我们岭国来抢盐

辛巴智擒王子玉拉 »

霍尔辛巴王梅乳泽受命赶到盐海，不一会姜国王子玉拉率兵到达。梅乳泽单枪匹马，难敌玉拉大军，就假冒霍尔王写了一封向姜国求婚的信，请王子呈给萨丹王。王子不信，跨上天青马，去霍尔国察看，梅乳泽呼唤天神帮助，呈现霍尔王仍在的幻象。玉拉相信了梅乳泽，双方议论聘礼时发生口角，梅乳泽灌醉玉拉，将他用牛毛绳捆住，没想到玉拉一下挣断，两人扭打起来，梅乳泽毫无还手之力，急急呼唤来山神，连天王也压不住他，直到白梵天王亲来了，才把玉拉压在地上。梅乳泽拿出一根十八庹长、胳膊粗的绳子，把玉拉左三道右三道地捆得像个线团团，玉拉这才动弹不得。

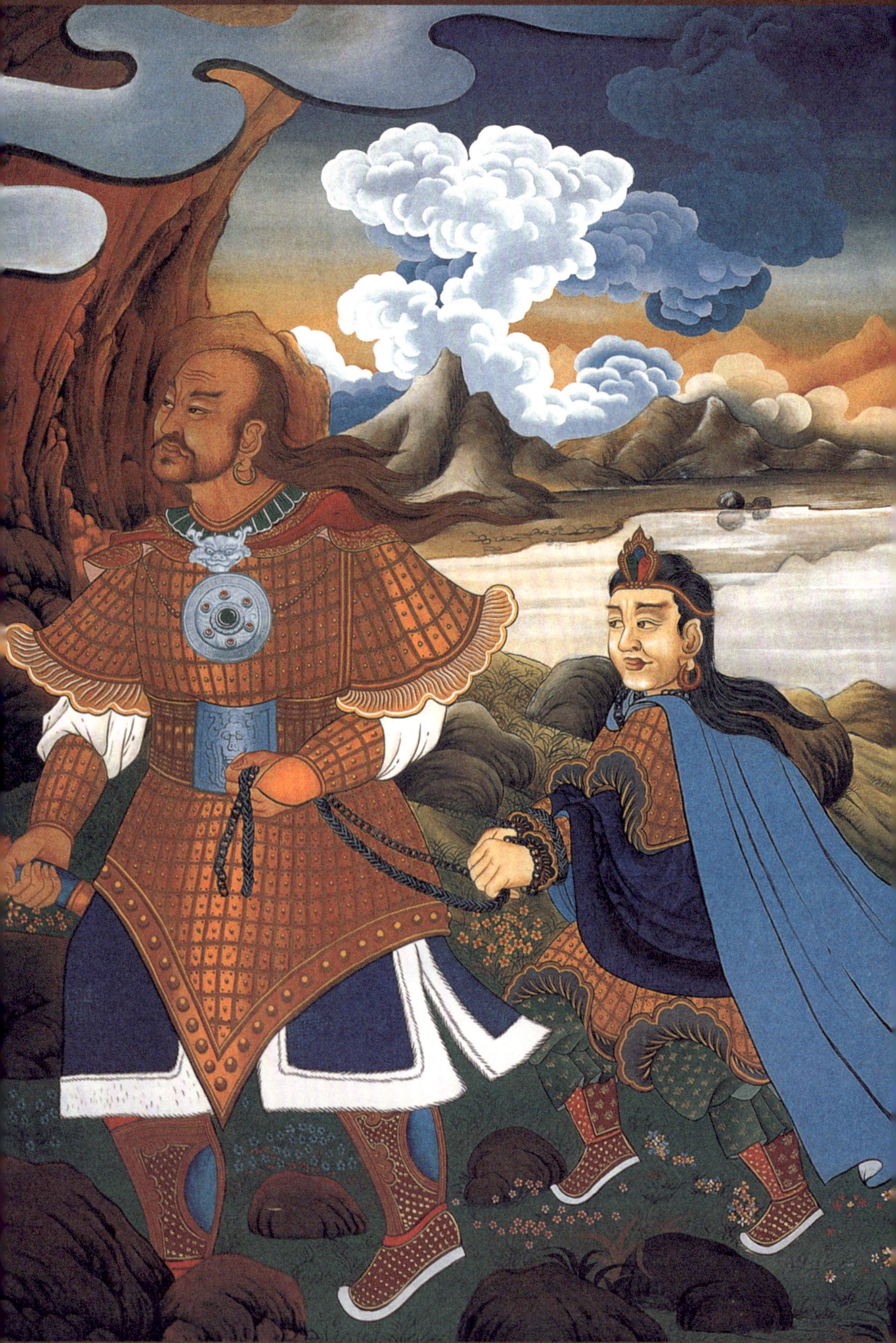

海,如今被梅乳泽捉了来,正好用你的身体来祭天。"

那玉拉托琚一听雄狮王的话,面不改色地说:

"如今我来到岭国,身体已非我所有,你要祭神就祭神,你要喂狗就喂狗。"

格萨尔一听,这小孩不光长得惹人喜欢,还有股子大丈夫的气概哩!脸上顿时露出笑容:

"玉拉王子,你别把笑话当真,我雄狮王降伏妖魔,为民除害,对真正的英雄却倍加爱护。将来我要让你做姜国王,姜国的事业会兴旺。"

玉拉托琚久闻格萨尔大名,原以为他是个比妖魔还要凶恶的暴君,到处杀人掠地,抢夺财宝,没想到大王如此慈悲心肠,而且又长得神威无比,仪表堂堂。他对雄狮王倍加敬佩,于是跪下来,磕了三个头,恳请道:

"父王有罪过,饶他一命可不可?如果一定要处死,来生应让他上天国;母后是好人,别让受饥饿;阿姐姜公主,让她来岭国。"末了,玉拉托琚又说,愿为大王冲锋陷阵,背水放马。

格萨尔听了玉拉的话,连连点头:

"好孩子,放心吧。你说的我都答应,我待你要像亲弟弟。我封你作大英雄,永远随我做善事。"

辛巴梅乳泽生擒了姜国王子玉拉托琚后,岭国兵马在雄狮大王的率领下离开了岭噶布,大营扎在盐海不远处。

看到姜国军队来势凶猛,格萨尔与众将反复商量,应遵照父王的旨意,以智取为上策,如此这般……各路兵马领命,自去照计行事。

辛巴梅乳泽又一次单枪匹马来到盐海边，碰上了姜国的三军统帅珠扎白登桂布等三员大将。梅乳泽见他们那疑惑的目光，不等发问就说：

"我是霍尔大臣辛巴梅乳泽，我们白帐王为抢岭国王妃珠牡，兴兵攻打岭国，不想大王被岭兵杀死，一百二十万霍尔兵也丧生，只有我辛巴一人逃了命。因此我来投姜国，恰遇王子玉拉诉苦情。王子叫我管领一万户，率领姜兵打先锋，谁知岭兵非常威猛。若不施展好计策，要想得胜万不能。"

"你说什么？要想得胜万不能？"珠扎白登桂布双眉紧皱，"那么，王子呢？"

"我和王子回来途中射死了九头野牛，实在拿不动，王子叫我请兵将，请速派兵去接应。"

珠扎白登桂布一听王子的命令，马上命大将杰威推噶跟梅乳泽一同前往，令他们快去快回。

二人领命，走到木隆地方时，迎面来了一人，威风凛凛，杀气腾腾。杰威推噶马上警惕起来：

"喂，梅乳泽，前面来的人好凶呵，你知道他是什么人吗？"

梅乳泽有些漫不经心，随口答道：

"不要怕。那是岭地的放羊娃惹孜，只是个割草拾柴的人。"

"割草拾柴的放羊娃？我看不像。"

"噢，他还有个名字叫丹玛。"

"丹玛？你这个坏东西，谁不知道丹玛大英雄，你怎么说是放羊娃呢？"杰威推噶抽刀向前杀去。

辛巴梅乳泽忙把他拦住：

"杰威推噶你别慌,要打仗得我先上,请你观阵在后边。"

杰威推噶已对梅乳泽存有戒心,见他拦住自己,更是怒火中烧。他左手握着马鞭把梅乳泽往一边推,右手挥打战马。不料那马突然被梅乳泽砍了一刀,疼得猛地向上一蹿,把杰威推噶掀翻在地。梅乳泽下马拦腰抱住杰威推噶,丹玛抽出刀,一刀结果了杰威推噶的性命。

丹玛和梅乳泽二人提着杰威推噶的首级来见雄狮王和众英雄,格萨尔十分高兴,命侍卫献茶、敬酒,梅乳泽也异常兴奋。这次与姜国作战,他已连立二功。酒喝了一半,他又向格萨尔请战:

"辛巴连施两计,活捉玉拉,杀死了杰威推噶。过午后,臣还要去盐海边,把珠扎白登桂布和蔡玛克吉骗出来,灭了这三员大将,姜国就将溃不成军,不战自退了。"

雄狮王还未开口,老总管绒察查根开言道:

"辛巴王,你去了一次又一次,不能再去第三次,否则敌人定会猜透你心机。"

格萨尔点头赞许:"辛巴梅乳泽,总管老人的话很对。你再去,恐怕会落入敌人手中,那就不好了。"

"大王待我恩重如山,为了大王的事业,为了让百姓过上好日子,我辛巴梅乳泽就是死了,也心甘情愿。"说着,梅乳泽再次披甲上马,前往姜营。

珠扎白登桂布见梅乳泽一人回来,顿起疑心:

"喂,王子和杰威推噶哪里去了,怎么就你一个人回来?"

"杰威推噶和我在路上又打死了三头野牛,王子和杰威推噶正在搬肉,让我回来请蔡玛克吉和十名士兵一同前去搬野牛肉。"

听了梅乳泽的话,珠扎白登桂布冷笑了两声:

"梅乳泽,你这骗人的家伙,谁还信你的鬼话!姜国两员大将不回来,我决不让你再回去。"

辛巴梅乳泽见珠扎白登桂布识破了自己的计谋,立即拔出闪电水晶月牙刀,脸色铁青:

"你要怎么样,难道我还怕你不成?"

蔡玛克吉见梅乳泽要动手,忙向珠扎白登桂布使了个眼色,又劝梅乳泽道:

"辛巴王,不要动怒,在王子和杰威推噶回姜营之前,你先留在这里。你的话如果是实,等他们回来你再出去不迟。珠扎一时性急,说话多有冒犯,还请辛巴王多多包涵。"

梅乳泽身在虎穴,当然知道动武对自己没有好处,听蔡玛克吉这样说,也就趁势收回刀,坐在垫子上。谁知他刚坐下,珠扎白登桂布和蔡玛克吉同时站起,扑向辛巴王,放松了警惕的梅乳泽束手就擒。

眼看太阳逝去,梅乳泽仍未归营,格萨尔估计,辛巴王此去凶多吉少。雄狮王立即命令发兵,岭国一百八十万兵马,浩浩荡荡地向盐海杀去。

珠扎白登桂布和蔡玛克吉知道岭兵出动,已经做好了迎敌准备。突然,一头硕大的野牛出现在离姜兵不远的山冈上。那野牛凶猛无比,大吼三声,响彻云霄,四蹄奔驰,地动山摇。

"你们不要怕,看我一箭射死它。"说着,珠扎白登桂布一箭射去。不料那箭射在野牛身上,连毫毛也未伤着。珠扎的心往下一沉,又连发三箭,一样毫无作用。珠扎大怒,一箭连一箭,把自己的三百

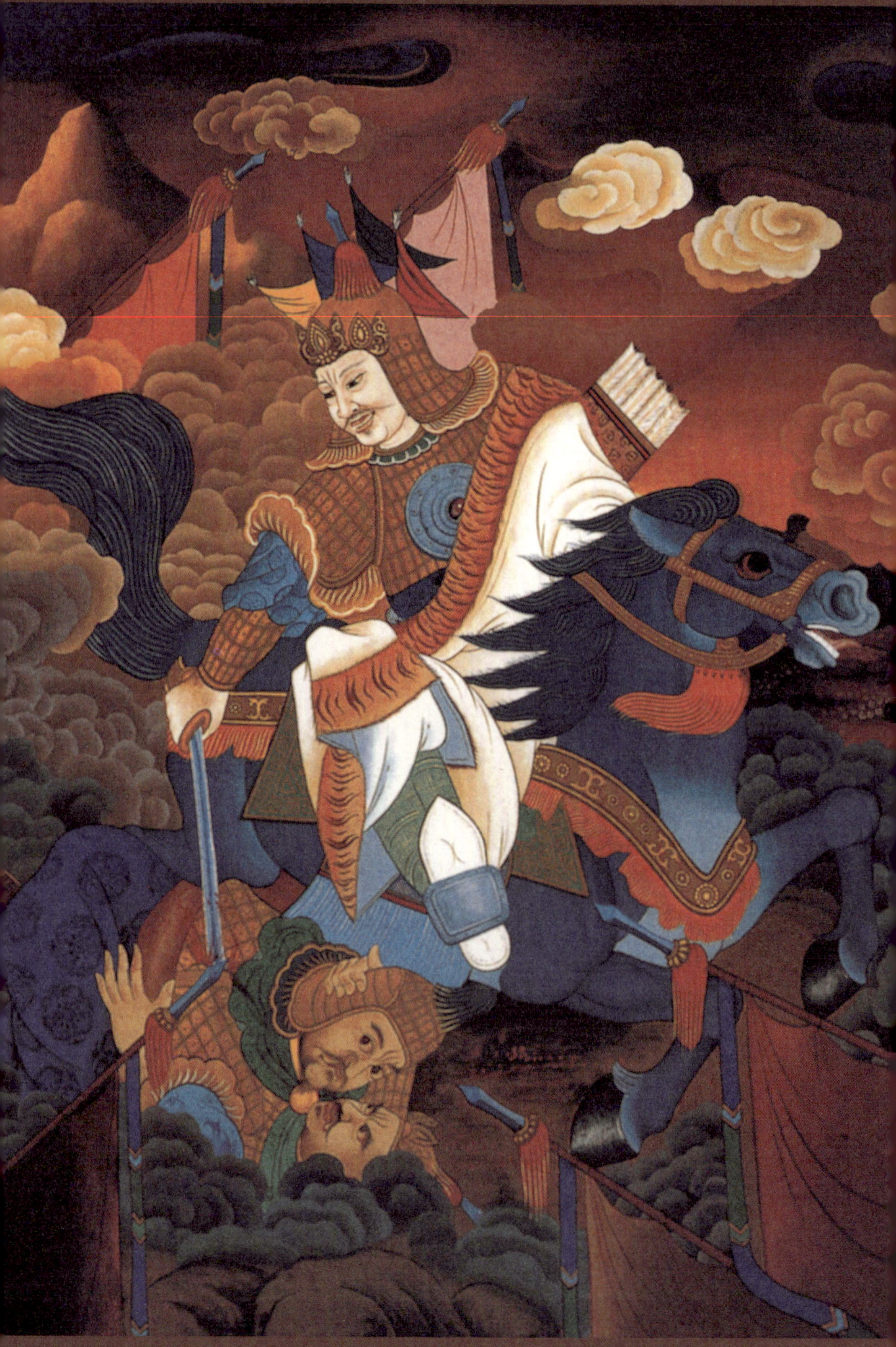

支利箭统统射了出去,野牛不但没有受到任何伤害,反倒慢悠悠地朝岭兵来的方向走去。

珠扎哪里知道,这野牛原是雄狮王格萨尔所变,他当然不能射死它了。但珠扎的箭却全部射光了。见山上没有动静,珠扎就徒步走去,想取回他的三百支利箭。

他刚下山坡,还没有走到落箭的地方,以丹玛为首的岭国兵将像从天上掉下来似的铺天盖地而来,没等珠扎反应,丹玛已经砍掉了他的脑袋。岭兵一路追杀,杀得姜国人马四处逃命,蔡玛克吉连头都不敢回,一直逃回姜国去了。偌大个营地,只剩下一个辛巴梅乳泽,被捆在木桩上。

蔡玛克吉带着残兵败将逃回了姜国,萨丹王气得七窍生烟。他要姜国的一百八十万兵马倾城出动,去夺回王子玉拉,为大将珠扎白登桂布和杰威推噶报仇,还要让阿隆巩珠盐海永归姜国所有。

姜国的一百八十万兵马与岭国的一百八十万兵马在日那绷黑山下相遇了。两军人马,遮天蔽日,威风凛凛,杀气腾腾。

姜国法王滚噶吉美一马当先,冲到两军阵前,指着英雄丹玛大叫:

"喂,可恶的丹玛!萨丹王命我来擒你。我要用黑箭射断你的命根,叫你死无葬身之地!"

说罢,便把无羽黑毒箭搭在三楞铁弓上,那箭带着黑烟,径直射向丹玛,正中丹玛的护身青甲,可并未伤着丹玛。丹玛见了哈哈大笑:

"姜法王,笨家伙,你这箭伤不了我。今天碰上我丹玛,先叫你尝尝我这青钢刀的厉害!"

丹玛扬鞭打马,手起刀落,把姜法王的头砍了下来。姜兵见主帅身亡,顿时乱了阵脚,丹玛挥兵砍杀,姜国众妖全军覆没。

一连几天,姜国军队再没有任何动静,格萨尔大王和众英雄驻扎在盐海旁边,日夜守卫着他们的宝贝盐海。这天夜里,雄狮王正在酣睡,姑母朗曼噶姆驾着祥云前来,对格萨尔作歌道:

呵,
孩子推巴噶瓦,
切莫小看姜王萨丹。
他是黑魔有神变,
张嘴一吼如雷响,
身躯高大顶着天,
千军万马捉不住,
要你亲自去降伏。
你要把江噶佩布马,
变作一棵檀香树;
三百支雕翎箭和甲盔宝弓,
变作灌木与森林。
萨丹见这好山林,
就会出宫散散心;
走过森林翻过山,
看见湖水会兴奋;
喜得下湖去洗澡,
护法天女当侍从。

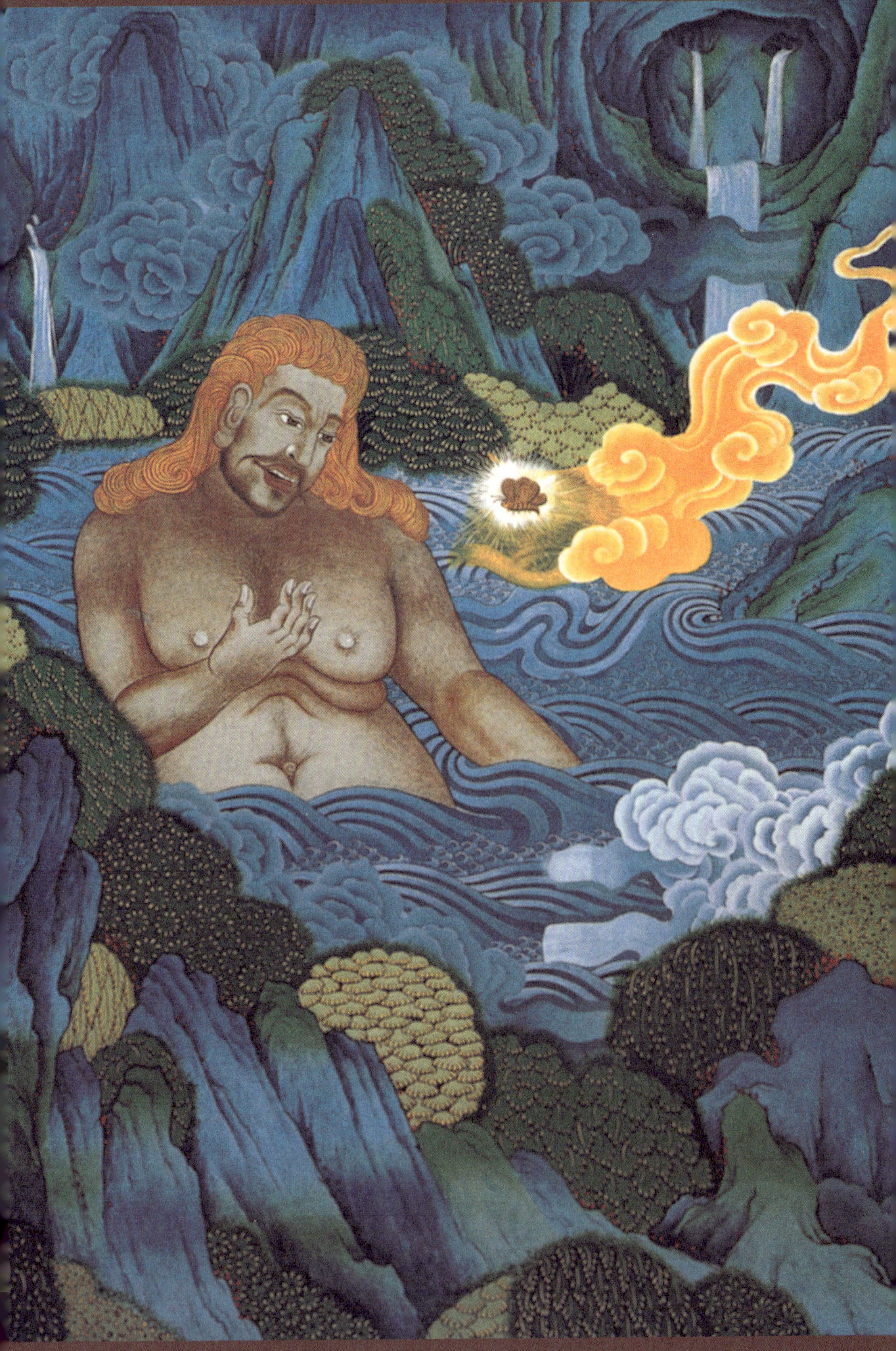

> 这时孩儿变作金眼鱼湖中游。
> 萨丹渴了要喝水,
> 你趁势钻进他肚里头,
> 在他肚里变成千辐轮,
> 把他心肺搅得如烂粥。

格萨尔一觉醒来,心中非常高兴,立即遵旨行动,降伏了姜国魔王萨丹。

姜国兵马见萨丹王死在湖边,立即去报告王妃白玛曲珍。

那曲珍王妃原是天女下凡,具有神通,不待报告,便知姜王萨丹已死。见到前来报信的大臣,王妃从容而郑重地说道:

"你们不必多言,萨丹王已死,此乃命中注定。他不听我的劝告,侵犯岭国,想抢占盐海,便注定了自取灭亡。现在,我就要与世界雄狮王格萨尔见面了。我白玛曲珍与森姜珠牡、梅萨绷吉,一生都有三个经历。珠牡半生在霍尔国,梅萨半生在魔国,我的半生在姜国,这不过是为了降伏妖魔。最后要相聚在狮龙宫殿中,共享太平。你们也不必惊恐,只要你们忏悔以前的罪过,发愿不再残害百姓,在格萨尔大王面前,我一定替你们求情。"

众大臣眼见事已至此,无可奈何,都没说什么。

眼看岭国兵马就要攻破姜国的王宫,一直镇守在姜国城堡中的老将齐拉根保不愿投降,要与岭国将士决一死战,为国王复仇雪恨,他杀出城堡,一路冲杀,所向披靡,杀死了众多的岭国兵马。而岭兵的利箭和刀枪,却像茅草一样无力。八十位英雄一齐上阵,也没能战胜他。

一连几天，齐拉根保老人连连出城，每战必胜，杀得岭兵横躺竖卧，尸积如山。岭国兵将不知如何是好，连雄狮王格萨尔也无计可施。

这天晚上，当齐拉又得胜回城、岭地众英雄聚在一起商量对策之时，格萨尔的千里宝驹江噶佩布突然开口了：

"哦，众位英雄虽然武艺高强，能征善战，但齐拉的命不该死于你们之手，你们再打也是枉然。"

"那，齐拉不死，姜城不破，我们怎么能收兵呢？"丹玛急急地插嘴。

"丹玛莫急，我有妙计。明日齐拉闯营时，众英雄只需压住阵脚，不必和他较量。等他打完回姜地，我和三十匹骏马拦在他的归途上，服服帖帖任他骑。只要他一骑上我，我就带他到空中，把他丢在毒海里，让他身心两分离。"

第二天，齐拉果然又来闯营。在得胜回城的途中，恰恰骑到了宝驹江噶佩布的背上。只见那马背的两边，慢慢长出翠绿的翅膀，带着老将齐拉腾空飞了起来，把老齐拉吓得魂飞天外。江噶佩布越飞越快，转眼来到毒海上空，只见宝驹一侧身，翅膀歪了两下，把齐拉扔进了毒海。可怜老将齐拉根保，竟死在一匹马的手里。

老将齐拉被扔进毒海的消息传入姜城，王宫中顿时一片混乱。姜国失去了最后的靠山，他们再也没有力量与岭国人马抗衡了。

岭兵大获全胜，众英雄齐向雄狮王敬酒祝贺。这时，姜国王妃白玛曲珍左手拉着王子玉赤，右手拉着王子恭赤，拜见世界雄狮王。

格萨尔连忙起身相迎，安慰他们母子三人：

"王妃曲珍呵，你们母子不要怕，你们没做坏事情。玉拉王子

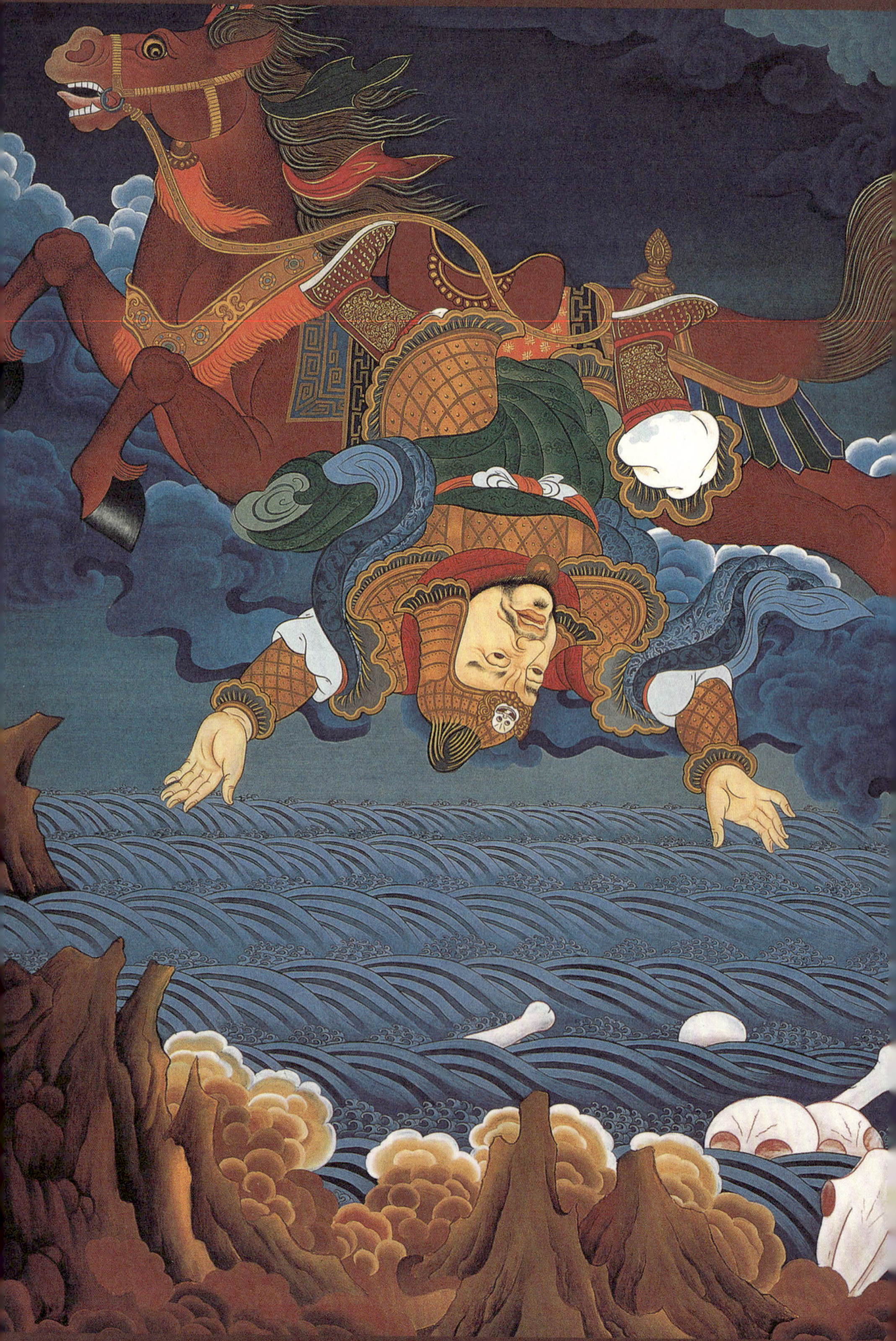

第八回
得预言进军门域国
降伏四魔岭军凯旋

降伏姜国十年了,岭国变得越来越美丽,越来越富饶。雄狮王格萨尔居住的狮龙宫殿修建得更加雄伟无比。

这天夜里,格萨尔正在王宫安寝,天空中出现了一道彩虹,父王德确昂雅驾着白云落在达孜宫中,语气威严而平缓地对格萨尔说:

"推巴噶瓦,你现在已经降伏了三个魔王,但是南方门域的魔王辛赤还活着,前世注定,今年正当降伏他。若过了明年,这魔王和魔臣就无法降伏了。不降伏辛赤王,就拨不开南方的黑云浓雾,众生的苦难便没有尽头……"

格萨尔恭敬地说:"孩儿遵命,明日就整装进军门域。"

"不,门域的罪恶都是在晁通所属的达绒十八部落犯下的,你要托梦让达绒忿怒王兴兵。门域美丽的公主梅朵卓玛,本该是达绒家的媳妇,也正该趁此机会娶来才是。"说毕,父王德确昂雅驾云离去。格萨尔决定立即前去达绒部落,给晁通降预言。

晁通王已从边远的放牧之地回到了达绒地方,这是格萨尔王对他的恩典。对此，晁通既感恩又羞愧。这天，晁通正在静修，忽见他的寄魂鸟扑哧哧地飞到神案上，开口对他说：

"修行的长官晁通呵，不要忘了旧日的仇恨，六摺云锦宝衣还在门域国魔王辛赤手里，你达绒的两个家臣死于门军的箭下，达绒部落的良马和牛羊现在正在门域的牧场上不断繁育。门域的公主梅朵卓玛像森姜珠牡一样美丽，她年已二十五岁，正等着晁通王去迎娶。今年的好时机难寻觅，快快行动莫迟疑。"说完，先知鸟扑棱两下翅膀，飞走了。

晁通牢牢记住了先知鸟给自己的预言，特别是要娶梅朵卓玛为妻这句话，更是时时在耳边回响。他无心再闭关静修，连忙吩咐家将：

"达绒部落七十万人马全部集合起来，准备好茶水和酒浆，还有各种肉食、酥油和奶酪。"

王妃丹萨还以为晁通闭关着了魔，忙阻止家将，询问晁通王要干什么？

晁通既兴奋又不耐烦地给丹萨讲了先知鸟的预言，丹萨一阵冷笑：

"想必王爷忘了赛马会前马头明王的预言了？六十二岁的老翁还想娶年轻的姑娘，真是越老越没出息了。王爷呵，这预言绝不是天神的旨意。门域那样的大国，达绒部落怎么能敌得过？梅朵卓玛那样年轻美貌的姑娘，怎么能让你这老头来娶？我的王爷呀，不要再惹出什么祸来吧！"

晁通气得指着丹萨大骂：

"无知无识的丑婆娘，你还敢来教训我晁通王？！达绒的军队像毒海沸腾,怎么会打不过辛赤?还居然说姑娘不会爱我晃通王。女人的性情我早知道,不光看头发白不白,要看能不能像公羊一样斗起来。没有人说不爱我晃通,除了坏婆娘丹萨你。此番去门域,是天定了的,丹萨再多嘴,我定不饶你!"

丹萨见晃通如此蛮横,像是着了魔一般,看来再劝他也无用。不如这样,丹萨皱着的眉头微微舒展开来:

"王爷既然一定要去,我何必拦你,只是要通报一下格萨尔大王才好。如果雄狮王同意你去,定会助你一臂之力。"

晃通一想,丹萨说得有理,如果格萨尔肯帮助,出动岭国兵马,辛赤王定死无疑。但雄狮王会帮助自己么?

晃通不再说什么,换上衣帽,骑上追风马,直奔狮龙宫殿。

格萨尔早就料到晃通会来,因为那先知鸟本来就是自己变化而成,目的就是要晃通兴兵门域。

"叔叔来了,一定有事吧?请坐下慢慢说。"格萨尔一面说,一面吩咐侍女倒茶拿果品。

晃通有些受宠若惊。一直以来,雄狮王都对晃通很冷淡,今天受到如此恩宠,倒让晃通不敢相信。

"好侄儿,好大王,叔叔此来是禀告大事情的。"

"噢?请讲!"

"南方门域国王辛赤,是四大魔王之一。大王您已经降伏了三个魔王,为什么要把辛赤留下呢?况且他早年曾兴兵岭地,杀了我们的人,抢了我们的马,到现在,岭国的珍宝六摺云锦宝衣还在辛赤王手里。先前我们无力报仇,现在岭国如此强盛,大王的威名声震四方,为什么还不发兵门域呢?"

格萨尔微微一笑。好一个晁通,说得多么冠冕堂皇,多么理直气壮,只是只字不提要娶梅朵卓玛为妻。

"过去的事就过去了吧。现在我们岭国安宁,百姓生活幸福,何必再动干戈。"格萨尔故意慢吞吞地说。

"这怎么行?如果不灭辛赤,不但有损大王的声威,对我们岭国也是个威胁。"晁通见格萨尔不急,他就更着急了。

"噢?他还敢来犯岭国?"

"门域有一百八十万兵马,和我们岭国相当。辛赤王还在不断地向邻国进攻,扩大地盘和军队。一旦他的兵马比岭国多,岭国的安全就难以保证了。"

"嗯,叔叔说得有理。而且我也得到父王的预言,要我们进攻门域,夺回我们的宝衣,以雪昔日之耻。叔叔还可以——"格萨尔故意一顿,"娶个漂亮的姑娘为妻。"

晁通一见天机已泄,顿时羞红了脸,默不作声。

格萨尔传令召集岭国的一百八十万兵马,并令白鹤三兄弟分别去召唤北方魔国大臣秦恩、霍尔国的辛巴梅乳泽和姜国的玉拉托琚,前来听命。

先锋晁通王身穿锁子软甲,头戴鹏巢盔,身佩桑雅宝剑,胯下追风马,得意洋洋地走在岭军的最前面。一百八十万人马浩浩荡荡地开出了岭国,翻越崇山峻岭,直向门域奔去。

这一日,众人来到南方的达拉查吾山上。这个地方太美了,群山叠翠,气象万千,卫藏四部,门域的十八个大部落,都历历在目。格萨尔吩咐就地休息,让岭国的官兵好好欣赏一下这如画的景色。

侍卫们捧上美酒佳肴,好不畅快。雄狮王显得格外喜悦,席间,他忽然问最年轻的大将姜国王子玉拉托琚：

"玉拉，我的爱将，你能说出远远近近的这些山名和它们的来历特征吗？"

"请大王指出，我愿意献丑。"玉拉年方十五，年少气盛，正愿意在诸将面前显显才华。

"好哇，你看那，玉拉，我指出山，说完了，你要马上回答。"

"玉拉遵旨。"随着格萨尔大王的手指点，一座座崇山峻岭映入玉拉的眼帘：

> 最近处的那座山，
> 好像小沙弥持香在案前，
> 它的名字叫什么？
> 旁边一座紫岩石山，
> 好似雄鹰低飞在山岩，
> 它的名字叫什么？
> 一片片石板耸立的那座山，
> 好似红旗迎风展，
> 它的名字叫什么？
> 仙女头戴黄帽子，
> 身披彩霞立云间，
> 它的名字叫什么？
> 美丽的孔雀开彩屏，
> 立于仙女脚下边，
> 它的名字叫什么？
> 玉拉你再往南看，

如同初三的月亮刚升起的山,
它的名字叫什么?
中间还有四座山,
山势雄伟如殿宇,
它的名字叫什么?
北方一座险峻的山,
好似将军舞战旗,
它的名字叫什么?
险山后面是缓山,
犹如国王刚登基,
它的名字叫什么?
玉拉再往东方看,
空行母托着五座山,
它的名字叫什么?
山山之间是平川,
大象走在平川上,
它的名字叫什么?
美女怀抱小婴儿,
翘首遥望盼夫还,
它的名字叫什么?
…………

玉拉托琚整整头盔,站在一块岩石上,像一只骄傲的公鸡:

小沙弥持香是印度的檀香山,
雄鹰低飞是印度的吐鲁鸟山,

红旗飘舞是娃依威格拉玛山，
仙女戴黄帽是著名的珠穆朗玛山，
孔雀开屏是尼泊尔的长寿五眼佛山，
初三新月升是不丹的天雷轰顶山，
中间四座是藏地的四大神山，
将军挥舞战旗是七虎雄踞山，
国王登宝座的是念青唐古拉山，
空行母托五峰是汉地的五台山，
大象走平川是汉地的峨眉山，
美女抱婴儿是忽赞德穆神山，
…………

格萨尔一口气问了一百多座山，玉拉托琚都对答如流，这就是著名的"山赞"。

雄狮王格萨尔听了玉拉的"山赞"，甚是喜悦，忙让侍卫换大碗敬酒。玉拉并不推辞，把酒碗高高举起，一饮而尽。格萨尔吩咐在此地安营，却被玉拉托琚止住了：

"大王，此地虽美，却不宜安营。我们要快速进兵，今晚应在南钦杂拉娃玛扎营，到那里去守住通往门域的金桥，明日渡过河去，才能顺利进攻。"

众英雄点头称是，格萨尔也表示赞许。门域居住着三百万人，牛羊遍地，骡马成群，是个富庶的好地方。但是，生活在这里的百姓却不快乐。因为国王辛赤乃是魔王噶绕旺秋的化身，他的大臣古拉妥杰乃是魔鬼绷巴纳布的化身。辛赤手下六十个好汉，专爱吃人肉、喝人血。门域的百姓和邻近的几个邦国年年过着提心吊胆的日子。

今年是魔王辛赤修行的最后一关,只要平安地度过这个冬春,他们君臣就将天下无敌,在世界称王。当听到格萨尔王已经降伏了三方妖魔时,辛赤确实害怕了一阵子,他严厉地吩咐他的属下,这一年之中,不准外出骚扰,不准轻举妄动。

这一天,辛赤正在王宫里静坐,忽听侍卫来报:

"禀告大王,河对岸来了许多人马,正在安营。"

"哪里来的?有多少人马?"辛赤心中暗想,我不去讨伐别人,别人倒找上门来了。

"不……不知道是从哪里来的,人马多得数不清,反正黑压压的一大片。"

"废物,哪里来的都不知道,多少人马也说不清!滚、滚出去,叫一个有用的人来!"

半晌无人进来回禀,辛赤王怒上加怒,走出宫门,正待要喊,恰巧碰上大臣古拉妥杰向宫里走来。

"大王,臣子有要事禀报。"古拉妥杰步履匆匆,眉头紧皱。

"古拉,是什么人来犯我门域国?"辛赤王一把拉住古拉妥杰,急急地问。

"现在还不知道,可从方向上看,像是从岭国来的。"

"从岭国来的?这么说,是格萨尔来了?"辛赤王的神色有些紧张。

"大王,您先不要着急,待臣子出城一看,不是岭国人马则罢,若真是格萨尔来了,我们也不怕他。"古拉妥杰一面安慰辛赤,一面往外走。他要马上出城,看个究竟。

古拉妥杰和好汉达娃察琤二人打马出城,很快来到南方河畔,

对着河岸边的军营大喊:

"喂,我们是门域国的大将,请你们的首领出来讲话。"

格萨尔一眼认出了古拉妥杰,他叫过玉拉,附在他耳边低语了一会儿,玉拉笑眯眯地拉过战马,出营来答话。

"我是姜国王子玉拉托琚,你们有什么话请说吧。"

古拉妥杰见出来个少年,又报名是姜国王子,不必再问了,玉拉早已归降格萨尔,他们定是岭国兵马无疑。古拉妥杰愤怒了,心想,不给他们点颜色看看,就不知道我们门域国的厉害。

"大臣请息怒!久仰您的大名,想来您是个有勇有谋的男子汉,请听我一言,再战不迟。"玉拉托琚仍然面带微笑地说。

古拉妥杰见玉拉彬彬有礼,稍微平息了一点怒气:"请王子讲来。"

玉拉慢慢说道:"我们君臣从岭国来,有意和门域国把姻亲联。岭国的王子扎拉泽杰,到了年纪应该娶亲。辛赤王膝下的公主,面如鲜花,腰似柳柔,卜卦的都说卦象好,应与我们的王子结成亲。"

古拉妥杰一听岭国是来与门域国结亲的,心里轻松了许多,但一看那遍布河岸的百万人马,脸又阴沉下来:

"结亲应该派使者来好好商量,你们把这么多军队开进门域干什么?"

"这个嘛?我想古拉大臣应该清楚,辛赤王不会轻易答应亲事。以前许多国家的使者都碰了钉子,如果我们仍照先例,派使者来,后果不想也应该知道。所以,我们……"

"如果辛赤大王不允婚,你们还敢抢走公主不成?"古拉妥杰瞪起了双眼。

"我们当然不愿意这样,只是希望辛赤王高兴地应下这门亲事。"玉拉不急不怒,态度坦坦然然。

古拉妥杰可没有这个涵养:

"玉拉托琚!请你们赶快找一条好路走。倘若明日一早你们的军队还不离开,我们门域的人马可不是好惹的。"说完,古拉妥杰一打马,回王宫去了。

见到辛赤王,古拉妥杰把情况一禀报,辛赤王大怒:

"我们门域的公主怎么能嫁到岭国去?他格萨尔和我本来就是宿敌,若不是要耐心地忍过这一年,我早就去杀死他了。今天他竟如此大胆,没等我去征讨,倒找上门来,还要娶我的公主,哼!……"

"大王息怒,这事还要从长计议。这次来的人马,除了岭国的,还有北方魔国、黄霍尔国和黑姜国的,这许多人马来到门域,就为了一个公主。如果我们暂且把公主许配给他们,过了今年,我们变成世界无敌的时候,就去把公主抢回来,再荡平这几个国家。"古拉妥杰不仅武艺高强,且谋略过人。

辛赤王的脸色稍缓,却仍旧怒气冲冲:

"古拉妥杰啊!面对这么多的岭国军队,我们如果就此答应婚事,岂不让世人耻笑我辛赤无能,是因为害怕岭国才结亲的。这样的事我绝不能干!"

这时,闻讯赶来的门域国众大臣都汇聚在宫中,议论纷纷。有人主张先结亲,有人主张不能这样轻易地让岭国把公主娶去。双方争执得很激烈,各不相让。这时内臣雍仲白杰高声对大家说:

"大家不要吵,我建议请上师占卜来决定此事吧!我们的独脚魔鬼上师是圣贤，他懂得一切事情，能把该死的人的寿命延长，能把三千世界覆盖，能预知未来。我们平日敬他拜他，现在到了关键时刻，还是请他拿主意吧。"

君臣们都同意雍仲白杰的说法，立即派青年冬丁惟噶前去请示上师。

上师早知他要来，走出森波冬麻洞，对前来的青年哈哈一笑：

"我知道你要来，现在我只告诉你一句话，伟大的门域国在七天之内就可作出决策。岭国的军队无论做什么，你们也不要管他们。现在请你进洞，我要给你一件卜卦用的东西。"

冬丁惟噶拿着上师赐予的打了九个结子的黑带子，很快回到了门域国。那上师也收拾了灵验卦书，花色的万应卜绳，招魔鬼的骰子等物，流星般地飞到门域，受到门域国君臣的盛情款待。

那上师闭目静坐，为门域国眼前的战事打卦问卜。过了好大一会儿，卦师才慢悠悠地说：

"这卦象有坏也有好，坏者多来好者少，诸位君臣要做好战争的一切准备。我要用威力无比的咒火，要用倒转三千世界的法能，要用毒龙的恶咒，我要用尽一切法术帮助你们。"

辛赤王拜过上师，立即调动军队：

"金、黄、白、红、青、黑、绿七色所有部队，明日一早，在娘玛金桥桥头布下大阵，准备迎敌。我门域的英雄们，在上师的指点下，在战神的护佑下，一定能战胜岭国！"

门域国的六十名勇士，大小战将个个摩拳擦掌，准备与岭国决一雌雄。

岭军与门军，在娘玛金桥桥头相遇了。真是狮逢对手，虎遇强敌。两国大军铺天盖地，驻扎在南方河的两岸。

门域国的红缨军首领达娃察琤连向岭军发了六箭，射死岭兵十三人，惹恼了岭国红缨军大将辛巴梅乳泽。只见他把红马肚使劲一夹，那马立即蹿出几丈远，来到阵前。达娃察琤一箭射去，正射在梅乳泽左膀的甲片上，把甲片打碎了一大块，气得辛巴王哇哇大叫。他抽出腰刀，正要向达娃察琤扑去，一条细细软软的套绳忽然飞向达娃察琤，毫无准备的门域英雄一下子被绳子套住了脖子。梅乳泽闪电般地冲到达娃察琤跟前，举刀连劈，把达娃察琤斩于马下。抛出套绳的玉拉也赶到眼前，二人将达娃察琤的首级取下，打马回营。

雄狮王重赏两员大将。格萨尔知道，此次进兵门域，不比降伏其他三个妖魔，辛赤老魔已是魔法成就，就要修炼得天下无敌，加之他手下的大臣古拉妥杰，甚是厉害，所以就更加难以对付。

入夜，雄狮王辗转反侧，不能安寝。快到天亮时分，一阵香风吹过，随着仙乐、环珮叮当之声，姑母朗曼噶姆驾着彩云出现在格萨尔眼前：

"好孩子，快快起！十八日是个良辰吉日，天兵天将、夜叉兵和无数龙兵已经聚齐。孩子呵，你不用惧敌，到了二十九日……"

格萨尔听得真真切切，那愁蹙的眉梢渐渐展开，他已经明白了降魔的秘密。

第二天早上，格萨尔召集岭国大将面授机宜。

"岭国的英雄们呵，此战我们务必要降伏魔王辛赤，拯救受苦受难的百姓。但是，降魔要有好时机，今天还不是时候。一会儿门域国的古拉妥杰一定会来骚扰。我们不能硬拼，要用计谋来对付他。

现在最要紧的是,这南方闷热的空气里,有病毒和瘴气。我这大帐里有从流水中提取的药水,还有天神姑母给的护身结,今天你们拿回去,无论尊卑长幼,一律都要发给,降魔的时间是二十九日。"

众英雄遵照雄狮王的旨意,各自回到营中。没过一会儿,门域国大将古拉妥杰出来挑战。只见这古拉妥杰虎背熊腰,头戴阳光普照金盔,身着黄金甲,外罩黄缎子披风,腰间佩带着一把吸血宝剑,胯下是一匹鹅黄色的千里马,真的是仪表堂堂的男子汉。

见古拉妥杰快到营门之时,岭国大营中一下飞出五员大将,为首的正是大英雄丹玛。丹玛向古拉妥杰扬了扬手:

"喂,门域的单身人,你是来和我们打仗的么?那就先找个空地方比比武吧。"古拉妥杰本来就怒火冲天,昨天达娃察玲没有活着回去,已经丢了门域国的脸,看到丹玛又是一副没有把他放在眼里的神态,恨不得把丹玛一口吞下肚去才好。古拉妥杰强忍心头火,跟着岭国的五位英雄来到一个平坦的地方,一比高低。

丹玛虽然听了雄狮王的嘱咐,还是想在众英雄面前显示一下自己的本领,特别是要让古拉妥杰看看自己的箭术。丹玛抽出一支鹰翎箭,搭在"开乐"宝弓上,仍然是一副满不在乎的表情:

"喂,这个地方叫'亡命平原',我们五个人叫'死神阎罗',你这黄袍人先看看我的箭吧。"说着,丹玛毫不经意地拉了一下弓,离弦的箭向古拉妥杰飞去,只听"喀啷"一声,正射在"阳光普照金盔"上,却没有伤着古拉妥杰。

古拉气得两眼通红,指着丹玛大叫:

"你不遵守诺言,放暗箭,算什么英雄丹玛,还差得远着哩!你已经射了我一箭,我若不还你一箭,倒说我怕了你。"说着,一支毒箭射来，正中丹玛的盔缨。那毒箭射掉丹玛的盔缨后，又继续向英雄们后面的树林飞去，射倒了几株百年老树，树林里顿时燃起熊熊大火。

丹玛虽然没有受到伤害，却因毒气熏心，变得神魂不定，在马上坐立不稳，似要跌落下来。古拉妥杰见状，得意地哈哈大笑：

"英雄丹玛，徒有其名！我再射一箭，定要你的狗命！"

不容古拉妥杰再次射箭，岭国的其他四英雄一起挥刀向古拉妥杰冲去。古拉妥杰虽是妖魔化身，但要敌住四位大英雄，也深感力不从心。他不敢恋战，一夹马肚子，顿时连人带马不见了踪影。

四英雄护着丹玛回到雄狮王的神帐，格萨尔给他服了不死神丹，又用千佛的头发烧火微熏，丹玛不仅恢复了体力，而且精神大振，比原来更胜三分。

就这样，岭国的英雄们与门域的古拉妥杰等众魔臣连战数日，杀得难解难分，双方都有些损失，却没有分出胜负。

晁通见连日来众英雄不能战胜古拉妥杰，又仗着自己有些法力，于是，挺着胸脯出来请战。格萨尔命丹玛与晁通同行。

二人各自骑上坐骑，朝营门前的空地跑去。丹玛有意比晁通慢几步，落在后面。晁通可是一心想在岭国众英雄面前逞逞威风，立即打马跑到古拉妥杰面前，并不搭话，抽剑便刺。

古拉妥杰见今天岭军只杀出一人一骑，心中暗自纳闷，见剑已到马前，顾不上多想，立即抽刀迎战晁通，只一个回合，便把晁通的铠甲砍下一大块，把个晁通吓得屁滚尿流，赶紧往回跑。古拉妥杰正要追赶，被丹玛一箭挡了回去。

丹玛笑着跟在晁通后面，回到格萨尔的神帐。晁通那套伎俩，早被众家英雄看在眼里。

玉拉托琚趁着格萨尔没注意，在晁通的追风马的尾巴和鬃毛上各拔了一撮毛，又在晁通的狗尾巴上拔了一撮毛，找了张哈喇皮、一条哈达、一头牦牛，摆在晁通面前，为他庆功。这虽能瞒得过格萨尔，却遮不住众英雄的眼睛，惹得大家哈哈大笑。

二十九日，降魔的日子到了，格萨尔遵从姑母的旨意，早早地来到南方玉山山麓、谷尼平原的上首。他见到一座骏马似的岩石上头，有一块牦牛形状的大铁块，上面装饰着人的头骨，血淋淋的人的肠子围在四周。格萨尔不忍看这惨状，飞快地来到铁块下面，轻轻推开一道小门，里面是间暗室，格萨尔定睛细看：右边是一只九头毒蝎，这就是辛赤王生命的支柱。

左边是一只九头乍瓦①，长着铜胡须、铁尾巴，这也是古拉妥杰生命的支柱。雄狮王慢慢抬弓搭箭，射死了毒蝎和乍瓦，回头便走。这是姑母的旨意，只有用弓箭才能除掉这两个妖魔的寄魂动物，并且不能回头。

门域的国土上立即出现了各种灾象：山上无故燃起大火，大地上布满红炭水，灶上的白铜锅裂成八块，神庙里的狮虎柱被毒蛇缠绕，马厩里的马被虎吃掉，神山金城崩塌，辛赤王的宫殿金梁被折断。举国上下，人心惶惶，惊恐万状。

公主梅朵卓玛做了个梦，梦见巴拉玉隆地方降下了贝壳雪花，南方的冬杂拉卡纳地方，出现了四个太阳；中部山上烈火冲天而起，斑斓猛虎被焚烧。梅朵卓玛心中暗想，门域国连连出现灾象，自

---

① 乍瓦：一种动物名称。

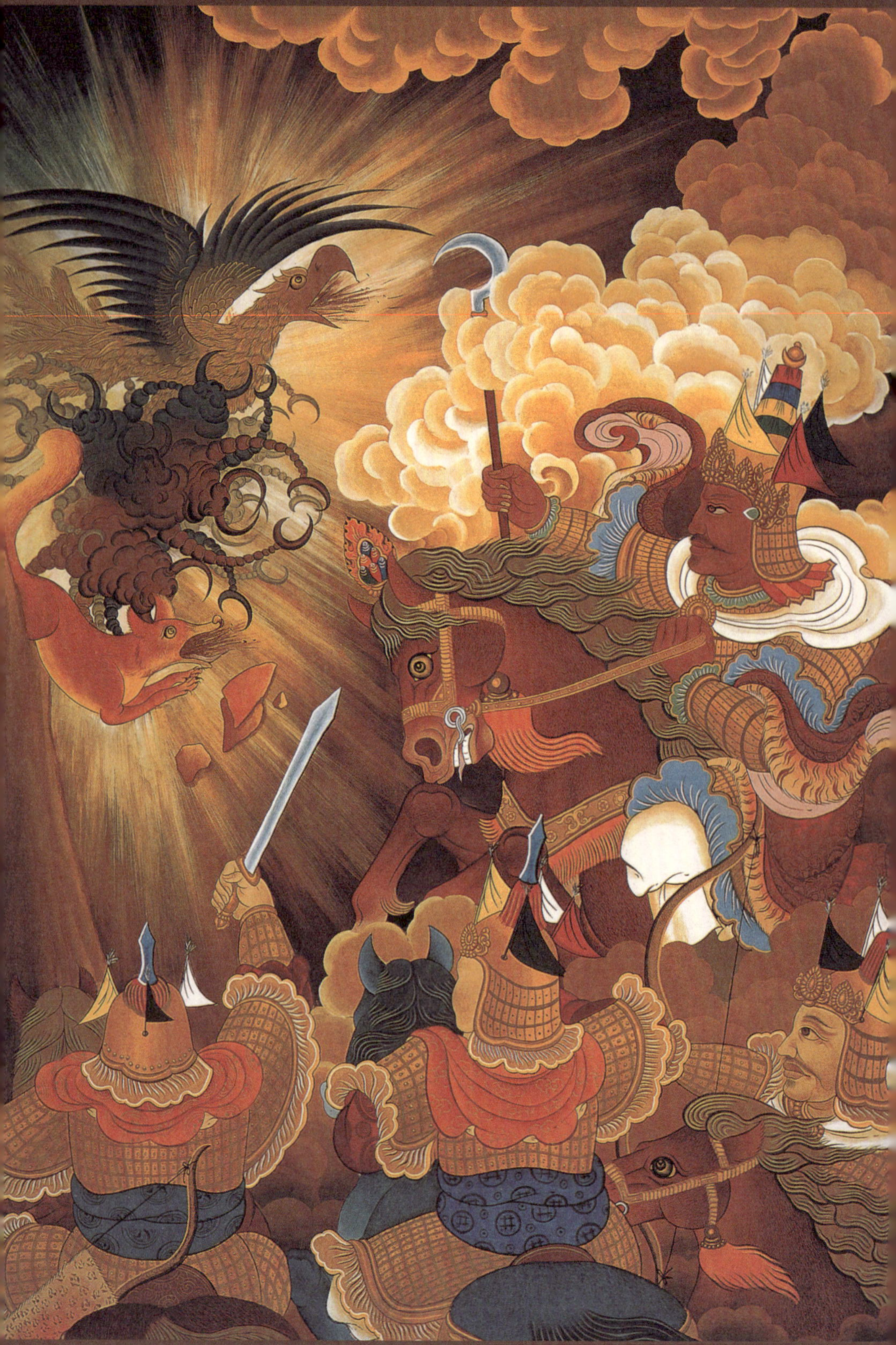

己又做了这么个梦,这究竟是什么意思呢?

公主焚香祈祷,乞求护法为自己圆梦。原来,梦是这样的:辛赤王要遭受天大的灾难,出现四个太阳是可敬的古拉妥杰丧失威望的象征,门域的女孩子也要送给敌人……

公主越想越怕。如果岭国真的是为自己而来,真的要与门域国结姻缘,那么为了门域国,也该嫁到岭国去才好。梅朵卓玛来到辛赤王的宫中,对父王说,愿到岭国和亲,以便尽快结束这场可怕的战争。

辛赤王因为寄魂物毒蝎被射死,已经失去了往日的精神,但魔王毕竟本性难移,不愿在女儿面前承认自己不行:

"儿呵,你是门域国的珍宝,父王的掌上明珠,国家的事不要女儿担心,只要我在世一天,就绝不让你去岭国。"

无奈,梅朵卓玛只好心神不宁地回到自己的宫中。

岭军再次吹起号角,众英雄一齐向门军冲杀。由于射死了寄魂的乍瓦,古拉妥杰失去了灵性和魔性,已经禁不住岭国众英雄的四面夹击。辛巴梅乳泽猛地抛出套绳,正套中古拉妥杰的脖子。众英雄把他带到格萨尔面前,听凭大王发落。

格萨尔见古拉妥杰长得一表人才,又英勇无敌,想收他为岭国大将,便和颜悦色地说:

"古拉妥杰,念你是个英雄,我想饶你不死。但是,你要帮助我降伏辛赤王,打败门域国的战将。事成之后,我们班师回岭,我封你为三万户,如何?"

古拉妥杰并不为格萨尔的话所动,却怒目而视雄狮王:

"可恶的觉如,你假装慈悲,借口联姻进攻门域国,是个违背

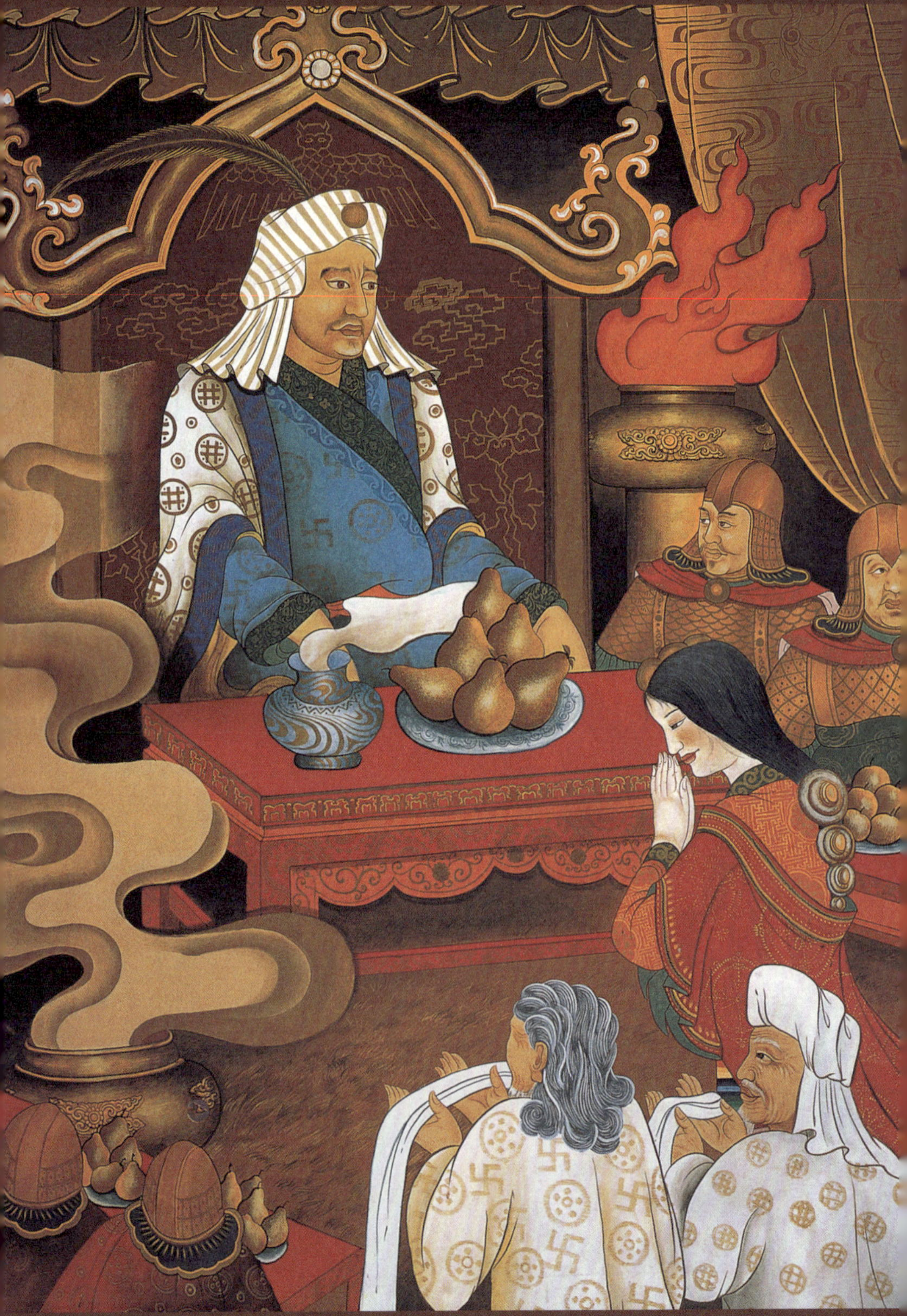

梅朵求父王勿抗岭

门域国公主梅朵听说岭国人马是为她而来,又梦见门域国下起贝壳雪花,天上响起雷声,黄牛身上露珠晶莹,太阳从四方出现,雪山变成风化的石山,美丽的莲花生长在峡谷的冰湖中,预示门域国即将遭难。她来到父王宫中,提出愿到岭国和亲,以结束战争,辛赤王却说:"国家的事不要女儿担心,只要我在世一天,就决不让你去岭国。"公主黯然退出宫,预感到父王将离自己而去。

誓约的坏人。我与其向你这三界生命的摧残者求赦免,倒不如死九次来得痛快些!"

众英雄见古拉妥杰如此无礼,齐声呐喊要斩他。格萨尔也情知古拉妥杰不能回心转意,遂下令将其斩首。

就在杀死古拉妥杰的同时,岭地的三术士也降伏了门域的魔鬼上师。

岭国大军一直向辛赤王的魔宫逼近。突然,魔宫燃起熊熊大火,直冲霄汉。这是辛赤王指使他的侍卫们放的火。火光中,辛赤王向火神作紧急的祈祷。天空中突然伸出一架魔梯,辛赤王全身披挂,威风凛凛地爬上梯子。眼看着魔王越爬越高,就要隐没在云层中了,突然,一支利箭呼啸着,射中了魔梯。格萨尔大王骑着千里宝驹江噶佩布出现在半空中,宫中的大火顿时减弱了许多。

辛赤王一见格萨尔的神箭射中了他的魔梯,气得青筋暴跳。他站在魔梯上,急急祈祷护法魔神,抽出一支毒箭搭在弓上,向格萨尔射去。这当然对雄狮王毫无损伤。格萨尔反手回射一支箭,那箭穿透辛赤王胸前的护心镜，直刺辛赤的心窝。魔王痛得嚎叫着滚下魔梯，跌进他自己点起的火海里。

至此，世界雄狮大王格萨尔降伏了世界的四大魔王，拯救了四方百姓，天下太平，万众安康！

第九回
岭军挥师远征伽地
开启宝库造福百姓

格萨尔降伏四大魔王后，继续征战四方，先后降伏了大食财宝宗、麻夏宝马宗、索波马宗、碣日珊瑚宗、阿扎玛璃宗、祝古兵器宗、卡契松石宗、雪山水晶宗、阿里金子宗、松巴犏牛宗、柏热绵羊宗、丹玛青稞宗、米努绸缎宗、梅岭金子宗、穆古骡子宗等十八大宗、十八中宗、十八小宗，以及数十个邦国，获得巨大财富，并得到这些财宝的"央"①，分给岭国和属国的百姓，使他们过上富裕美满的生活。

---

① "央"（gyang），藏语，汉语里很难找到一个与之相应的词，准确地将它的含义表达出来，一般翻译成"福禄之气"。按照藏区原始崇拜的观念，认为所有物质的东西，包括有生命的和无生命的东西，都有一种虽然看不见摸不着，又无所不在的东西，叫作"央"。这种观念，是藏族先民万物有灵观念一种特殊的表现形式。每一样东西都有它的"宝气"，如金、银、铜、铁、盐、茶、珍珠、玛瑙等财宝。你得到某种财物，如果不同时取得它的"福禄、财运"，也就是藏语里说的"央"，这些东西会得而复失；反之，如果你有了这种"宝气"，暂时没有这些东西，以后也会得到。《格萨尔》里的许多战争，就是争夺"央"的战争。格萨尔在征服上述许多"宗"和"小邦国家"之后，不仅将那些财宝抢夺回来分给自己的臣民百姓和归降的小邦国家，还把那些财宝的"央"——"宝气"也一起带回岭国。相传，经常念诵史诗的这一部分，就能为自己积福，招来好运，发财致富。

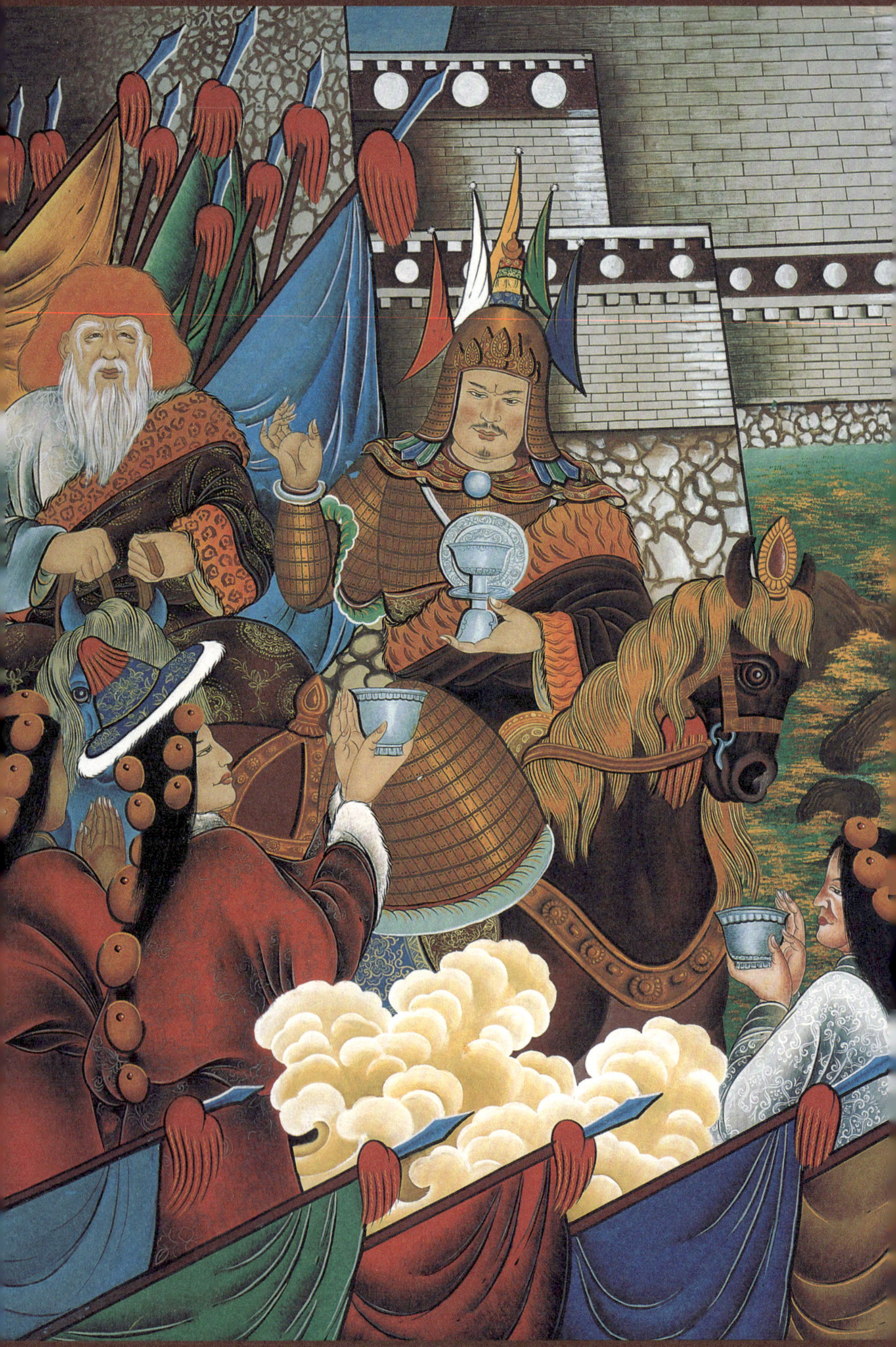

雄狮大王格萨尔收服了穆古骡子城之后，又征服了远在大海那边的乌朗金子国，开启了它的黄金宝窟，得到了无比珍贵的金子。格萨尔将金子等珍宝财物分给乌朗、岭国和各属国的臣民百姓，之后，岭国大军在乌朗最美丽的地方——拉塘仁姆草原扎营。

格萨尔的大帐搭在草原中心。这大帐太神奇了，帐外没有绳子，用美丽的彩虹作帐绳；帐内没有柱子，作支撑的是无形的金刚。雄狮大王格萨尔高踞宝座之上，诸英雄似众星捧月般围坐在他的周围。

这天，东方飘来一朵洁白的云彩，随着悦耳的音乐声，半空中出现一道彩虹。姑母朗曼噶姆在十万空行母簇拥下，对雄狮大王说：

"智勇非凡的格萨尔，收服乌朗国之后，应该返回故乡去。还有诸多的妖魔，等待你去降服。东方有个邦国叫伽域，国家虽小力量强，国王名叫托拉扎堆，今年年满二十五，到了他生命中的一个坎，伽域的国运也不佳。最好今年降伏他，否则，海外的十八个邦国，就要被它收为属国。伽域王子毒日梅巴，魔力非凡，要去天界请嘉察，前世注定要由嘉察来降伏他。"

说完，姑母飘然而去。格萨尔对神帐内的诸英雄讲述了姑母的预言，下令向伽域进兵，降伏魔王托拉扎堆，夺取伽域的紫色骡子宝藏和具有神变的兵器等宝物。

雄狮大王说完，众英雄你看看我，我看看你，面露为难之色，却不说话，偌大的神帐内寂然无声。

坐在右排之首的总管王绒察查根暗自思忖：东方伽域地势险要，城墙坚固无比，将士剽悍骁勇，进攻此地，绝非易事。但是，现在若不将魔王托拉扎堆降伏，一旦海外的十八个邦国被他收为属国，到那时非但不能降伏魔王,反而会成为砸岭国自己脑袋的铁锤。所以,还是应该按照护法姑母的预言立即出征为好。想到这里,老总管在虎皮坐垫上微微欠身,对众人说:

"远在海外的伽域,我虽未亲眼看见,却有耳闻。人说那里有坚固的城墙,汪洋大海环绕它,四周有岛屿十二个,还有金山和铁山。内城更是神奇雄伟,妖魔转世的群臣,武艺高强幻术多,能抓闪电和疾风,能把高山抱怀中。只有遇到好时机,才能降伏它。英雄们呵,白海螺用牛奶喂养,为的是用它降伏鱼鳖。受到格萨尔恩惠的众英雄,应该能够除暴安良为众生。"

老总管的一番话,说得众英雄红了脸,低下了头。过了好一会儿,英雄们纷纷抬起头,精神振奋,各部落首领走到格萨尔大王的金座前,争先恐后地要求当先锋。

格萨尔大喜,命霍尔、姜国、祝古、上下索波、米努、乌朗六国的军队作先锋,立即准备出征。老将丹玛有些担心,他从虎皮坐垫上站起来,用询问的目光把众人扫视了一遍,说:

"在座的诸位英雄,有谁熟悉伽域的山川河流、地势关隘、军队部署、兵器特征,说出来大家听听。"丹玛的话音刚落,坐在左排末尾的乌朗王子奔杰赤赞站起来说:

"伽域的情形我虽不能说十分熟悉,却也略知一二。我十五岁时到过伽域,从这里往东直到大海边,到了海边再向北，骑马要走三个月，坐飞船也要三十天，才能到达长城边。那长城又长又高又坚固，越过长城是群山，那里的关隘实凶险，人称'妖魔张口'鬼门关。山峰下面是江河，铁水奔流浪滔天，低头没有针尖大的平地，抬头看不见一线天，要过此关难上难。

"我们只有用神力把城墙、关隘全粉碎，开出一条大道来。过了长城到伽地，还要战胜许多难关才能到王城，到时我再说详细。"

格萨尔大王和众英雄听罢，纷纷点头。格萨尔吩咐岭国及各属国的上师煨桑祈祷，求护法神保佑岭军战胜伽域。

这时，天空又现祥瑞之光，姑母再显真容，告诉格萨尔：嘉察协噶将要显圣，来与岭军诸将会面。

众英雄听罢又惊讶，又兴奋。特别是各属国的将士们，早闻嘉察英名，却无缘得见真容。若能在此一见嘉察真身，这可真是千载难逢的缘分呀。

黎明的曙光终于到来，当阳光照到格萨尔神帐顶上的时候，从遥远的天边缓缓地飘来一朵彩云。格萨尔吩咐摆上供品，焚香奏乐。君臣们怀着喜悦和崇敬的心情望着那块神奇的云朵，手中挥动洁白的哈达，朝云朵高声呼唤。

随着一阵悦耳的天乐，芬芳的香气弥漫了大地，云朵缓缓下降，嘉察协噶如同朝阳冲破晨雾，端立在霞光之中。座下一匹瑞雪般的白马，身穿亮银铠甲，刀矛弓箭，披挂得整整齐齐，显得比以前更加英俊。嘉察骑着白马，慢慢来到神帐门口。

岭国君臣热情欢呼，一起出帐，将嘉察迎进大帐，请他坐在早已准备好的白银宝座上。众英雄这才后退几步，将备好的哈达献上，向嘉察协噶问安致意。

待众人坐好之后,老将丹玛手捧九条红白哈达,恭恭敬敬地来到嘉察的面前,说道:

"尊敬的嘉察协噶呵,看你的身体如金刚,那天界可是修炼的道场?!看你的容颜似满月,因为在天界没有苦难不悲伤;能与你相会在格萨尔的神帐,战胜伽域有保障。"

听罢丹玛的赞词,嘉察面露欣喜之色,说道:

"以你丹玛为首领的众英雄,我嘉察向你们深深致意!今日我来到人世间,与诸英雄相会心欢喜。从前我们曾一同出征,降伏妖魔创业绩,如今我远在天界,也时时把你们惦记。闻知岭国要去收服伽域,我嘉察要来显神威。莫说城池坚固关隘险,莫说魔王群臣凶猛如虎狼,灾难再多也要战胜它。敌手勇猛不可怕,敌手越凶越能显出英雄的本色。"

嘉察说罢,岭国君臣喜不自胜。王子扎拉给父亲献过哈达后,便紧紧依偎着父亲,尽情地享受着过早逝去的父爱。嘉察见自己的爱子长大成人,仪表堂堂,欣喜异常,却顾不得与王子叙父子情,而是将降伏伽域的计策对岭国君臣讲了又讲。众英雄听得明白,牢牢记在心里。

为了庆贺与嘉察相逢,格萨尔下令摆宴赛马,然后请嘉察为获胜者分发奖品。王子扎拉紧随父亲,寸步不离。

岭军开始进兵伽域,历尽千难万险,走了三个月零十天,才走到大海边。海中的魔龙、鱼鳖、海豚、海豹,还有各种怪物都出来兴风作浪,大海上空顿时被毒雾和瘴气笼罩。格萨尔忙吩咐将米努和乌朗所造的飞船抬出,乌朗王子念动咒语,飞船变得硕大无比,岭国大军全部上了飞船。乌朗王子再次念颂祷告,飞船飘然而起,朝

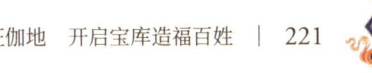

大海上空飞去。

飞船整整飞了二十天，才飞到伽域的九层长城附近。大军安营后，格萨尔亲率十名会法术的大力士，念咒作法，顷刻间，九层长城被摧毁。格萨尔催动宝驹江噶佩布，在崇山峻岭和层层关隘中，开辟了一条道路。

岭国大军紧紧跟随在格萨尔大王的后面，通过了长城关隘。行不多远，只见前面雾气茫茫，看不清道路。格萨尔一人闯进浓雾之中，竟从马上跌落在地，昏了过去。江噶佩布长嘶三声，呼唤天神和战神保佑雄狮大王。格萨尔慢慢醒了过来，这才看清，周围的花草树木、溪水河流都流着毒汁，蛇鸟鱼虫也都吐着毒气。闻到生人的气味，蛇鸟鱼虫纷纷朝格萨尔围拢来，格萨尔慈爱地抚摸着小生灵们，小生灵们受到感化，屏住了毒气，对格萨尔产生敬仰之心。于是格萨尔对天祈祷，空中降下甘露之雨，顷刻间将所有毒水都变成了净水，把毒树变成了果树，把花草变成了药材，方圆大地，处处可闻芬芳之气。

过了瘴气地带，再往前走，是一片火焰地带，以阿指沟玖为首的罗刹女妖占据着这块地方。阿指沟玖率众罗刹列队挡在路上，指着岭军高叫，要他们快快下马受降。

霍尔大将隆拉觉登、乌朗王子奔杰赤赞等四员岭将一齐举弓搭箭，几十个罗刹女妖应声倒地。罗刹女王阿指沟玖见状大怒，左手伸了过来，将四人连同四匹战马一把抓起，装入铁盒之中。

格萨尔见女罗刹来势凶猛，遂变幻成无数个天兵天将，这才挡住了众罗刹的追击。岭军扎下大营，罗刹女妖们也退回城堡。格萨尔立即吩咐晃通等四个会法术的大将前去降伏女妖。

四个术士很快来到女妖居住的麦塘地方,四个人变幻成百名神子般英俊的勇士,将城堡包围起来。晁通幻化出真身,变成一个小孩走进城去。

阿指沟玖正在与罗刹女妖们商量怎么处置抓来的四员大将,忽然看见晁通变幻的小孩,罗刹女王兴奋得尖叫起来:

"这可真是油锅里又添酥油,我们的口福好大呀!"

几个罗刹女也看见了小孩子,一齐跳起来去抓。那小孩突然变了,变成一个头顶云天的巨人,手执燃着烈火的金刚杵,投向罗刹女妖。女妖们惊得四散奔逃,跑得慢的被火烧死;逃出城的,遇上了幻变的勇士,接二连三地被杀。

罗刹女王阿指沟玖见状大惊,立即跪倒在巨人面前,乞求饶命。晁通命她放出岭国大将,女妖遵命打开铁盒,放出四员岭将,然后又跪在晁通幻变的巨人面前,请求宽恕。

晁通见阿指沟玖真心归顺,遂给她灌顶,取名多吉拥忠,让她作善业的护法神。

晁通等四个术士,救出了乌朗王子等四员大将,得意洋洋地回岭军大营。格萨尔十分高兴,分别赏赐了他们,然后率大军继续向前行进。

一连走了九天,第十天头上,轮到阿达娜姆、仲杰协噶、佳纳朗卡隆森三人作先锋。当来到一个草甸子时,只见有五头野牛在草甸子中央吃草。阿达娜姆一眼看出,这五头野牛正是伽域国王和四个大臣的寄魂牛。阿达娜姆等三人立即张弓射箭,一连射出十几支箭,竟不能奈何这些野牛。这五头牛嚎叫着朝岭军冲了过来,连撞带踩,数十名岭军将士非死即伤。

阿达娜姆见羽翎箭不能射伤野牛，便从箭囊中抽出一支铁箭，心中默默祈祷战神和龙王相助，用力射去。这一箭正中野牛前额，那魔牛并未倒下，狂吼着，发了疯一样朝阿达娜姆扑来。阿达娜姆迅速射出第二支铁箭，铁箭直插野牛的心窝，那野牛这才扑倒在地，咽了气。岭军众英雄纷纷射出铁箭，其余四头寄魂牛也被射死。

五头野牛刚刚断气，从草甸子的另一端蹿出一只九头寄魂熊，岭国英雄们的坐骑被惊得嘶鸣起来，扭头就要逃，怎样勒缰也止不住。眼见九头寄魂熊就要冲进岭军大营，格萨尔大王挡在九头熊面前，九支神箭同时射出，九头寄魂熊在地上打了几个滚，不动了。

岭军又连续攻破了铁山、江河、岩石和雪山四道险关，翻过十八座高入云天的雪山，到了坝热嘉雪。这里从前是强盗出没的地方，有六个孪生兄弟在此称霸。这六兄弟后被伽域国王收服，把守伽域国关隘。

第二天，格萨尔派出众多英雄和勇士，由乌朗大将赤杰桑珠带路，前去袭击强盗首领森姜拉噶居住的坝热嘉雪大营。众英雄和勇士攻进了大营，并不杀人，只抢东西。强盗首领森姜拉噶一早就出营巡山，此时尚未归来。赤杰带着抢得的财物边打边退出了大营。

森姜拉噶回来后得知自己的老窝遭劫，好不恼火，怒气冲冲地单人独骑直奔岭营而来，第二天一早，便到了岭军驻扎的地方。森姜拉噶一提马缰，白马像道闪电，驰入岭军大营。

森姜拉噶闯入岭军左翼，岭国众英雄见这强盗竟敢自投罗网，简直是飞蛾扑火，早已按捺不住，争相出阵与森姜拉噶交战，竟不能胜他。在这关键时刻，嘉察协噶大喝一声，飞到森姜拉噶面前，抽刀便砍。森姜拉噶忙举刀迎战，一连向嘉察砍了数刀，如同砍在

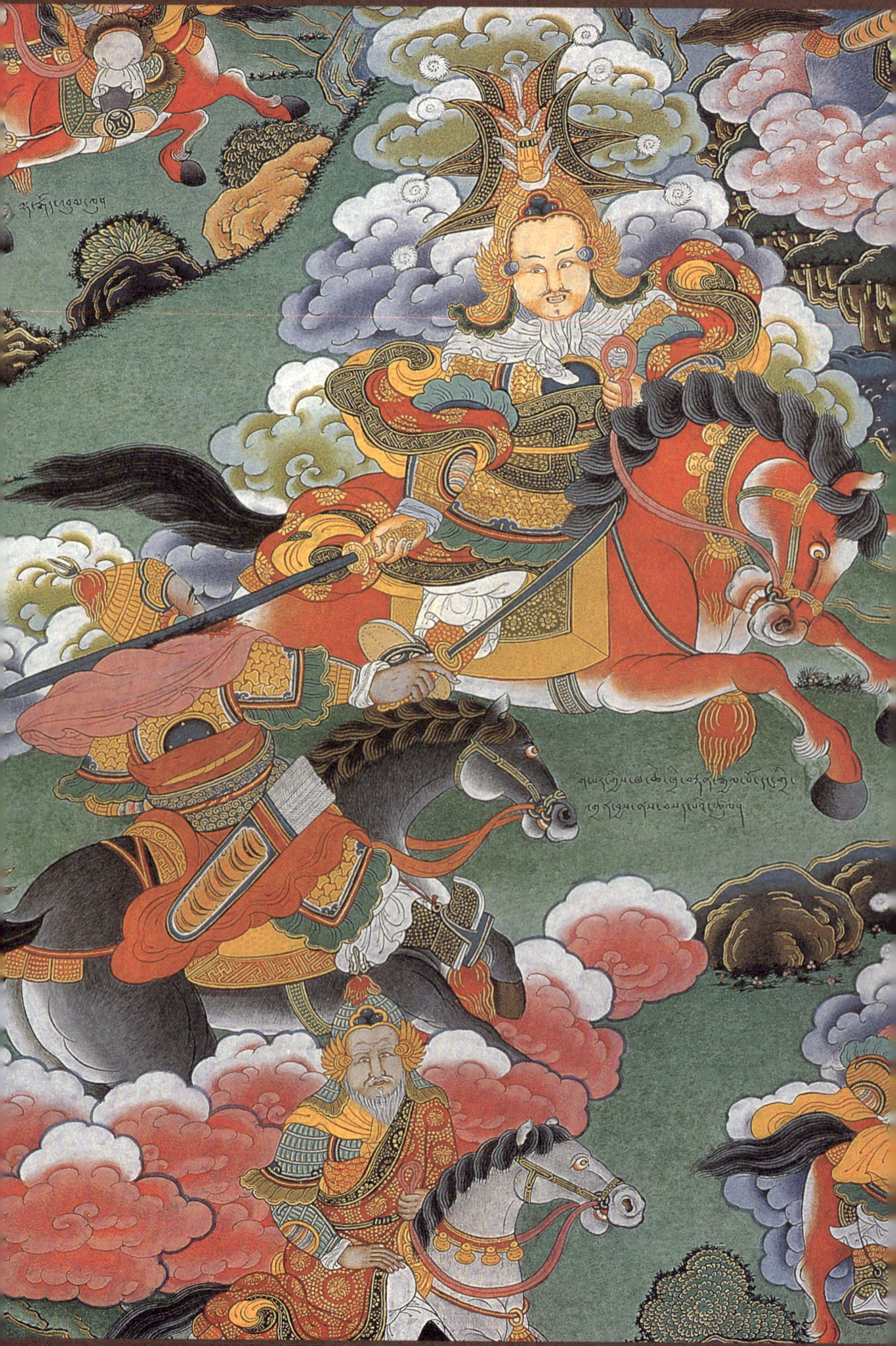

空中彩虹上一样,根本碰不着嘉察。森姜拉噶心想,此人必是彩虹化身,我且不与他交战,先杀两员岭将再说。想着,森姜拉噶拨马就走,嘉察在后面紧追不舍。

森姜拉噶一路冲杀,无人能挡,一直朝王子扎拉的大帐冲去。王子扎拉迎出帐来,对准森姜拉噶连射三箭,利箭从森姜拉噶的身上轻轻滑落。这时,嘉察也赶了上来,同时,又围上六员岭国大将,八位英雄将森姜拉噶围在中间,依旧不能胜他。森姜拉噶乘众岭将稍一疏忽,将身上的一只小皮袋打开,一股毒气冒了出来,六员岭国大将立即昏了过去。森姜拉噶一阵狞笑,举刀与嘉察父子大战。嘉察猛地转到森姜拉噶的左边,挥刀砍去,将森姜拉噶的一只胳膊砍断。森姜拉噶的血管被切断,鲜血像喷泉一般涌了出来。嘉察又砍一刀,将脸色苍白的森姜拉噶劈于马下。

岭国众英雄欢呼起来,簇拥着嘉察父子二人,转回岭军大营。

这之后,嘉察又降伏了森姜拉噶的兄弟司巴拉噶、鲁赤拉噶等四人,攻占了六兄弟驻守的城堡,只剩朗卡琪达郭布一人率残兵败将逃回伽域王城。

伽域国兵精粮足,整个国土分上、中、下三部,王城建在中部,叫"米玖毒卡沟雪",意为"永固毒城"。因为经过一百八十种烈性毒草熏染,外来的瘴气毒雾不能伤害城内之人,而外来之人却经受不住毒城的浓烈毒气,只要一靠近,就会被熏得心肺俱裂,猝然而死。

王宫的中央,有座"阳光灿烂"宫殿,国王托拉扎堆就住在这里。

这天,托拉扎堆国王正在和王兄森格扎堆、王子毒日梅巴,还有大臣们议事。忽听侍卫来报:"大王,强盗首领朗卡琪达郭布求见。"

托拉扎堆一愣:"快让他进来。"

朗卡琪达郭布急匆匆跨进殿门，叩见大王，详细禀报了坝热嘉雪城堡失陷，五兄弟被杀，以及所有财宝被抢掠的情况。朗卡两眼冒火，愤愤然要求大王立即派兵攻打岭军，收复失地。

托拉扎堆王听罢大怒："可恶的觉如！竟敢率领乞丐兵，抢我财物，害我生灵。众位伽域英雄，我们定要报仇雪恨，马上出征。"伽域大臣们听了禀报，也义愤填膺，忙着商议调兵布阵。

就在伽域君臣调兵之时，岭军已经从强盗城堡启程，深入到伽域境内。雄狮大王命丹玛、森达、热扎、阿扎四员大将率兵攻取竭宗穆茂德雅城。

这竭宗穆茂德雅城有三道城墙，全部由磁石构筑，只要外面有持铁器的人来，里面就能知道。乌朗王子奔杰赤赞早知此情，事先就让岭军在盔甲兵器上涂了一层药，使磁石失灵。所以，当岭军悄悄靠近城墙时，伽域兵将并不知晓。

丹玛等四员大将分别率兵攻打四个城门。丹玛用格萨尔所赐神箭射开了东门，率先冲进城去。另外三员大将也纷纷破门而入，占领了竭宗城。城堡中有许多兵器，也被岭国兵将所得。

伽域国王闻报，立即派大将毒曲梅日罗霞和毒曲梅巴率军来夺竭宗穆茂德雅城。谁知这座坚固的城堡到了岭军手中，变得更加坚固，无论伽域军怎样攻打，也不能攻破。因为伤亡太大，毒曲梅日罗霞只好率兵退了回去，丹玛等人并不追赶。

待伽域兵马撤走之后，丹玛等人打开城门，将格萨尔大王和嘉察协噶迎了进去，岭军大营也移至此地。毒曲梅日罗霞败回王城之后，托拉扎堆王命卦师占卜。卦词说，若由赤杰隆纳巴姜率兵进攻，定能获胜。托拉扎堆王立即命赤杰隆纳巴姜率兵于次日出发。

第二天，伽域军又来到竭宗穆茂德雅城下，赤杰隆纳巴姜身穿黑色战袍，箭囊里装着幻术制成的利箭，坐下战马，快如闪电，具有非凡的魔力。

乌朗王子奔杰赤赞见今天伽域的主将是隆纳巴姜，知道此将非常了得，便提醒众英雄要格外注意。岭国兵将开城迎战，赤杰隆纳巴姜冲到阵前，并不搭话，猛地扔过一个比野牛还大的铁蛋，将几十名岭军砸得血肉横飞。接着，隆纳巴姜又射出幻箭，岭军中接二连三地倒下一片又一片人马。

岭军阵中冲出几员大将，持枪挥刀朝隆纳巴姜杀去。不等他们靠近，隆纳巴姜连射数箭，冲过来的几员大将都被射翻在马下，隆纳巴姜催马闯入岭军阵中，十几员岭将都挡不住他。丹玛的孙女婿卓洛达茂克吉见隆纳巴姜如此猖獗，挺枪便朝他刺去。隆纳巴姜把宝刀一挥，卓洛被砍于马下，当即死去。

见卓洛身亡，丹玛悲痛地大叫一声冲了上去，其他大将也随丹玛一起，将隆纳巴姜紧紧围住。隆纳巴姜毫无惧色，一根蛇鞭抡得风雨不透，岭国英雄根本不能靠近他。那蛇鞭抡着抡着，一股股毒气喷了出来，岭国众英雄被毒气所熏，不能支持，纷纷落马。

隆纳巴姜朝格萨尔的神帐扑去。嘉察协噶像是自天而降般飞到隆纳巴姜马前，举刀大喝：

"伽域魔将休无礼，我嘉察协噶要制伏你；快快下马投降免一死，否则让你身首两分离。"

隆纳巴姜哪肯听从嘉察的劝告，一提马缰，扑向嘉察。嘉察忙举刀相迎，两人战在一处，好比苍龙相争，虎豹相斗，多时也分不出胜负。二人心中都不由得称奇。那隆纳巴姜武艺高强，又有魔力，从未遇到对手,今日竟碰上这岭军大将,打了这半晌,仍不能胜他,究竟该如何是好呢?嘉察本是彩虹化身,自以为能百战百胜,今日碰到这魔将,非但不能杀他,反而有被他战败的危险,岂不怪哉?!

隆纳巴姜的刀砍在嘉察身上,像是砍清风。隆纳巴姜收起刀,又抡起蛇鞭猛抽嘉察,嘉察抡起宝刀将蛇鞭断为九截。隆纳巴姜见蛇鞭被毁,气得脑袋发昏,恶狠狠地朝嘉察扑来。这一扑,竟离了坐骑,也把嘉察从马上推了下去。二人在地上滚在一处,互相撕咬。隆纳巴姜咬嘉察,分明使了很大劲,却什么也咬不着。嘉察却将隆纳的鼻子和耳朵咬了下来,隆纳满脸是血,怒火攻心,一使劲,将嘉察压在身下。

岭国众英雄见嘉察被压在下面,纷纷围了上来。扎拉、辛巴、达玛多钦等人七手八脚地抓住隆纳巴姜的四肢,恨不能将他撕成碎片,嘉察趁机站起身来。

隆纳巴姜见嘉察脱了身,自己又被这么多岭将纠缠着,恨得他牙齿咬得咯咯响,心中却在默默祈祷魔鬼神的助佑。片刻间,隆纳巴姜又运足了力气,拳打脚踢,将围他的岭国大将打出几丈远。隆纳巴姜飞快地将毒箭搭在弓上,一连射出几支毒箭,达玛多钦被射倒。

趁众英雄去救达玛多钦之际,隆纳巴姜又把嘉察抓在手里,然后高高举起,想把他摔死。嘉察却使劲抓住隆纳巴姜的盔甲,使他不能用力。隆纳巴姜的战马"咴咴"地叫着,走向它的主人,隆纳巴姜顺势跨上坐骑,纵马朝外冲。岭军众将见状大惊,一时不知如何是好。

嘉察被隆纳巴姜抓在手里,又羞又恼,又气又急,用尽力气想挣脱出来,却无济于事。

扎拉和辛巴从后面追赶，丹玛、热扎和森达在前面挡路，十几条套索同时飞向隆纳巴姜，套中了他的脖颈。

隆纳被十几条套索套着，也有点儿心虚，他此时只想赶快脱身，急于要把手中抓着的嘉察弄死。只见他一用力，将嘉察猛地举起，拼尽全身力气，朝路旁的一块巨石摔去，然后挥刀割断脖子上的套索，扬长而去。

多亏隆纳巴姜这一摔，才使嘉察脱了身。

第二天太阳刚刚升起，嘉察便飞出岭营。丹玛、玉拉、辛巴等英雄紧随其后，冲进伽域的大营。赤杰隆纳巴姜和哈日梅巴拦在众英雄面前。嘉察一见隆纳巴姜，眼睛都要喷火，丹玛却不让他与隆纳巴姜交锋，告诉他，隆纳当死在他丹玛手中。嘉察也不答话，转身去战哈日梅巴。

丹玛和隆纳巴姜对视片刻，丹玛将格萨尔所赐神箭搭在了弓上，念颂道："战神呵，请把神箭指引！雄狮大王呵，请助佑我得胜！"

念罢，将神箭射出，锋利的箭镞穿透铠甲，钻进隆纳巴姜的心窝，又从他后背穿出，射死了他身后的几个伽域兵卒。隆纳巴姜咬着牙，瞪着眼，举刀朝丹玛就砍，一刀砍掉铠甲上十几个叶片。丹玛反手又射出一支利箭，正中隆纳巴姜的额头，隆纳巴姜这才跌下马来，倒地而亡。

嘉察欲与哈日梅巴交战，不等他靠近，哈日梅巴的三支利箭已朝他射来。嘉察一转身，用手一指，那三支箭调了个头，朝伽域兵卒飞去，十几名兵士应声而亡。气得哈日梅巴暴跳如雷，挥刀来战嘉察。利箭不能伤着嘉察，大刀更奈何不了他。哈日梅巴方知嘉察乃是虹身，遂不再与他交手，拨马败回大营。

伽域国损兵折将，隆纳巴姜阵亡，将士们惊惧万分，决定坚守营盘，暂不出战。

哈日梅巴进宫向国王详细禀明作战情况。托拉扎堆大王的眉头皱得紧紧的，发愁了。

大臣尼玛赤尊像是突然想起了什么似的，站起来向大王禀告，他建议使用岭军所没有的幻术，也许可以打败岭军。

伽域君臣被尼玛赤尊提醒，又都兴奋起来，个个脸上放出光彩。

尼玛赤尊接着说出了自己的想法：

"嗯，大王，明天可以派托明带领一百名幻术士，从空中把天石扔下去。同时请十三位大食咒师放咒，定能把岭军消灭在城堡中。"

"好，就这样。"托拉扎堆盼咐侍卫去请大术士托明，又派哈日梅巴去请大食咒师准备第二天放咒。

次日，托明带着百名术士运用幻术，很快到了竭宗城的上空。托明见岭军都驻扎在城里，非常高兴，立即命术士投下天石和飞刀，竭宗城内突然燃起烈焰，尘土飞扬，遮天蔽日，托明以为是他的幻术和咒师放咒的结果，不禁哈哈大笑。

正在托明得意之际，竭宗城内火灭烟消，岭军在里面人欢马跃。托明十分惊异，这是怎么回事呢？

原来，晁通和岭国的术师们经过占卜，早已知道伽域的术士要来进攻，便用幻术制造了一个假竭宗城，而把真的城堡遮蔽起来。

托明既惊又恼，没想到岭国的术士们比他更胜一筹。眼看天石和飞刀已经用光，回去怎么好向大王交代呢？！托明一咬牙，命术士们降落在竭宗城内，与岭军拼杀起来。

那托明术士虽然武艺高强,但毕竟不是岭军的对手,不一会儿便被嘉察活捉。

坐在王宫中的伽域君臣们,只等托明术士凯旋。谁知好消息没有,倒听说托明和百名术士又被岭军俘获,众臣面露惊慌之色。王兄森格扎堆却装作满不在乎的样子,执意要出城与岭军作战。

岭军已从竭宗城出发,步步逼近王城。森格扎堆披挂整齐,飞马冲向岭军大营。一路逢人便杀,见人就砍,索波大将仲拉赞布被他砍于马下,大食首领扎巴隆珠也被他砍伤。嘉察父子拦住森格扎堆,二三十个英雄围了上来。森格扎堆暗暗将身上的一个小皮口袋打开,毒气立即喷了出来,岭国众将被熏得昏死过去。嘉察和王子扎拉忙下马去救众将,森格扎堆趁机向格萨尔的神帐杀去。格萨尔站在大帐门口,朝森格扎堆射了一箭,正中坐骑的胸部,"飞龙宝马"一个趔趄,险些将森格扎堆扔到马下。森格念动咒语,祈求伽域战神保佑,坐骑迅速恢复了脚力,没等格萨尔射出第二支箭,森格拨马而逃,恰遇前来接应他的尼玛赤尊。

嘉察和扎拉父子二人焚香祷告,众英雄才慢慢苏醒过来。嘉察命人将他们扶回帐内歇息,自己带扎拉又去追赶森格扎堆,正好与尼玛赤尊和森格扎堆相遇。

尼玛赤尊闪开一条路,让王兄森格先走,自己挡住嘉察父子。嘉察几个回合后便一刀刺中尼玛的腹部,肠肠肚肚流了出来。尼玛怒目圆睁,一手将流出的肠子往肚子里塞,一手挥刀继续与嘉察交战,气力渐渐不支。嘉察又挥一刀,将尼玛赤尊拦腰斩断,伽域军大败而归。

见王兄森格扎堆败回城来,王子毒日梅巴就要出阵。托拉扎堆觉得王子武艺非同一般，出城不会有失，况且坐守城池也无异于等死，因此答应了王子的请求。王妃德噶白珍眼看王子出城去，像是被人摘去了心肝，大哭不止。

见伽域王子出城，格萨尔又高兴又担心。高兴的是，只要降伏了这个王子，伽域王城即刻可破；担心的是，若万一有失，岭军就将前功尽弃。嘉察看透了格萨尔的心思，对他说："雄狮大王不必担心，我下界的目的就是降伏伽域王子，这一仗定胜无疑。"

就在格萨尔与嘉察说话之时，伽域王子毒日梅巴已经冲进岭营，像是一股狂飙，旋得人睁不开眼睛。这王子太猛烈了，左手持刀，右手仗剑，左右开弓，人们还弄不明白是怎么回事，已被他杀了不少岭军。

格萨尔见毒日梅巴年少英俊，武艺超群，打从心里喜欢，吩咐众将不准伤害他。嘉察暗暗将神套索抛了出去，那王子不曾防备，被套索套中，虽然刀剑齐下，也不能砍断套索。王子仰天大叫，泪流满面。

嘉察将毒日梅巴拉下战马，捆绑结实，押到格萨尔的神帐内，听凭雄狮大王发落。格萨尔亲自为毒日梅巴灌顶，清洗罪过，绑绳也不知去向。

伽域王子见雄狮大王如此慈祥，立即投降称臣，格萨尔将他留在自己身边听用。

得知王子毒日梅巴被捉，王兄森格扎堆立即倾全城兵马来战岭军。嘉察命扎拉去迎战森格。扎拉挥动宝刀，拦住森格扎堆，战了几个回合，不能分出胜负。扎拉默默祈祷，请求护法神助佑，手中"雅司"宝刀立即指向森格，一道烈焰喷出，魔臣化为灰烬。

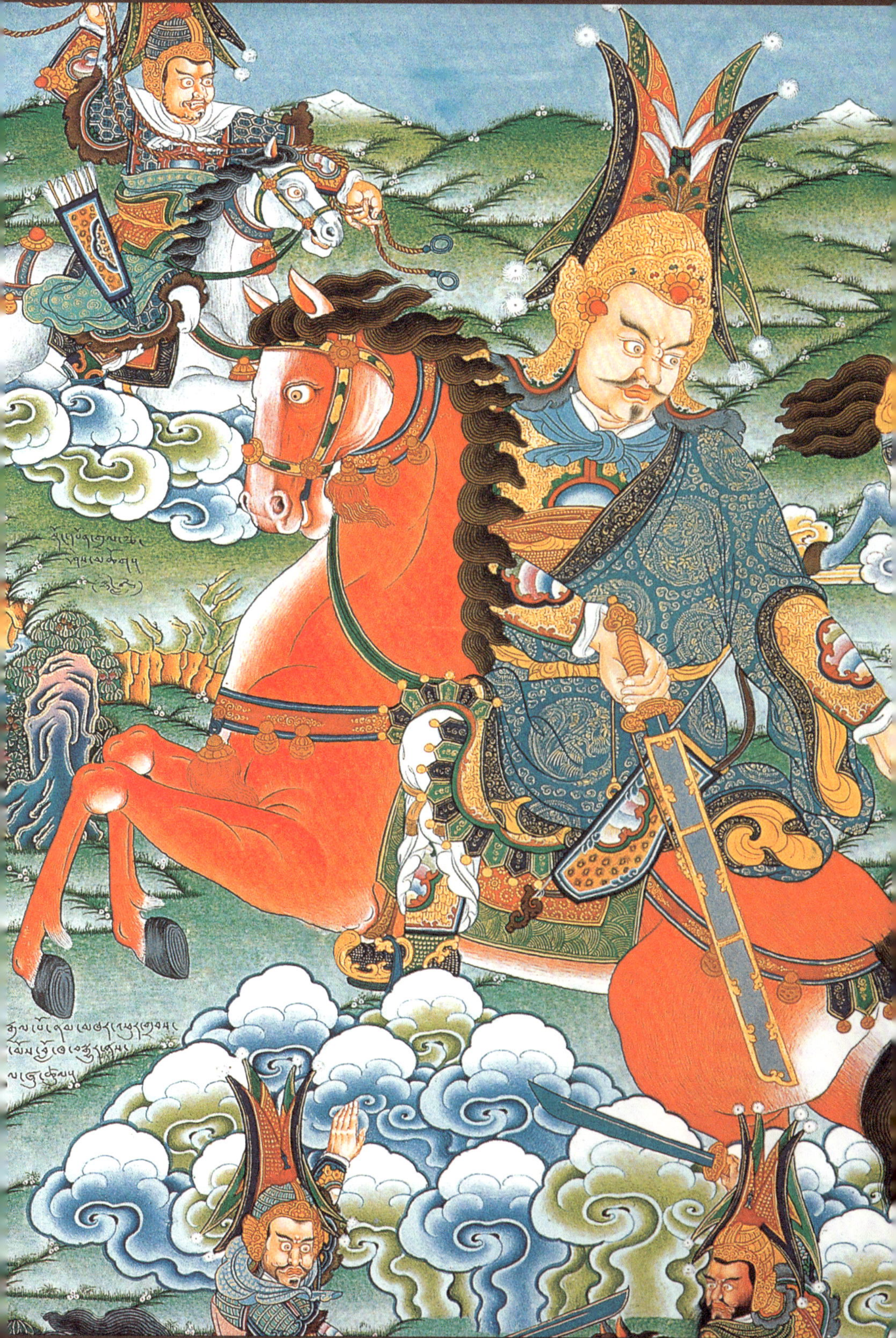

剩下哈日梅巴等伽域兵将也被岭军斩尽杀绝。伽域王城只有一个不能打仗的国王托拉扎堆。伽域王不听王妃和左右的劝谏,手持幻术制成的斧子和利箭,孤身一人与岭军大战。

岭将向雄狮大王禀告,格萨尔"哼"了一声,将神箭搭在弓上,一抬手,神箭呼啸着飞向魔王,托拉扎堆大叫一声丧了命。

格萨尔率军进城。伽域国与其他邦国不同,不仅宝物多,宝库也多,有查雅玛瑙宗、金刚宝石宗、玛瑙珊瑚宗、如意宝藏宗,还有玉石宗、粮食宗和兵器宗等等。格萨尔率众将将宝库一一开启。

王妃德噶白珍向大王禀告,伽域国最神奇的宝库是骡子宝宗,从未有人打开过。格萨尔心中高兴,便随王妃来到一座岩山前,认定了宝库之门。格萨尔盘腿静坐,祈祷护法神帮助他开启宝库。须臾之间,石壁裂开了,十四匹白唇骡子像飞一样跃出石洞,接着,成千上万匹骡子潮水般地从洞中涌了出来,共有九十九万匹。

雄狮大王将部分骡子留给伽域的臣民百姓,其余全部驮上伽域的宝物,运回岭国。格萨尔命王子毒日梅巴留在伽域,主持国政,从此,魔王当道的伽域,升起了善业的太阳。

嘉察完成了下界的使命,乘彩虹而去。王子扎拉虽想与父同去,无奈肉身难变,只得跪倒在地,请父亲的在天之灵保佑自己,保佑岭国百姓,保佑岭国的降魔大业早日完成,他们父子能在天界相会。

第十回

岭国君臣焚烧妖尸
格萨尔为王子选妃

在离岭国很远很远的地方,有一个美丽的国家叫作嘉域。嘉域皇帝名叫噶拉耿贡,国中内臣万千,外臣无数,宫中嫔妃一千五百人,只是还没有皇后。

有一天,大臣们商议着要给皇帝选一位美女做皇后。大臣哈香晋巴说:

"皇后应该是一位族姓高贵、容貌俊美、人品超群的佳人,不仅要让皇帝称心,还要能为众生施恩造福。这样的美人只有到龙宫中去寻。听说龙王还有一位公主叫尼玛赤姬,俊美无比,若能把她娶到宫中,一定能使皇帝称心如意。"

大臣们都说龙女是个合适的人选,但是怎么才能娶到龙王的公主呢?于是嘉域能下海的人被秘密地召进王宫,大臣们让他带上黄金、白银、松石,还有大象、骏马、牦牛等等礼物,去见龙王。

求婚的人到了龙宫,向龙王献上厚礼,说明来意。龙王不仅欣然答允,还给公主陪嫁了许多珍宝,派了五百个龙女作为陪侍。

皇帝一见这位龙宫公主,皮肤赛白螺,面目似花朵,腰身如杨柳，甚是称心，便封为皇后。

这样俊美的皇后，如果让嘉域百姓们看见，就会遭眼魔；如果让人们议论，就会遭口魔。为了不让人们看见她、议论她，尼玛赤姬皇后只得紧闭宫门，隐居深宫之中。

过了几年，皇后生下一个可爱的小公主，取名阿贡措。皇帝噶拉耿贡为庆祝公主的降生，举行隆重的盛会，各地艺人纷纷来到都城献艺，一片欢腾。

这时，天神、龙神和念神占得一卜，得知尼玛赤姬乃是九个魔女血肉中分化出来的，若不将这个妖妃的阳寿收回，将来她会成为人们的生命之主，主宰人们的生死大权。于是，天神、龙神和念神分别变作跛子、瞎子和哑巴，赶着一头驮牛、一头毛驴，来到皇后寝宫门口。然后，三个人开始表演，哑巴翩翩起舞，瞎子放声高歌，跛子变起魔术。周围聚集了不少百姓。三人耍闹了一会儿，就开始乞讨吃食：

"请赐给我们一点儿吃食吧，请给够吃一年的吧！如不给够一年吃的，就给够吃一个月的吧！如不给够吃一个月的，就给够吃一天的吧！祝愿皇后有温火暖身，祝愿皇帝长寿如山。"

京城的人们听这边如此热闹，纷纷聚拢来看。皇后尼玛赤姬也被这喧闹嬉戏的声音所吸引，步出宫门来看。聚在宫门的百姓们第一次看见美丽的皇后，惊奇地议论着：

"哎呀呀，皇后真美呀，世间怎么会有这样出奇的美人呀？"

"真是天仙一样的美人呀！"

……

嘉域的百姓们对他们美丽的皇后看了又看，说了又说，等到皇后想到自己不该出宫,已经晚了。

当天晚上,皇后中了口魔和眼魔,从此一病不起。

皇后患病以后,只有皇帝和公主陪她住在深宫,任何人不得前往谒见。这天,小公主阿贡措为父皇母后送茶,隔着门帘听他们正在说话:

"皇后呵,为了让你的病体康复,我敬神广作法事,花了很多银钱,可你的病怎么还不见好呢?"

"我的病呵,不要说花国库的银钱,就是把嘉域的银钱全部花尽,也治不好啊!如果皇帝真的不肯舍弃我,那么,按照我说的办法做,为妻我就能死而复活。我死后,请皇上用绸缎把我的尸体包裹起来,放进一间光线无法透入的房子里。同时,皇上要把连接嘉、岭之间的金桥砍断,不得互相运送货物。九年后,为妻我就会复活,到那时,就可以和皇帝永享快乐了。"

皇帝噶拉耿贡从没听说死人能够复活,好生奇怪,问道:

"爱妻,你为什么能够复活?"

"因为我的父亲是恶魔,我的母亲是罗刹,我有铁一样的生命。待我复活后,将成为世间命主,佛法的仇敌。"

噶拉耿贡心中害怕:

"那,有什么阻止你复活的办法吗?"

"岭国的国王格萨尔,他若知道我已死,就会用烈火焚烧我的尸体,为妻我就不能活转过来。所以,请皇上务必不要将我死去的消息传扬出去,更不能让岭国人知晓。"

皇帝和皇后的话被小公主阿贡措听得一清二楚,并牢牢记在心里,只是没有告诉别人。

不久皇后尼玛赤姬死去，皇帝无比悲伤，立即将皇后的尸体裹好放入一间密室。为了不让她的体温散失，噶拉耿贡日夜与尸体睡在一起，用自己的身体温暖着皇后的尸体。

自从皇后死去，嘉域地方就失去了阳光。噶拉耿贡终日陪伴皇后的尸体，不理朝政，臣民百姓苦不堪言，怨声载道。小公主阿贡措心想：我母后原来是个妖女，她死后嘉域地方的百姓都在受苦，如果复活会给百姓带来更大的灾难。怎么办呢？小公主非常焦急，就把皇后死前对父皇说的话告诉了嘉域七姊妹。

七姊妹一听大惊。原来使百姓遭难的是皇后的妖尸，应该除掉这妖尸才是。于是，七姊妹与小公主商议要去岭国请格萨尔大王。但是，如何把消息传递出去呢？七姊妹给小公主出主意，让她去父皇面前请假，说去五台山为母后焚香斋戒，到时候就有办法给格萨尔大王送信了。

见女儿如此孝顺，噶拉耿贡很高兴，答应公主去五台山。但只能去"三个七天"，也就是二十一天，不得误期。

小公主与七姊妹来到五台山，在文殊菩萨像前摆上供品，祈祷。到了深夜，公主阿贡措写好了信，用金线绣在黑缎子上面，然后招来长命鸟鸽子，让它们把信送往岭地。

眼看着鸽子朝岭国飞去，小公主阿贡措和七姊妹才返回嘉域。

这时，岭国的格萨尔大王正在闭关静修。当东方开始发亮的时候，窗口忽然射进一道白光，格萨尔凝神望去，姑母朗曼噶姆骑着白狮，对格萨尔传授预言说：

"嘉域的皇后尼玛赤姬已死，留下妖尸害人，倘若让她复活，她就要与众生为敌。今年内如不把她的尸体焚毁，待她得了铁命就会误时机。天上的鸟儿空中的风,会给你带来嘉域的消息。"

太阳当顶的时候,岭国众英雄已经聚齐,雄狮大王高踞宝座,对众位英雄说:

"姑母给我降下预言,命我等远征嘉域。那里的百姓和生灵,全被笼罩在黑暗里。嘉域皇帝忧愁守妖尸,我要为他解忧虑。英雄们速去各路口,观察鸟儿和风儿的踪迹,不论谁得到嘉域的书信,都要快快呈交不得误时机。"

丹玛和晁通二人被派到嘉、岭两地交界的沙山巡察。两人一直等了八天,这天中午从白云路上飞来三只鸽子,投下金信,然后匆匆飞走了。晁通快步上前,将信捡起,背着丹玛拆开,取出压信礼品珍珠串和丝绸哈达,马上去拜见格萨尔王。

格萨尔大王接过晁通呈上来的信,刚刚夸奖晁通得信有功,就把眉头皱了起来。原来,这封信他不认识,不知道上面写些什么,众英雄传看了一遍,也没人能读得出来。雄狮大王有些焦急,宣布谁若能读此信,将得到九十九倍奖励。

雄狮王的令一出口,晁通就向格萨尔大王禀道:

"大王,请恕我多嘴,我若不说,恐违背大王的旨意;我若说了,又怕违背王妃的心愿。那信是从嘉域来的,收信人是格萨尔大王,能读此信的人却是白度母转世的王妃珠牡。"

珠牡一听,皓月般的脸上罩上了几朵乌云,心想:"这晁通真不是个东西,偏生在此多嘴。欲待不念此信,又怕大王生气;若要念了此信,大王就不会安坐在岭地。"珠牡犹犹豫豫地接过此信,说:"头上的耳朵本是两片皮,听不听完全由自己。"然后开始念信……

珠牡念着信,岭地君臣得知嘉域有妖尸作乱,需要岭国去帮助降妖，但信中所说的降妖所需器物却是奇奇怪怪。有绿、白、红、黄、青松石发辫，有珊瑚袈裟十八件，彩虹靴子三十双，能开能合的吹火口袋，能使水沸腾的石头罐，一碗雄仙鹤相斗流出的血，一碗雌鹤悲鸣流出的泪，一根一肘长的虱子骨头，一杯蚂蚁的鼻血，更要有能克敌降妖的竹子三节爪……

珠牡念完，众英雄傻了，格萨尔也呆住了。这些东西，别说看见，连听也是第一次听说。到哪里去找？见大王闷闷不乐，珠牡心中得意。这下大王可以不必离开岭地了。

见雄狮大王被难住，王妃珠牡面露得意之色。老总管一指大臣秦恩和王妃梅萨，说他俩知道这些法物在什么地方。

秦恩说，这些法物都在穆雅国，但穆雅与岭国有仇，如何得到法物，还望大王明示。

梅萨表示她愿与岭地七姊妹一起去穆雅取竹子三节爪。格萨尔大喜，嘱咐她们要格外小心。

说罢，梅萨与珠牡等岭地七姊妹变成七只鹫鸟，向穆雅国飞去。

七姊妹到了穆雅国，梅萨很快就找到了竹子三节爪。七姊妹高高兴兴地往回飞，当飞到贡日安庆大雪山脚下的时候，落在一个坛城边的大滩里稍事休息。这么快就找到了降敌的法物，珠牡显得异常兴奋，几个姐妹也欢呼雀跃，忘了来时梅萨说的不能显露人身的告诫，纷纷现出人形，在大滩上跳起舞来。

梅萨想拦已经来不及了，一个骑大鹏鸟、面色铁青的卫士——守候穆雅国门的岗吉赤杰小王站到她的跟前，手执万钧雷霆大磐石向梅萨扑过来。惊恐之中的梅萨，立即想出了十八个主意：

"我是梅萨绷吉！岗吉赤杰王呵，我一生的经历你是知道的，自从鲁赞被格萨尔降伏，我被带到岭国，做了格萨尔王的妃子。我今天来穆雅，是因为听说岭国与穆雅有前仇，穆雅王死在岭地人之手，所以我想和穆雅国交个朋友，希望穆雅与北地人联合，一起向岭国复仇。"梅萨说着，一指珠牡等六姊妹，告诉岗吉赤杰，那几个玩耍的女子，并不是凡间姑娘，而是下凡游玩的仙女。

那珠牡一听梅萨的话，哈哈大笑：

"守国门的卫士呵，梅萨的话没有一句是真的。我是森姜珠牡，格萨尔的大王妃。我们是格萨尔大王派来的，为寻找一件穆雅的法物，给大王带到嘉域降妖去。"

岗吉赤杰一听珠牡这番话，恼羞成怒，立即抖开人皮口袋，将七姊妹统统塞进袋内，进宫去见大王玉泽敦巴。

玉泽敦巴与岭地人有杀父之仇，立即吩咐卫士将珠牡、乃琼、拉姆玉珍、仁钦措、晁牡措五姐妹的脊椎骨上钉上四十九枚铁钉，十个指头上钉上十枚铜钉。因为玉萨格措是嘉察的妻子，没有受刑。梅萨曾做过鲁赞的妃子，也没有受刑。

眼见五姐妹痛苦不堪，梅萨心中实在难忍。她来到穆雅王玉泽敦巴和两个弟弟玉雏敦巴、玉昂敦巴面前，为姐妹们求情。

穆雅王见梅萨为珠牡等姐妹讲情，心中不悦，还挖苦了梅萨一番。

梅萨心想，这个穆雅王玉泽敦巴最不好对付，应该让他去北方魔国，事情才好办。于是对穆雅王说：

"我和大臣秦恩商量过，是要报仇的，如果穆雅与魔国联合起来，战胜岭国就容易了。"

玉泽敦巴问梅萨用什么办法使两国联合,梅萨说最好大王亲自去一趟北方魔国,大臣秦恩正在那里,如果你们联合起来胜了岭国,大王就是你玉泽敦巴了。穆雅王喜不自胜,忙不迭地骑上木制长翼大鸟去了北地。

见玉泽敦巴走了,梅萨告诉玉昂敦巴,她曾占卜问卦,今生命中注定要为玉昂敦巴奉茶整衣,终生做伴。玉昂敦巴见美若天仙的梅萨要给他做王妃,喜出望外,连忙把归自己掌管的十八个库房钥匙交给了梅萨。梅萨将库房一一打开,细细查看,终于发现了一块用各种丝绸包着的蛇心檀香木,可以防治嘉域的瘴气。接着,梅萨又找到了黑色獐子护心油、铁牛等降妖法物。

梅萨请求玉昂敦巴允许她给姐妹们送点吃的。玉昂敦巴将钥匙交给梅萨,先自回宫了。梅萨打开门,先把钉在姐妹们身上、手上的钉子取出,然后取来吃食、白鹭羽衣和降妖法物,让她们快快离开此地回岭国,并让珠牡告诉大王,她现在用计骗了穆雅王三兄弟,还要继续留在这里。珠牡等六姊妹顾不上多说,匆匆离开穆雅,飞回岭国。

那穆雅王玉泽敦巴听了梅萨的话,来找北地的大臣秦恩。秦恩心想,梅萨走后一直没有消息,不知这穆雅王到此做什么。秦恩想借此机会打听一下梅萨的消息,立即出帐迎接。

玉泽敦巴把梅萨所说的话统统告诉秦恩,要求两国联合向岭国报仇。秦恩猜到这一定是梅萨用计骗穆雅王,那么,梅萨等七姊妹一定是遇到麻烦了。秦恩立即答应玉泽敦巴联合进攻岭国的要求,请玉泽敦巴大王先走一步,他率北地兵马随后就到。

玉泽敦巴乘兴而归,喜气洋洋。他要立即聚集穆雅兵马,只等秦恩一到，立即发兵。

送走了岭地六姐妹，梅萨心中忐忑不安，举目向北面风口望去，只见玉泽敦巴乘着木鸟从北方回来了。梅萨忙把玉泽敦巴迎至宫中，右手执金壶，左手拿银碗，斟满美酒，敬献给穆雅大王洗尘。

玉泽敦巴心中高兴，将酒一饮而尽，告诉梅萨，已经见过大臣秦恩，并约定三个七日后在穆雅国聚齐，然后两国同时出兵。梅萨一听，悬在心中的石头才算落了地。

大臣秦恩火速前往岭地向格萨尔大王禀报穆雅国要向岭国进攻的事。格萨尔听罢，问秦恩此事该怎么办。秦恩说：

"我打算本月十九日带着魔军到穆雅国，把穆雅的军队引到岭地来。到时候我们里应外合，将穆雅军一举消灭。"

格萨尔点头应允，命秦恩速去。

秦恩果然在原定的日子里到了穆雅国，玉泽敦巴王十分高兴，吩咐梅萨备酒款待。玉泽敦巴主意已定，决计带岗吉赤杰小王与北地魔军合兵一处，向岭国进攻。

穆雅国本来就人稀马少，加上有秦恩的魔军做内应，就更加不堪一击。与岭国交战没有多久，玉雏敦巴被丹玛射死，穆雅王玉泽敦巴也被格萨尔抓住。

玉泽敦巴后悔不该有此一行。他真心地向雄狮王忏悔：

"久闻格萨尔大王您的大名，今日得见，我玉泽敦巴虔心向您忏悔！穆雅国有稀世珍宝，我愿将这些珍宝献给您。我们兄弟三人中，玉昂敦巴是个心地善良的人，但愿您不要伤害他。我平生造下许多罪孽，只求死后不受地狱之苦，请大王把我引渡到净土！我玉泽敦巴感恩不尽。"

格萨尔见他真心悔过，大动恻隐之心，遂将他引渡到了清净国土。

格萨尔君臣七人，各乘坐骑，到穆雅的九峰雪山取宝。众人来到穆雅王宫，玉昂敦巴和梅萨绷吉迎出宫外。

岭国君臣安坐后，玉昂敦巴献上哈达，对雄狮王说：

"我的王兄有罪过，现在我愿将穆雅的一切献给大王您，我愿做您的臣子，还望大王发慈悲，不要让我的王兄堕入地狱。"

梅萨也取出一条长长的白丝哈达，献给雄狮大王：

"尊贵的雄狮大王呵，我出生在岭地，小时是父母的娇女，长大后被鲁赞抢去。多亏大王将我救出，做了您的妃子。现在我又到了穆雅国，做了玉昂敦巴的妃子。大王呵，今生我再不想改嫁了，只求大王准许我住在穆雅，不要把玉昂敦巴带到岭国去。大王呵，请让我的心愿得到满足。"

格萨尔见玉昂敦巴和梅萨双双跪在自己面前，就说：

"梅萨啊，你是红色金刚帕姆转世，因此必须回到岭国去。而玉昂敦巴是穆雅的国王，必须留在穆雅把百姓管理好。"格萨尔又对玉昂敦巴说：

"我到穆雅来，只要取几件降妖的法物，其他财宝一件不拿，你不必惊慌。"玉昂敦巴万分感激，立即带雄狮大王前往库房取法物。岭地君臣七人拿了法物，带着梅萨返回岭地。

去嘉域的法物已经得到了不少，君臣们仍在继续寻找短缺的物品。格萨尔忽然想起，姑母曾预言，去嘉域必须带一个善于挤奶的姑娘多珍，此女子必须是须弥山洞里共命鸟夫妻蛋中孵出，而猎获共命鸟夫妻还要费一番工夫。格萨尔立即吩咐丹玛和珠牡，如此这般，才能得到多珍姑娘。

珠牡精心地将自己打扮起来，头上、身上佩戴着各种奇美无比的饰物。一切准备好后，与丹玛来到金刚霹雳石崖。

丹玛伏在石崖后面，珠牡则在石崖上翩翩起舞。久居在石崖上的松石角羚羊被珠牡的美丽迷住了，慢慢走向珠牡。突然丹玛的箭离弦，羚羊应声倒地。此时共命鸟夫妻正在商议要去享用松石羚羊的事。雄鸟说它昨夜做了一梦，梦见松石角羚羊被射杀，尸体还在石崖上，要雌鸟与它同去享用。雌鸟担心落入罗网，不肯与它同去。雄鸟就自己飞到石崖上，落在羚羊旁边大吞大嚼起来。差不多就要吃完大半个羊尸的时候，丹玛的珍珠套索套住了雄鸟的脖颈。那雄鸟只得向丹玛哀哀求告：

"请不要杀我，我立即把妻子召来。"说着大叫。

那叫声甚是凄惨，令野草低头，雪山落泪。雌鸟听到叫声，知道事情不好，立即将自己所产的独蛋挟在翅下，沿着叫声，来找雄鸟。飞到崖上，也被丹玛套住。共命鸟夫妻被双双献到格萨尔大王面前，大王说：

"听说你们有个女儿叫多珍，我们到嘉域必须带着她，如果你们能交出女儿，你们以后的生活就由我照顾。"共命鸟夫妻连连求饶，说它们的女儿还在蛋中没有孵出来呢。格萨尔命它们就在宫中孵化。过了七天七夜，一个白螺般的小姑娘出了蛋壳，约有七岁大小，十分可爱。

雄狮大王见了可爱的多珍姑娘也很高兴。现在所缺少的，只是阿塞玉热地方的松石发辫了。只是不知阿赛罗刹把这件宝物藏在什么地方。于是格萨尔命人将岭国各部首领召集在一起，商议此事。

王宫内鸦雀无声。坐在右排的达绒长官晁通微闭着双眼,心中暗自得意。坐了一会儿,见众人无话,晁通再也忍耐不住,站起来向雄狮大王禀告:

"在魔岭交界的地方,有座红铜色大山,这是阿赛罗刹的命根子。当年霍、岭交战的时候,我俩盟誓同生死共患难。请大王选好良辰吉日,由我晁通带路去找他,定能取得松石发辫。"

格萨尔一听大喜,忙让晁通先回达绒部等候,待选好日子就去找他。

大王决定下月十五日去寻阿赛罗刹,派丹玛和米琼二人去将晁通请来。原来,晁通自从那日自告奋勇要前去寻找阿赛,回来后又有些后悔,于是打定主意抱病不出。二人见晁通这般无赖,再也不能忍耐,遂闯进内室。二人不由分说,将憋气装死的晁通放在马上,直奔森珠达孜宫而去。

格萨尔见晁通的身体僵硬,吩咐把他放到马圈里的四方磐石上,念经、祭奠、煨桑,然后进行火葬。

丹玛将东面的火点着了,晁通这下可急了,伸出一只手,翘起拇指向丹玛求饶:

"同是一个长官的部下,不要把活着的人烧死呀!"

丹玛故意装作惊奇:死了的人怎么能说话呢?不吉利呀!遂向晁通的手打了一木棍,晁通疼得缩回手,不再吭声。接着,丹玛将北面、西面的火都点燃了。

晁通暗想:"再装死下去,格萨尔还会想出很多办法对付我,不如趁早求饶吧。"想着,晁通一骨碌翻身坐起,双膝跪着,跌跌拐拐地爬到雄狮大王面前,恭恭敬敬地向大王告罪:

"大王呵，我的好侄儿，我没病装病真该死，不死装死我糊涂又可耻。只是我与阿赛有盟誓，不能说出阿赛罗刹在哪里。"

格萨尔心中不悦，这晁通，发议论就像滔滔江河无休止，耍威风恰似巍巍山岳倒大地，遇强敌就像猥琐的懦狐狸。如今又怕食誓言，不肯说出阿赛罗刹在哪里。岭地众人谁也不知罗刹的下落，叫我怎样才能找到松石发辫！

见大王焦虑，丹玛忽然想起一个人来，此人就是当年参与霍岭分界的卓郭达增。如果问他，必能知道阿赛罗刹的下落。丹玛立即禀报大王，格萨尔命他即刻去请卓郭达增。

丹玛飞身上马，来到卓郭的帐前。卓郭达增热情接待，又与丹玛结拜为兄弟。卓郭跪拜在格萨尔王面前说：

"我愿说出阿赛罗刹居住的地方。但是，因为我和阿赛曾经盟过誓，违背誓言是可耻的事，所以，我不能与大王同去。如果一定要我去，请大王将我捆起，我还要恳请大王不要伤害阿赛罗刹。"

格萨尔一一答允。到了十五日，岭国君臣九人开始出征到阿赛地方去。到达一个大滩，君臣们安营休息。卓郭达增说：

"大王呵，我们已经离阿赛的住地很近了，这里有他所变化的毒水、毒草和毒树，阿赛常在这个地方游荡。现在应该先派人去看看那附近是否有他的脚印。"

米琼自告奋勇，前去察看，回来说见到的山石树木和卓郭所说的一点儿不差。卓郭说：

"现在该让丹玛去煨桑台下的磐石上坐等。阿赛就要来了，他会扮成上师、长官或乞丐的模样，向丹玛讨要雪鸡，请大王变出一只雪鸡，让丹玛射杀后交给他。"

大王命丹玛去磐石上坐等阿赛罗刹。过了一会儿，果然有个弯腰驼背的上师，拄着拐棍，背着口袋朝丹玛走来，对丹玛说：

"听说岭国对可怜的人放布施，可怜我的老病复发，就请你布施我一点儿药物吧。医好我的病，我才能去岭国讨要布施。"

丹玛知道这老人就是阿赛。正在这时，格萨尔变化出的雪鸡在丹玛的头上盘旋，上师指着雪鸡，要丹玛布施。丹玛张弓射箭，将雪鸡射落下来，想要交给老人。这时，大风骤起，刮走了丹玛手中的雪鸡，上师也倏然不知去向。

格萨尔听了丹玛的禀报，问卓郭该怎么办。卓郭说，阿赛吃过雪鸡，还会来讨旱獭，因为他吃了这两种东西，就能得到铁命，再难降伏。格萨尔一听，立即吩咐丹玛再走一趟，守在旱獭洞边等候阿赛。

那上师果然又出现了，一再感谢丹玛布施的雪鸡。说他吃了后病已觉大好，如果施主肯再布施一只旱獭，他的病就痊愈了。丹玛一抬头，看见格萨尔用石头变化的旱獭正在吱吱乱跑，就又射出一箭，将死旱獭交与上师。

阿赛得了旱獭，很高兴，急急忙忙回到自己的宫内，迫不及待地支起锅，将旱獭扔进锅内。谁知那旱獭本是石头所变，被扔进锅中后，铁锅立即被砸烂，喷出的灶灰烧伤了阿赛的脸，疼得他直叫。阿赛知道自己上了当，一回头，格萨尔大王已经出现在面前，吓得阿赛罗刹急忙化作一股冷风逃走了。

格萨尔知道阿赛已经逃遁，遂派丹玛去闯阿赛的城堡。丹玛登上第八层楼，阿赛罗刹出现了，身形和丹玛一般高大，二人恶斗起来，几个回合，未分胜负。阿赛以前从未遇到过对手，丹玛也未遇到过强敌，两人见打斗不能分输赢，就商议比箭。分别以各自的大帐和财产作为赌注。

牦牛大的磐石上垒起了九层盔、甲、盾，阿赛首先一箭射穿了九层盔帽、九层盾牌，铠甲和磐石则毫无损伤。

丹玛把利箭搭在弓上，一箭射穿了九盔、九盾、九甲，那磐石也被射成碎片，四处飞溅，马厩的墙也被射塌了一面。丹玛见阿赛正对着碎石片发呆，就伸手去抓他。谁知一把没抓住，阿赛又不见了。但是，丹玛获得了赌注，阿赛的城堡已归丹玛所有。

虽然得了阿赛罗刹的城堡，松石发辫仍无着落。卓郭达增给雄狮大王出了个主意，说阿赛喜欢女人，若在七日内能把王妃珠牡请到这里，让阿赛以松石发辫作为聘礼，阿赛肯定会答应。格萨尔一听，命卓郭达增去找阿赛，就按他说的办，将松石发辫要到手再说。

卓郭达增在阿赛的另一个城堡中找到了他，对他说："格萨尔现在已经去了嘉域，十有八九是回不来了，留下王妃珠牡一人守在王宫里。如果你舍得用松石发辫作聘礼，就可以得到珠牡。万一格萨尔回来了，就给他当一名内臣好了。"阿赛听了这话，说只要能得到珠牡，要什么都可以。

七天后，卓郭达增和岭国众位大臣簇拥着珠牡来到阿赛的城堡。阿赛忙不迭地迎了出来。以前只听说过珠牡的美貌，今日一见，果然名不虚传。只见她，目光闪闪，好似流星飞动；含情脉脉，好似花蕊待放；眉毛弯弯，好比远山雾罩；皓齿整齐，好比海螺排列。近看好像一朵正在盛开的鲜花，远看又像一轮冉冉升起的明月。阿赛高兴得不知如何是好，急忙吩咐摆宴，款待岭国大臣。卓郭达增对阿赛说：

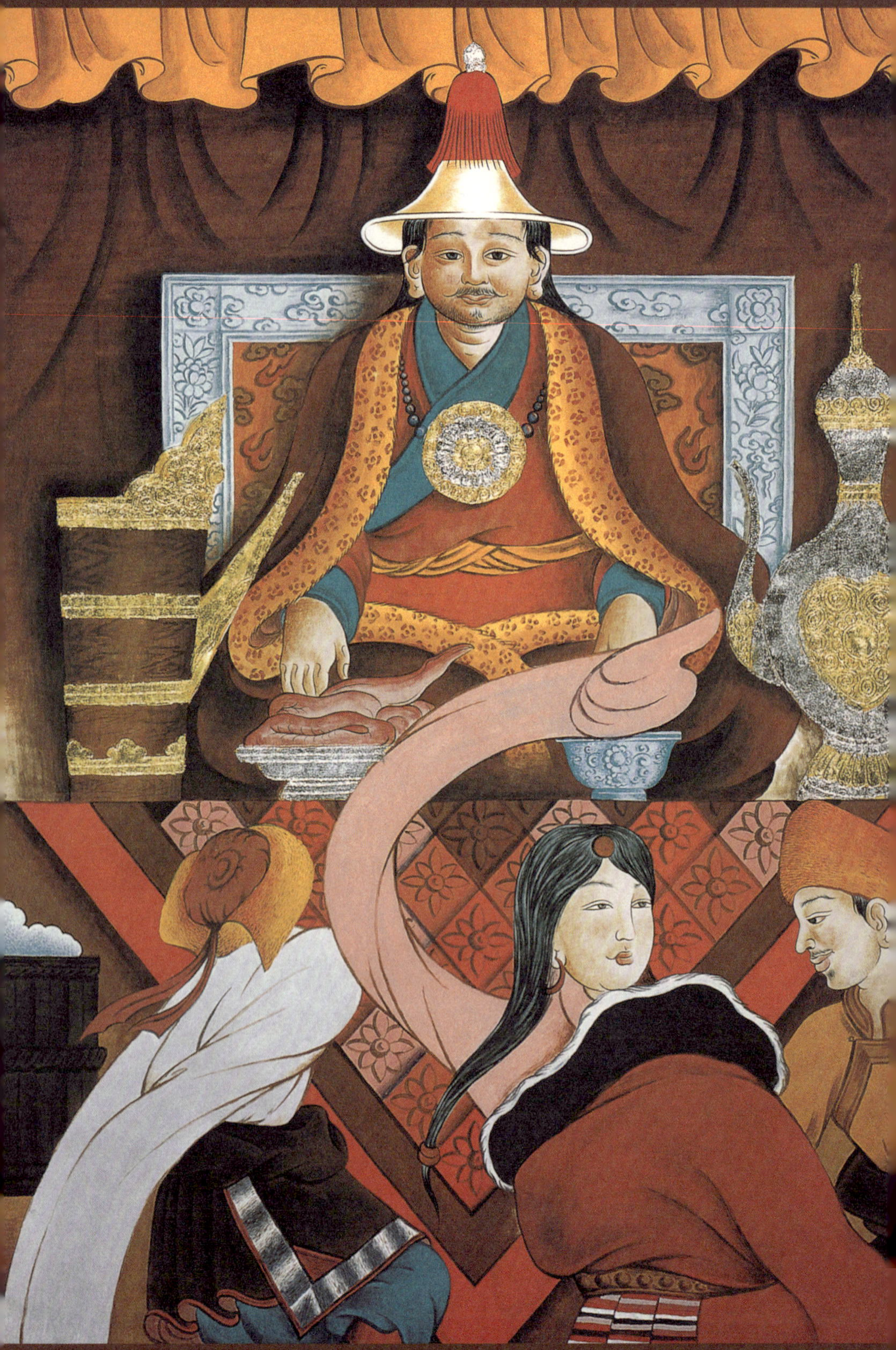

"珠牡是人间少有的美人,你也应该现出你那美丽的身形,让珠牡高兴,也让这些岭国大臣看看。"

阿赛立即现出原形,只见他满身披挂的都是红松石、白松石、黄松石、绿松石等各种松石辫子,俊美无比。

正当阿赛炫耀之时,晁通忽然喊了句:"觉如,放马去!"

阿赛罗刹顿时收起原形,大叫着扑向卓郭:

"背信弃义,吞食誓言,你把觉如带到这里来干什么?"

格萨尔所变化的珠牡一时收不回变化,就这样和阿赛恶斗起来。眼看阿赛又要逃走,格萨尔高声呼唤众护法助佑。刹那间,上界天神、空界厉神、下界龙神及各战神、山神、土地神等纷纷降临。阿赛见如此众多的神兵天将,知道自己在劫难逃,冲出宫门,变作一只斑斓猛虎。丹玛一个箭步冲上去,抓住老虎的耳朵,将虎头用力向下按。晁通想去抓住虎尾,却被老虎的尾巴抡到对面的石柱上,昏死过去。格萨尔收起变化,站到老虎面前:

"阿赛,不论你有多大本领,也逃不脱了。姑母有预言,你的松石发辫是我去嘉域降妖的法物,你老老实实地交出来,我不伤你。"

阿赛悔过了,立即收起变化,对雄狮大王说:

"请大王度我到净土。在我城堡的大磐石下,长着一株草,把那株草割下来插在我的身上,我身上的所有松石就会自动流到你们跟前,你们再用草把松石串成发辫就是了。"

格萨尔依言而行,各式各样的松石果然源源不断地从阿赛的身上流出。长的松石有十八庹长,短的松石也有八庹长。君臣们将各色松石用草串起,也给昏过去的晁通留了一盆。但是,等晁通醒过来,留下的松石已经变冷,再也无法用草串起。

阿赛罗刹被雄狮大王引渡到净土，松石发辫到了岭国君臣手里。

为了庆祝降伏阿赛罗刹，岭地臣民百姓欢庆三天。格萨尔大王将从阿赛城堡中得来的金银、松石、珊瑚等物，一一分给各部首领及百姓。

三月十五日，格萨尔启程去嘉域，随同前往的有丹玛、米琼、晁通、卓郭达增、秦恩、噶德和小姑娘多珍等，共十三人。格萨尔一行，马不停蹄地走了一百零七天，到了嘉域上部的纳瓦查里。一直住了三七二十一天，还不见嘉域派人前来敬茶迎接，大王心中有些不悦，对大臣们说：

"嘉域送来金信，说请我来，我们日夜不停地赶路，可到这里已经二十一天了，还不见人来迎接，我们不如返回岭地吧。"

众人见大王不悦，也无话可说。倒是晁通觉得就这样返回不合适，费了那么多力气才得到降伏妖尸的法物，如今半途而返，岂不被人耻笑？！于是，晁通劝格萨尔王说：

"大王呵，是姑母的预言、嘉域的金信，才使我们岭国君臣来到这里。在这紧要关头，菩萨是不会不降下预言的。今天晚上，我们每人各自向自己的护法神祈祷，护法定会降下预言，是去是留，明日再议不迟。"

格萨尔大王点头称是，吩咐众人回帐歇息，明日再议。

第二天一早，雄狮王将众人召集在一起，询问昨夜谁曾得到护法的预言，众人摇头不语。只有晁通，睁着发红的眼睛，摇头晃脑地对大王说，他得了一梦：

"梦见我到了一座九股河水流过的黄金桥，桥那边有一座金碧宫宇。梦见桥那边来了七姊妹,向我敬茶敬酒又敬礼。……"

晁通还没说完,多珍姑娘连忙说:"大王呵,千万不要相信他的鬼话。"

晁通被小姑娘的话刺痛了,愤愤地说:"我的话是真是假,让我自己去证实好了。"说着,出营上马直奔九水汇成的金河桥头,盘腿坐在那里。

一会儿,河对面果然走过来嘉域七姊妹。这七姊妹见桥边坐着一个异族装束的人,心中暗想,是不是格萨尔大王到了?巧嘴姑娘鲁姆措走上前来问晁通:

"你是什么人?从什么地方来?纳瓦查里本是皇帝的花园,不准外人进入,如今你们在那里放马搭帐篷,若不把草钱、水钱和柴钱交出来,当心皇帝惩罚你。"

晁通一听这话,很生气。想他岭国君臣本是嘉域写信请来的,到了这里不赶快迎接,还要交什么水钱、草钱?!晁通越想越生气,说话也就恶声恶气:

"我们本是嘉域请来的客人,记得那年有嘉域三鸽子把书信带到岭国。信中说皇后尼玛赤姬已经谢世,皇帝噶拉耿贡抱着尸体悲痛难抑,从此嘉域陷入黑暗之中。为寻找降妖的法物,我岭国君臣用了五年时间征服了穆雅和阿赛,才把法物找齐。如今我们赶到这里,为什么不迎我君臣进宫?我是格萨尔大王派出的使臣达绒长官晁通王,你们应该给我敬美酒献香茶才对。"

七姊妹一听是岭国君臣到了,分外高兴。便对晁通说,她们七姊妹要立即向皇帝禀报,迎接岭国君臣进宫。

嘉域七公主阿贡措向父皇禀报,她们见到了格萨尔的大臣晁通,说雄狮大王已经到了嘉域,问父皇该如何迎接。七姊妹只字未提给岭地写信一事。

皇帝噶拉耿贡心中奇怪,那岭王格萨尔,本是降妖伏魔的英雄,引渡亡灵的上师,怎么会不请自来呢?该不会是什么妖魔作祟吧。噶拉耿贡立即召来三妖使,吩咐他们前去纳瓦查里地方好好察看一番。若是有形体的人,就把他活活吞掉;若是没有形体的鬼魅,就把他们赶走。

晁通还呆立在桥头,盼着嘉域七姊妹给他敬酒献茶。谁知七姊妹没来,三妖使却到了。晁通见了三个面目狰狞的妖使,吓得扭头就跑。

雄狮大王出帐一看,见三个妖使正大吼着紧追在晁通后面。于是吩咐米琼和丹玛拿出竹子三节爪和有冠子的毒蛇头向妖使一挥,三妖打了个寒战,转身逃走了。

三妖逃回宫中,公主阿贡措对父皇说:

"听说扎大营的人法力无边,看来是格萨尔大王到了。"

噶拉耿贡哪里肯信,又派出一群恶狗和一群魔鸟,下场与三妖完全相同。公主又说是格萨尔大王到了,皇帝噶拉耿贡仍然疑惑不信。

见父皇不肯出宫迎接格萨尔,巧嘴姑娘鲁姆措又出了个主意:派鸽子三兄弟给格萨尔大王送一封信。信中说对格萨尔王不辞辛苦前来嘉域,我们七姊妹感激不尽,因为上一封信是我们七姊妹私下写的,皇帝并不知道。现在还是请格萨尔大王派一位足智多谋的大臣先来拜见皇帝为好。

鸽子三兄弟把七姊妹的信送到纳瓦查里大滩,米琼接到信,立即呈给雄狮王，格萨尔看了信，心中高兴，脸上也挂满了笑容，立即派大臣秦恩、丹玛、噶德等五人，带着毡氇、金银等礼品，一同去觐见皇帝噶拉耿贡。

噶拉耿贡一听格萨尔派来了使臣，立即吩咐大臣哈香晋巴带百名官员出宫迎接。双方相会在九水汇合处的金桥上，互相敬献哈达后，一起来到皇宫。

岭国大臣谒见皇帝噶拉耿贡，献上各种礼品。秦恩说：

"我岭国君臣来到嘉域，为的是使噶拉耿贡大皇帝能解除忧虑。我们已到了很久，但无人向我君臣敬茶献酒。格萨尔大王是世界雄狮大王，如无人迎接，将返回岭地。为了嘉域众生的事，还请皇帝派人相迎。"

嘉帝一听，心想，各种征兆表明我与岭王必须会面。于是，双方约定十五日在宫外广场上与雄狮大王格萨尔会面。

五月十五日清晨，岭国君臣连同格萨尔变幻出的众随从浩浩荡荡地来到嘉域皇宫外的广场上。嘉域大皇帝，由内外大臣和万名武士簇拥着，也来到了广场上。以公主阿贡措为首的姑娘们端着银盘、金盏，敬上香茶和美酒。

雄狮大王格萨尔，手捧吉祥哈达和右旋喜庆宝珠，献给了嘉域皇帝噶拉耿贡，嘉域皇帝也将水晶、如意珠等回赠给格萨尔。

嘉、岭两位君王，好比日月互相辉映，彼此怀着敬佩之心。待双方坐定，嘉域皇帝噶拉耿贡提议说："雄狮大王，久闻你是神通广大的英雄。我们难得相会，今日一见，我想让嘉、岭两国的英雄比比武，你看如何？"

格萨尔欣然同意。双方商定先赛马。嘉、岭各出一名大臣围着五台山飞驰一圈。第二天一早，嘉域大臣哈香晋巴骑着最快的追风马，岭地大臣伍乙阿白跨上铁青玉鸟马，一起向五台山脚下驰去。太阳尚未照到宫顶，阿白已经驰马返回广场，而哈香晋巴到中午时才跑完一圈。

嘉域皇帝见岭臣获胜，说跑马是岭人的绝技，胜了不足为奇，应该比赛力气。嘉域的一百个大力士抬来一块巨大的础石，像掷骰子一样在手中上下乱掷。

岭国大英雄噶德奉命出场表演。噶德一出场就说："抬那个圆圆的础石算什么？嘉域巍峨的五台山，印度高耸的灵鹫山，藏地雄伟的日札山，臂力多大衡量三山便可知。"说着，面对五台山，用手一托，就把那五台山轻轻地托了起来。嘉域臣民百姓和大力士们个个都呆了，皇帝噶拉耿贡也惊得半晌说不出话来。不知多久，皇帝又说："明日比赛挤奶，在喝完一碗茶的时间内，如能挤完一百头乳牛的奶，就算胜利；如挤不完，就要受罚。"

嘉域选了五百名挤奶能手，岭国则只有多珍姑娘一人。只见她，双手交替挤着奶头，那优美的姿势，一会儿像雄鹰飞翔，一会儿像青龙吟啸，一会儿像雄狮曼舞，一会儿像猛虎怒吼。人们看得眼花缭乱，一碗茶还没喝完，百头乳牛的奶子就被多珍姑娘挤完了。嘉域的臣民百姓直看得瞠目结舌，赞不绝口。

嘉帝无可奈何地说："雄狮大王呵，各种比赛你们都赢了，明天进行最后一项比赛射箭吧。"

嘉域聚集了一千名最好的弓箭手，岭方则走出一名大将。只见他身穿白甲，上罩黄色缎袍，腰扎青色丝带，足蹬黑色缎靴，手持白宝弓，正是老英雄丹玛。

丹玛将金箭搭在弓上,一箭射出,只见金光四射,黑色魔法大门被射得粉碎,嘉域的妖孽顿时销声匿迹。

比武结束,嘉帝噶拉耿贡仍不肯认输,又提出要与岭国君臣比美。格萨尔心中暗笑,这下,松石羚羊皮制的马衣和松石发辫该派上用场了。

大臣伍乙班玖给骏马穿上马衣,那马衣上部缀着金片,中部系着海螺,下部挂着松石。马毛梢放着虹光,头戴松石羊角。伍乙班玖自己将各种松石发辫披在身上,骑在骏马上,在广场上走来走去。嘉域的人们从未见过这般稀奇的饰物,男子见了羡慕不已,妇女见了羞得不敢抬头。人人都说这样的英俊男子从未见过。

嘉域皇帝噶拉耿贡更是奇怪,似这样奇异的人和马,是血肉之身呢,还是巫师的幻变?我是在做梦呢,还是确有其事?一时间,搞得嘉域皇帝似真似幻,不知身在何处。

正当嘉域皇帝噶拉耿贡迷迷糊糊之时,格萨尔运用法术,将自己的身体变成化身和真身两个形体,化身陪伴着嘉域皇帝,真身却化作一只金翅大鹏,载着秦恩和米琼二人,飞进噶拉耿贡的皇宫,找到了皇后尼玛赤姬的妖尸。格萨尔吩咐二人:

"把妖尸装入铁盒之中,直到世界毁灭,也不准打开铁盒。"

君臣三人带着铁盒飞出宫外,来到天地相接之处,将铁盒藏好,然后用檀香木将尸体焚化了。

当晚,嘉域皇帝回到皇宫,来到黑房子,伸手一摸,皇后的尸体不见了。噶拉耿贡不禁大吃一惊:"哎呀呀,我们受骗了,皇后的遗体被格萨尔偷走了,我们必须依照嘉域的国法对他严加惩处。"噶拉耿贡立即命大臣哈香晋巴到格萨尔处将皇后的遗体追回。

哈香晋巴来到格萨尔面前，询问雄狮大王可曾知道皇后的遗体被盗一事。格萨尔说，妖尸将给嘉、岭两地百姓带来灾难，为了拯救众生，已将尸体焚化，除了祸根。

哈香晋巴回宫向嘉域皇帝禀报，噶拉耿贡长叹一声，甚觉凄然。想了想，又让哈香去见格萨尔。告诉他：如果能将皇后尸体复原，就不对他动用国法。格萨尔回答说，尸体已经焚化，无法复原。嘉域皇帝一听格萨尔如此回复，更加怒不可遏，立即吩咐哈香晋巴带人去将格萨尔捉来，吊在法竿上七天七夜。

七日后，嘉域皇帝吩咐将格萨尔投入蝎子洞中，谁知那些毒虫非但不伤害他，反而向他顶礼朝拜。噶拉耿贡无奈，命武士将格萨尔从悬崖上抛下，又被空中的鹫鸟交翅将他接住，送回崖顶。

见屡屡不能杀死格萨尔，嘉域皇帝更加生气，又命将格萨尔抛入大海。丹玛和米琼冲了上来：

"大王呵，我们实在受不了了，您应该回敬他们，让他们尝尝我们的厉害。"

格萨尔摇了摇头，那嘉域皇帝与常人不同，如果不接受他的处罚，对嘉、岭两地众生不利。我们要让他自己回心转意，自愧失礼。

格萨尔被抛进了大海，丹玛和米琼将从阿赛罗刹那里得来的似土非土的法物撒在海面上，大海顿时变成了一片绿茵茵的草地，长满树木鲜花，彩蝶飞舞。

哈香晋巴忙向嘉域皇帝禀报，无法惩罚格萨尔，并劝皇帝向格萨尔赔罪。噶拉耿贡至此方才确信是真正的雄狮大王到了嘉域，决计与格萨尔重新和好。

次日，嘉域皇帝噶拉耿贡率众臣将雄狮大王格萨尔接进皇宫，让到金座上。然后嘉域皇帝亲自献上如意宝珠和金银、绸缎等礼物，对格萨尔说：

"世界无敌的雄狮大王呵！直到昨日，我才相信你是真正的格萨尔，还望大王恕我无知之罪。"

嘉域七姊妹为岭国君臣欢歌起舞，武士们也表演各种技艺为客人助兴。嘉域皇帝噶拉耿贡又对格萨尔说：

"尊贵的岭国大王呵，我这嘉域，美丽富饶，丰衣足食。我膝下无子，只有小公主阿贡措是我的继承人，可她年幼难以执掌国政，大王不如留在嘉域，做嘉域的大皇帝吧。"

格萨尔一听甚是感动，说道：

"大皇帝呵，我不能在嘉域久住，在那遥远的藏区，还有许多有形和无形的妖魔等我去降伏。嘉域皇帝若对我真心眷念，不舍分离，可以把我塑成金身，这样就如同我们常相见一样。"

格萨尔决定正月十五日返回岭地。这天很快就到了，嘉域皇帝为岭国君臣准备了诸多礼物，小公主阿贡措舍不得与岭国君臣分离，就向父皇请求送格萨尔大王到嘉、岭交界的地方。噶拉耿贡于是派大臣穆次丹巴随同公主，还有嘉域六姊妹一起为岭国君臣送行。

格萨尔大王与嘉域七姊妹分手以后，继续往前走，忽然看见三只仙鹤在头顶盘旋。三只仙鹤正是岭地的寄魂鸟。丹玛上前，从仙鹤的脖子上解下一信，格萨尔王看罢，神情黯然，悲从心生。

原来，这信是王妃珠牡送来的。信中说，自从格萨尔大王离开岭国，大将辛巴梅乳泽就病倒了，一直无法治好，病情一天比一天加剧。辛巴别无他望，只愿死前能与大王见上一面，所以恳请大王

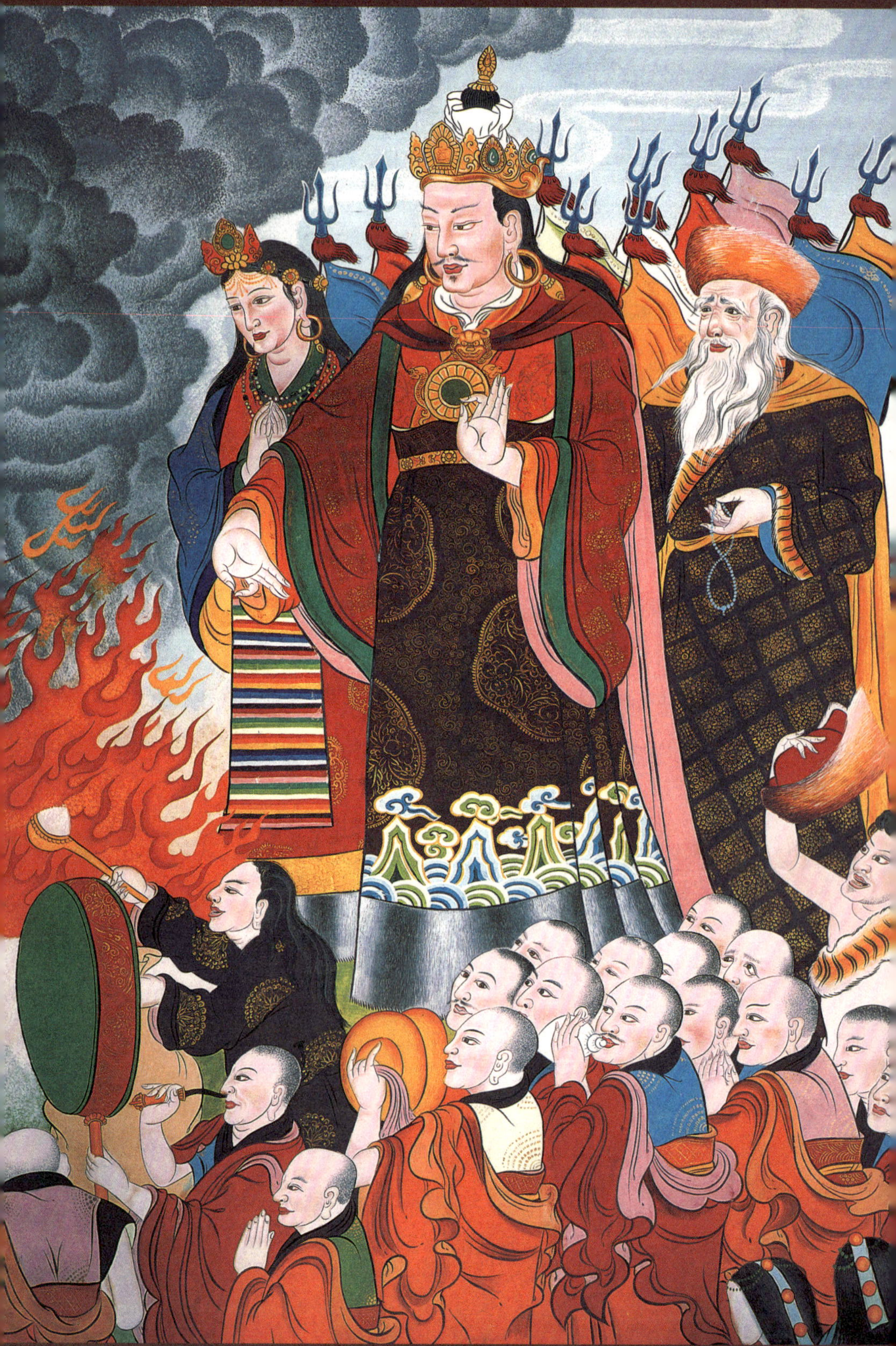

速速回国。

格萨尔知道,辛巴梅乳泽恐怕等不到他回岭国的那天了。格萨尔立即让仙鹤传信,告诉王妃珠牡,立即派人把辛巴送来,君臣可在途中相见。

三仙鹤飞回岭国王宫,珠牡见信,赶快派人护送辛巴上路。格萨尔与辛巴终于在途中相会了,辛巴梅乳泽那张消瘦枯黄的脸上露出一丝笑容,鼻孔只有微微的气息。格萨尔知道,他的神识就要脱离躯体了。

"大王呵,我辛巴梅乳泽是有罪的,最大的罪过是杀死了您的哥哥、岭国大英雄嘉察。如今快要辞别人世,能最后与大王相会,我的心愿满足了,请大王给我加持。"

格萨尔大王听了辛巴梅乳泽的话,心里十分悲痛,关切地说:

"辛巴呵,你最初对岭国有罪,但后来为岭国立了大功。你的罪孽,大王我早已替你消除了,一定把你超度到清净的天国中去。"

心愿满足,辛巴梅乳泽闭目谢世了。格萨尔大王为梅乳泽大作法事,超度他的亡魂到天国净土。

君臣继续前进,这天来到两座沙山对峙耸立的三岔路口,大臣秦恩举目四望,只见万里无云的碧空中屹立着一座高插云天的雪山。秦恩一见这雪山,泪流满面,一时百感交集。

晁通见秦恩落泪,有些不解,就问他为何如此伤心。秦恩回答说:

"叔叔晁通呵,对面那皑皑雪山,便是有名的卡瓦格博大雪山,它是我的寄魂山。我八岁被魔王鲁赞掳走,如今我已经五十八岁,五十年中,我从未饮过家乡的水,从未见过故乡的山,我那慈祥的父母亲、亲爱的妻子和妹妹,都只能在梦中相会。今天我见到了家乡的山,怎能不伤心呢?"

晁通一听秦恩家中有妹妹,立即邪火烧心:

"你家里还有妹妹吗?这很好呵,如果能把她许给我做厨娘,我可以设法让你回家一次。"秦恩一听可以回家,就求晁通帮忙,并答应晁通,若能回家,一定请求父母将妹妹嫁给他。

为了娶秦恩的妹妹,晁通立即施展巫术,满山遍野烟雾弥漫,天昏地暗,道路不明。秦恩趁机把格萨尔的坐骑引到通往绒地的山路。昏暗之中,格萨尔一时竟没有察觉。走了一程又一程,雄狮大王感到有些不对,也没说什么。

君臣一行已经到了秦恩被掳走的那座山口。大家从山口望去,绒国大地一览无余,城堡上螺缨招展,周围密密麻麻布满了帐篷。格萨尔明白了,我说怎么还不到岭国呢,原来是秦恩把我们引到绒国来了。格萨尔佯作不知:

"秦恩呵,那雪山你可认识?那城堡、帐篷你可知晓?你随我到过多少地方,为何今日迷了路?"

秦恩一见大王沉下脸来,连连叩头,从护身佛盒中取出一条哈达,献给大王说:

"大王呵,我本是绒国王子,八岁被魔王鲁赞掳去做了他的臣子,以后又被大王救到岭国。你我君臣好比骏马与鞍鞯,时刻难分离。大王呵,五十年来我常在梦中与亲人相见,好梦醒后常常流泪悲啼。请求大王饶恕我,请大王准我回绒地。"

格萨尔见秦恩声泪俱下,顿生慈悲之心,决定就此安营,等候绒国君臣前来迎接。谁知住了七天,仍无人来接。秦恩心想:为什么还不见有人来迎接呢?如果再这样下去,大王一定会生气,我到了家门也见不到父母亲了。秦恩越想越伤心,禁不住扑簌簌掉下泪来。

米琼一见秦恩落泪,忙上前安慰他,说可以帮助他实现愿望。说办就办,米琼将格萨尔的宝驹江噶佩布变成一匹毛驴,自己则变成一个面色铁青、全身爬满虱子的乞丐。

米琼骑着毛驴,朝绒城走去,只见各个路口都有人把守,并不见行路之人。米琼心中奇怪,绒城发生了什么事?好不容易遇上一个打柴人,不容米琼发问,那人就像躲避瘟疫一样地逃走了。米琼想了想,径直朝宫城走去,来到离宫城不远的地方,见路边的庄稼已经成熟,米琼将毛驴赶进庄稼地。他心想,牲畜赶进庄稼地,城里一定会走出主人来。

原来,格萨尔一行在门珠山口扎下营寨,被秦恩的妹妹阿曼在城头上看见了。她不仅看见了格萨尔的营帐,还看见了那幻变出来的千军万马。阿曼立即向父王报告,绒王以为有人要进攻绒地,立即召集各部落把守各个路口,山上不准任何人砍柴,河边不准任何人渡水。

米琼正在捉虱子,从城里出来一个女仆,见牲畜在毁庄稼,就大骂米琼。米琼不理,女仆就回宫向国王报告。大王吩咐她不要计较,把牲畜赶出田去就是了。女仆转回来命米琼把毛驴赶出田地,米琼佯装听不见,还是不理不睬。气得女仆回宫去找阿曼公主,阿曼一听,火冒三丈,提着一根棍子,冲到米琼跟前,恶狠狠地骂:

"你这个无赖,现在我们绒地的人不准外出,外面的人也不准入内,你竟敢在这里糟蹋我们的庄稼?!你最好现在就走开,否则再想逃也来不及了。"

米琼见阿曼公主出城，心中高兴，嘴上却说：

"我是随格萨尔大王从嘉域经过这里回岭地的。听说绒国六畜兴旺，是块少有的福地。乞丐到这个地方不愁讨不到吃食，牲畜到这里不愁没有水草，可遇到你们这里的人，不是聋子就是哑巴，难道你们这里发生了瘟疫？"

阿曼听说是随岭国大王来的，立即问岭王还有哪些随从。米琼就把随从一一讲给他听，阿曼听到有自己的哥哥秦恩，高兴得不得了，立即招待米琼，并说明日就去迎接岭王进宫。

格萨尔听了米琼的禀报，忽然变了主意。他怕秦恩思恋家乡，不肯与他同回岭地，就决定不让他与家人见面。

第二天，绒国公主阿曼和众大臣前来迎接岭大王，格萨尔早把秦恩藏在一个铁箱中，却对公主说，秦恩在岭国过得很好，请公主转告绒王不必挂念。

公主回宫禀告父王，绒王又派出秦恩的妻子，仍然未见秦恩。绒王决定亲自走一趟，秦恩又没露面。绒王不甘心，就邀请格萨尔大王一行到王宫做客。

公主阿曼见屡屡不能与哥哥相会，而米琼分明说哥哥已随岭王到了此地，莫非这格萨尔是假的？莫非哥哥已不在人世？看来，不捣毁营帐，他们是不会交出哥哥的。于是阿曼聚集众兵，欲讨伐格萨尔。

格萨尔正在营帐中休息，忽见帐前来了众多兵马，雄狮大王顿时大怒，厉声训斥秦恩："前次你带错了路，我们才到了绒国，现在绒国又把大军的矛头指向我们，到底是为了什么？"

秦恩见大王发怒，惊恐地站在一边，不敢有半句辩解，丹玛对大王说他有退敌之策。格萨尔命丹玛出营迎敌。丹玛立即写了一封信,用箭射向绒军,上面说秦恩确实随岭王到了嘉域,因他思念父母妻妹,故而将雄狮大王引到绒地,绒、岭两国本是友好睦邻,大可不必动干戈。

阿曼一见此信,知道哥哥安然无恙,立即下令退兵。秦恩也心花怒放,想着明日就可以与父母妻妹相聚,十分高兴。

第二天,绒国大臣前来迎接岭国君臣,眼见迎接的队伍就要到了。格萨尔却命秦恩留在大营看家。秦恩无奈,心中虽然急躁,却不敢违抗大王的命令。

岭国君臣浩浩荡荡地直奔绒国王宫而去,秦恩流泪了。想我秦恩已经离开家乡五十年了,如今到了家门口,却不让我与家人见面,大王怎么如此不近人情?秦恩越想越伤心,他决定不顾一切,一定要去见见父母、妻子和妹妹。秦恩左思右想,有了主意。

绒、岭两国君臣正在宫中吃喝,一个流浪艺人在王宫下面唱起歌曲:

"绒地的百姓呵,我不仅讨吃食,还有很多好消息要向绒王禀报。"

丹玛明白,这个艺人就是秦恩所扮,这个时候如果再不让他见

见家人，未免太不近人情了。于是，丹玛出宫对秦恩说：

"你不要再吵了，快随我进宫来吧。"

秦恩进了宫，把帽檐压得低低的，不敢抬头。格萨尔知道是秦恩来了，并不理睬他。晁通却希望秦恩留在绒地，就假装生气地责怪这艺人进宫还歪戴着帽子，将秦恩的帽子打落在地。绒王和王妃立即认出儿子，高兴得昏了过去。公主阿曼和秦恩的妻子扑了上来，一家人抱头痛哭，悲喜交集。

格萨尔更加不高兴，心想，这下秦恩可回不成岭国了，不禁埋怨丹玛和晁通。秦恩忙跪地请求恕罪：

"大王呵，您使我与家人团聚了，为了谢恩，我请父王把绒国的财宝献给您，我自己仍如从前一样，永远跟在您身边。"

格萨尔立即转怒为喜。见酒宴丰盛，雄狮王提议赛马，绒王应允，并说谁能取胜，就把公主阿曼许配给他。晁通一听此话，来了精神，立即精心打扮，认真准备，唯恐不能取胜。

尽管晁通竭尽全力，雄狮王怎肯让他取胜？就在快到达终点时，晁通的马一个趔趄，把他颠了下来。格萨尔对绒王说："你们父子已经见面了，秦恩与我是三次盟誓的朋友，我不能让他留在绒地。我们的王子扎拉现在代理国政，尚未纳妃，如蒙绒王允许，可与阿曼公主结成良缘。"

绒王和王妃满口答应，大臣们也个个满意。

一切准备就绪，五月初三日，格萨尔决定立即迎娶阿曼公主返回岭国。

第十一回

雄狮大王地狱救母
绒察查根虹化归天

格萨尔不久便返回了岭地,王子扎拉率众英雄、臣民百姓前来迎接。唯独不见王妃阿达娜姆。格萨尔心中诧异,忙问扎拉,阿达娜姆为什么没来迎接他。不等扎拉回话,老总管绒察查根吩咐摆宴。

一时间,各种丰盛的酒、肉和乳酪、酥油、点心、蜂蜜、糌粑堆满了桌子。

格萨尔吩咐众英雄入席,又把为王子扎拉与绒国公主阿曼联姻的事告诉了大家。扎拉激动万分,向雄狮大王谢恩。

岭国众英雄纷纷向扎拉献礼,姨嫂们也向阿曼献上洁白的哈达和珍奇的松石,祝阿曼终生快乐无忧愁,与王子扎拉白头偕老。为王子扎拉的婚事,岭国上下一连庆祝了十三天。

格萨尔终于知道了阿达娜姆的死讯。原来,在格萨尔去嘉域刚刚三个月的时候,阿达娜姆就病了。上身发热如火烧,下身寒冷如寒冰,心里烦躁昼夜不安宁,吃药反倒病加重。阿达娜姆知道自己不行了,将手下的大臣召到榻前,告之后事:"望你们在黑色的魔地,有敌则戈矛同举起,待友则财物相周济;仇人面前同敌忾,内部苦乐要统一。"

说罢,阿达娜姆死了。过了七七四十九天,阿达娜姆的神识到了生死沙山山口,被小鬼引到了阎罗王的面前。阎王一见阿达娜姆与众不同,便说:

"我有话要问你,你同别的女人不一般。脸上部好像少女,能压伏百个女儿身;脸下部好像青年汉,能压伏百个男子身。你是什么地方的亡魂?叫什么名字?你生时供过多少上师?向穷人放过多少布施?修过多少桥梁?立过多少经幡?"

阿达娜姆心中有些害怕。想自己一生,东征西杀,不断杀伐,这怎么能向阎王说呢?还是编一套话吧。于是,阿达娜姆说道:

"我是清净佛土的人,名字叫曲措,生时向上师供过骏马备金鞍,修的桥、树的幡多得不可数。我是空行母的化身,南赡部洲雄狮大王的妃子,因此我应该到极乐世界去,请阎罗王放我。"

阿达娜姆说完,右肩上忽然出现一个白色小孩,向阎罗王敬礼回禀说:

"有威力的阎罗王,你是能分辨善恶的法王。我是这女人的同来神,她是阿达娜姆女英雄,肉食空行的化身,格萨尔大王的妃子,做过无数善事。因此请你把她向极乐世界接引。"

这时,阿达娜姆的左肩上又出现了一个黑色小孩,向阎罗王回禀说:

"我是与阿达娜姆同来的魔,她的底细我知情:她是九头妖魔的后人,三岁起杀生。她曾杀过戴金帽的上师,曾杀过权势崇高的长官,曾杀过马上的英雄汉，曾杀过长发的妇人。这样的女人怎能被超度，阎罗王绝不能饶恕她的恶行。"

阎罗王一听，心想，不管他们怎么说，还是用我的缘孽镜来看看，用阎罗秤来称称，就知阿达娜姆的言行究竟怎样了。

阎罗王的缘孽镜十分神奇，看着它，像是从谷口看风景一般，任何人在世间所做的一切都能在镜中一一再现。牛头鬼手持紫色阎罗秤也过来了，阎罗王把阿达娜姆的善业和恶业称了十八次，次次都是恶业重于善业。阿达娜姆吓得心惊胆战。

阎罗王不容阿达娜姆再说什么，就对她说："阿达娜姆因杀生的恶业报应而死，应该在等活地狱中待五百年；又曾积下恶怒之业，应在阿鼻地狱待九年；又曾悭吝钱财，应在畜生地狱里待九年。"

念罢，阿达娜姆被拖出阎罗殿，送到等活地狱。到格萨尔从嘉域返回岭地时，阿达娜姆已经在地狱里待了三年，受了无数不能忍受的痛苦。

格萨尔得知王妃阿达娜姆已经过世，心想，阿达娜姆生时是个很英勇又很高傲的女英雄，死后是否到天宫中去了呢？格萨尔决定去看看。在天宫中没有找到阿达娜姆，格萨尔又分别到修罗界、畜生道、饿鬼道去找，还是没有。最后，格萨尔到了地狱，看到阿达娜姆竟然在这里。

格萨尔回到岭地，进入光明三昧修法，然后跨上宝马江噶佩布，来到地狱门口，大吼了三声。那阎罗王听到格萨尔的吼声，对鬼卒说：

"空中出现彩虹，降下花雨，四周香气扑鼻，这事情前所未见。一定是有什么大救主、大修行者或是大咒师到了，快出去看看是谁?"

鬼卒出门一看,面前站着一人,但见来人紫珊瑚般的肤色,白螺般牙齿,头戴白盔;右面的虎皮箭袋,像要跃向天空;左面的豹皮弓套,似欲指向大地。鬼卒指着格萨尔问:

"你是哪里的恶人?从你的服饰看得出来,你是个做尽恶事的人。但是,我告诉你,在阎罗王的大殿里,英雄毫无用武之地⋯⋯"

不等那鬼卒把话说完,格萨尔已经大怒:

"我不是亡魂是活人,生命未死游地狱,雄狮大王格萨尔就是我,为寻王妃找阎罗。无辜的阿达娜姆已经在地狱熬了三年,现在我要你们把我的人交给我!"

格萨尔见那鬼卒并不理睬他,更加震怒,把手中的宝剑乱挥乱舞,直舞得地狱里暴雨倾泻,雹子纷飞。从未翻倒过的油锅打翻了,从未破裂过的铁城裂成了碎片,九百鬼卒被吓得四散纷逃。格萨尔闯进阎罗殿,朝阎罗王的宝座射了一箭,眼见宝座摇摇欲坠,阎罗王走了出来,对格萨尔说:

阎王宣判阿达娜姆 >>>

阿达娜姆死后来到地狱,阎王见她相貌非凡,脸上部似少女,脸下部像青年,十分诧异。这时,从她右肩上跳出一个白色小孩,报告说她做过无数善事情。请求把她接引到极乐世界。左肩上立刻跳出一个黑色小孩,说她杀生无数,应打入地狱。阎王令牛头鬼拿过紫色阎罗秤,把阿达娜姆的善业和恶业称了十八次,恶业像座山,善业如小贝壳,次次都是恶业重于善业,阎王立刻判阿达娜姆到等活地狱待五百年。

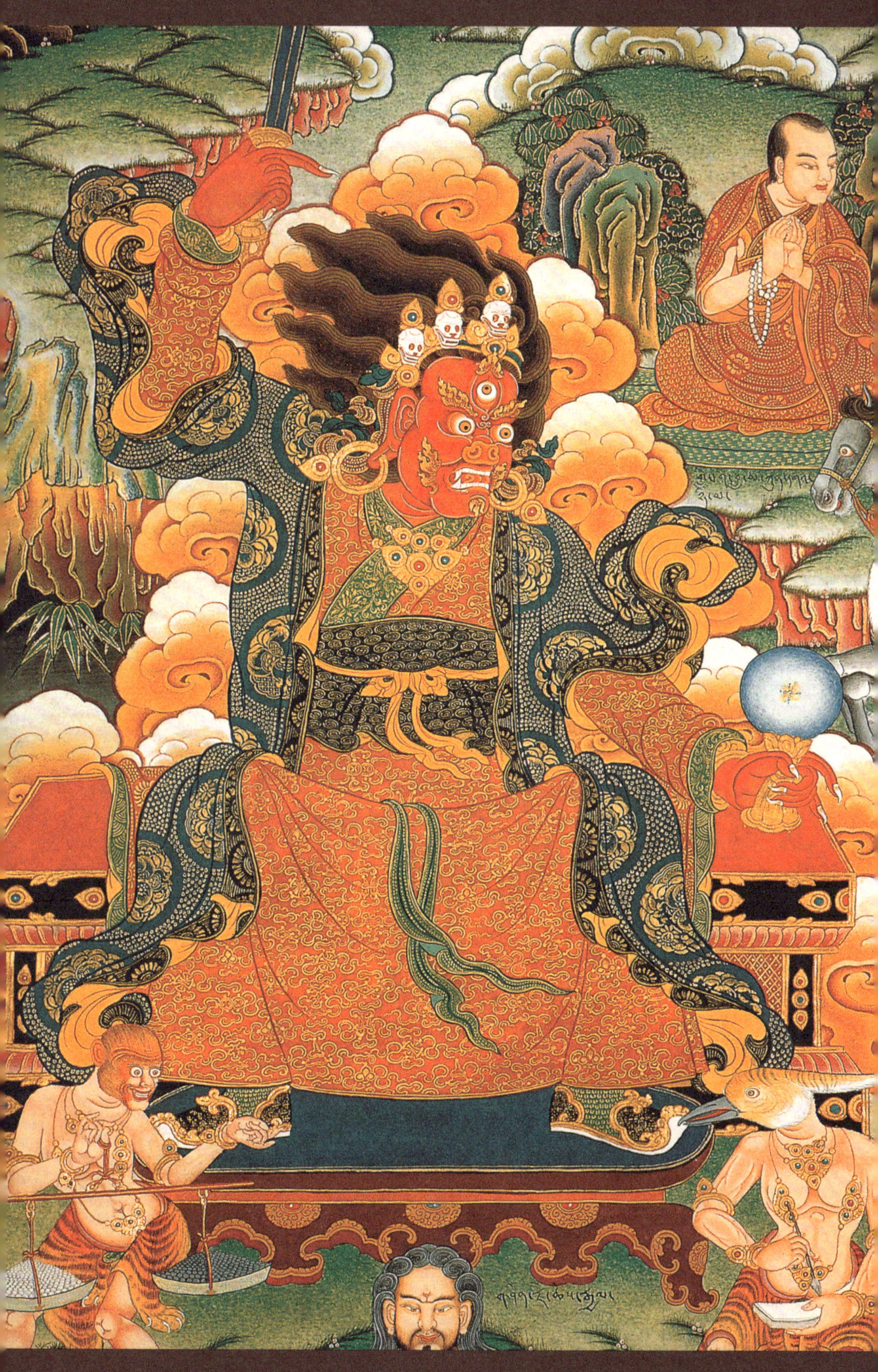

"我是文殊菩萨委派的阎罗王,开天辟地就住在这里。恶人就要下地狱,那阿达娜姆要在地狱里熬过五百年方能解脱,这个人你要拯救不可能,亡魂从这里无法超生。"

格萨尔见阎罗王不肯交出阿达娜姆,决定去找天神姑母,请她帮助超度王妃。雄狮大王飞向天空,拜见姑母,将阿达娜姆堕入地狱一事禀告,请求天神超度。

姑母对格萨尔说:

"你把那密咒金刚乘的正法和幻化无边的和平忿怒坛场的门打开,就会使积有罪恶的人得到超度,阿达娜姆也会升入净土。"

格萨尔立即打开那幻化和平忿怒无边坛场的门,只见从格萨尔的眉间射出一道白色光芒,变成千尊佛像,发愿洗净阿达娜姆身上的业障;格萨尔的喉头发出红色火光,变成大般若经,发愿洗净阿达娜姆口上的业障;格萨尔的胸口发出一道蓝色光芒,变成千座琉璃宝塔,发愿洗净阿达娜姆意上的业障。

格萨尔念诵毕,又来到地狱里,对阎罗王说:

"阴曹地狱十八层,我看它是清净十八处。阴曹烈火,是一片金;黄色冥河水,具有八功德;那降雨的刀刃林,我看到花雨落缤纷;铁水沸腾的红铜锅,那是清水盈盈的莲花盆。你这阎罗的大殿,我看是幻化和平忿怒坛场,阴曹地府哪里寻?凭天神的恩典,凭我格萨尔的法力,要接引阿达娜姆到净土去!"

阎罗王知道他从天神处得到超度阿达娜姆的密法,就不再说话。

格萨尔举目四望,见爱妃阿达娜姆正在火狱中号啕,于是在心中念诵着:

……
曾因肉食而被杀的马牛，
因麝香而被射死的獐子，
因皮毛而被杀的狐狸，
因斑纹被杀的虎豹，
因战争而被杀的兵卒们，
……
我接引你们超生。
我妻阿达娜姆的罪孽已尽，
现在也应往生净土。

念诵毕，以阿达娜姆为首的十八亿亡魂及各种生灵的魂魄被超度到了净土。

格萨尔王地狱归来，在地狱所见种种景象，给他心灵以极大的震撼。回顾自己到人世间的经历，征战无数、杀人无计，虽说是为了降妖伏魔、惩恶扬善、拯救众生、造福百姓，消除罪孽的黑业，弘扬圣洁的白业，但杀生毕竟有罪，妖魔鬼怪、恶人元凶，也是有生命的，应该超度他们的亡灵，让他们出苦海，而不应让他们在阴森恐怖的地狱，遭受无穷无尽的苦难，让那些孤魂野鬼四处游荡。于是，便在狮龙宫殿，闭关修行，诵经祈祷。

一天，格萨尔正睡在狮龙宫殿，在睡梦中，格萨尔得到天神姑母预言，要他前往小佛洲吉祥境去晋谒莲花生大师。格萨尔翻身坐起，对珠牡说知此事。往常大王到各处去降伏妖魔，珠牡尚且不愿他离开，这次闻听大王要到另一个世界去，心像破裂了一样疼痛。珠牡不顾一切地匍匐在地，对大王说：

"大王若到另一个世界去,岭国的众生谁护持?大王若去请带我珠牡去,若不能带妃子我要死去。"

格萨尔一见珠牡如此说话,甚为不悦,说如今我好端端地并未死去,只是要去谒见莲花生大师,为众生做好事,你为何要拦我呢?

珠牡听大王这么一说,就不再作声,只是心中仍然忐忑,难道去了另一个境地还能回来吗?

格萨尔王将岭国各部首领召集起来,告诉众人他要赴吉祥境地去见大师莲花生。众人互相望望,没有说话。总管王绒察查根为了安慰众人之心,说道:

"以森伦、郭姆为首的岭地十二位长辈没有谢世前,大王不会到别土。王位的事不用众英雄发愁。大王他还有拯救地狱众生之心愿,不做完此事是不会到别土的。"

雄狮大王吩咐众人:"我走之后,岭地的三位上师要带领臣民百姓昼夜祈祷,不使间断,我十五日内定然返回岭国。"说罢,化作一道霞光而逝。

莲花生大师所居之地小佛洲,位于罗刹国的中心。大师种种神变之身做了各方罗刹的君王。格萨尔到了此地,首先拜谒大师的各个神变之身,然后才来到大师真身居住的莲花光无量宫。

几位空行母手拿净瓶、宝镜和智慧香炉,为格萨尔清除身上的污垢,并献上各种绸缎彩衣,最后把格萨尔引到美妙庄严的无量宫中。上师莲花生神采奕奕地坐在大殿中央宝座上,众空行、持明[①]、罗刹等四周围绕。格萨尔进入大殿,上师放射出白、红、蓝三种光

---

① 持明:明是陀罗尼的别名,持明就是受持真言的意思。

来，把雄狮大王照得更加容光焕发。格萨尔立即变化出无数化身，对大师礼拜，然后坐在一个缎垫层叠的宝座上，对莲花生大师说：

"尊贵的上师，感谢您派空行母来接我，从黑暗无明的浊地，来到这神奇吉祥的净土。我来到这里要请问上师几件事：南赡部洲的苦难众生，怎样才能安享太平？我在岭地还要住多久？怎样才能使众生从苦难中解脱？……"

格萨尔拜罢大师，只见从莲花生的周身发出各种颜色的光，五方佛陀纷纷而至。东方的阿閦佛踏白光而来，南方的宝生佛踏黄光而至，西方的无量光佛乘红光飞降，北方的不空成就佛踏绿光到此，中央的毗卢遮那佛踏蓝光而至。莲花生大师也显出威严的姿态，对格萨尔说道：

"孩子呵，若想让众生安享太平，第一要以禅定法食长养自身，第二要以丹田拙火为服饰，第三要使精进之马常驰骋，第四要挥动智慧的武器，第五要穿上因果的盔甲，第六要讲说无欺正教法，六道众生才能脱离苦难，你格萨尔才能重返净土。"说罢，大师彩虹一般逝去了。

格萨尔知道，该是他返回岭地的时候了，遂祈祷：

"请五方佛慈悲垂眷顾！愿五毒就地息灭尽，化作五种智慧[1]。常往世间；愿六种污垢顿消除，化作六度修行来；愿南赡部洲五谷丰登无穷尽！"

---

[1] 五种智慧：佛法特有之说，如来之五智，即大圆镜智、平等性智、妙观察智、成所作智、法界体性智。

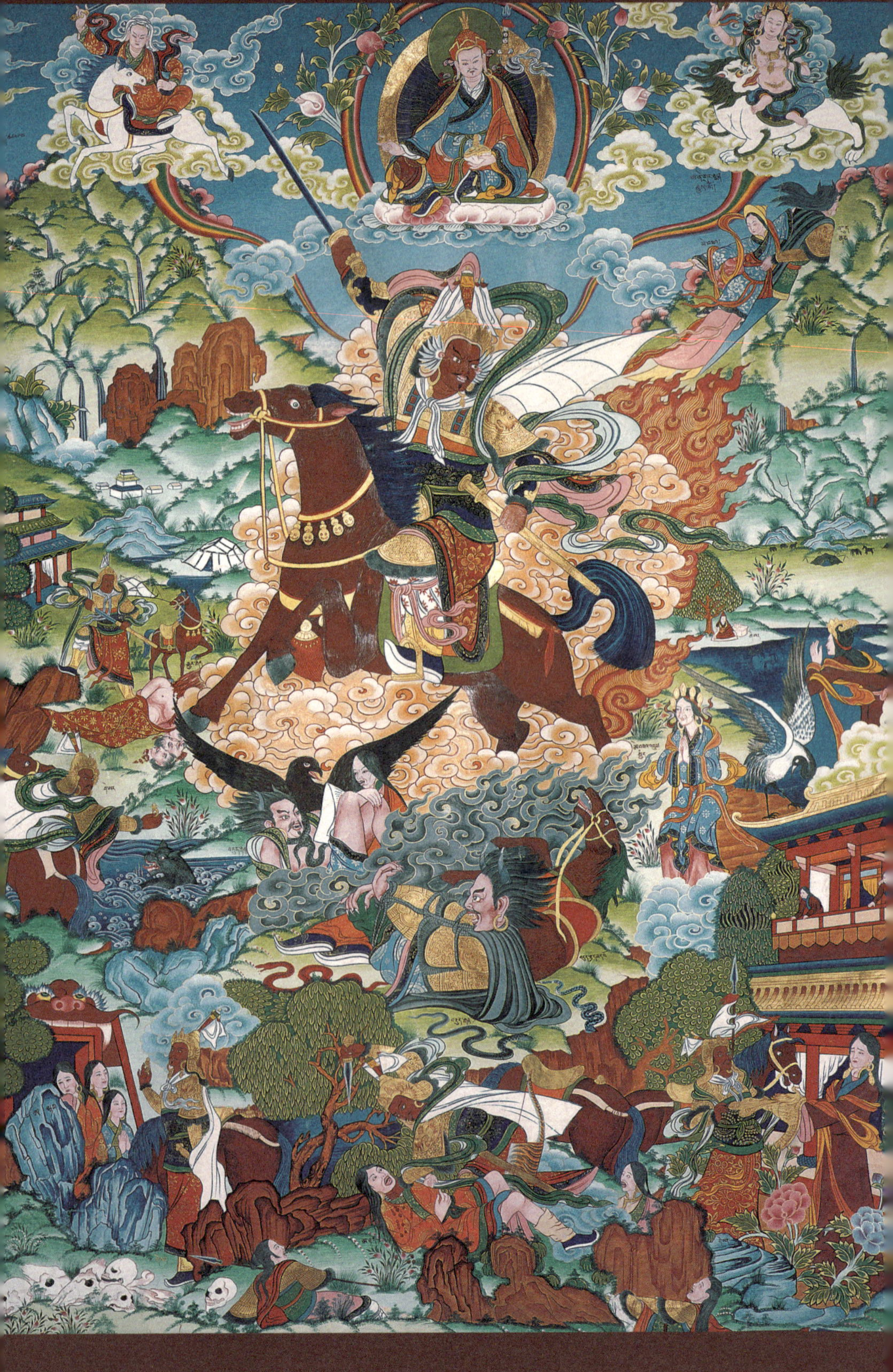

格萨尔祈祷罢,随四位空行游历了五方佛国土,然后返回岭地。岭国众生见大王果然回转来,各个喜不自胜。

格萨尔在狮龙宫殿关闭七个月,然后又要去印度香水河七渡口修金刚延寿法。众人竭力劝阻,格萨尔说此乃天神姑母的旨意,不得违抗,众人不再说话。这时,格萨尔的亲生母亲郭姆献上一条白绫哈达,对儿子说:

"孩子呵,从今年的情况看,母亲我夜晚多噩梦,身老有如灯油尽,这是死到临头的象征。人都说,恩重如山的生身母,临死之时儿若不在枕边,以后怎样报恩也枉然。母亲我临死之时若不能见儿面,必会堕入地狱受熬煎。"

母亲的话确实让格萨尔为难,想自己的母亲与别人又有所不同。从自己降生,就受到汉妃的嫉妒,又因自己的变化而被逐出岭地,受尽了磨难。母亲今年一定会谢世,母亲死时,自己怎能不在身边?但若不去圣地印度,又恐违背姑母的旨意。左思右想,拿不定主意。

见儿子为难,郭姆大为不安,不再说让格萨尔留在自己身边,而让他速去印度,只是心里不要把母亲忘了就是。

格萨尔见母亲如此明理,要母亲在他赴印度期间留在宫中修长寿圣母法,待他回岭后再做长寿灌顶,以延长寿命。吩咐毕,格萨尔启程赴圣地印度。

就在格萨尔离开岭国一百天的时候,郭姆生了热病,医治无效而仙逝。王妃珠牡和岭国众英雄为郭姆念诵无数的度亡经,但诸神为让格萨尔拯救地狱的众生,依然任由郭姆自己的业力而下了地狱。王妃珠牡与众英雄商议派仆人前往印度去请大王尽快尽速返回岭地。

格萨尔一百天的修行日期已到,骑上宝驹准备返回岭地,在香水河七渡口与岭地的仆人白杰相遇。白杰告知郭姆已逝世,并堕入地狱,雄狮大王一听就急了,立即念诵咒语,宝马闪电般飞起,转眼间过了阎罗无渡河,又跃过广大无垠的阴府大滩,这才到了阎罗王跟前,却没有见到母亲郭姆。格萨尔心中一阵烦乱,举起"降伏三界"宝弓,搭上金尾神箭,喊道:

"你这个横暴的刽子手,没有良心的阎罗王,前次将我的爱妃阿达娜姆带入地狱,这次又将我母亲摄来,真是气死我了。阎罗王,速速将我的母亲交出来!"

说着,格萨尔射出金箭,却没有射中阎罗王,格萨尔又将"愿成就"藤鞭举起,质问阎罗王:

"阎罗王,都说你能判别善恶,行善的能够解脱,作恶的才堕入地狱。我母亲一辈子积德行善,你为何要将她打入地狱?"

"善恶因果,比将一根头发分成八份,将一个芥子分成百份还要细微而不乱。你的母亲虽然行善,可你呢,你一生虽然降伏了众多的妖魔,但是也杀害了许多无辜百姓。他们有的堕入地狱,有的流落中有①,你并没有拯救他们,所以你母亲才堕入地狱之中。"阎罗王不紧不慢地说。

格萨尔听阎罗王振振有辞,气得怒火中烧,拔出宝剑朝阎罗王和御前的五大判官身上乱砍。殊不知这些判官乃是五方佛的化身,

---

① 中有:佛教术语,也叫中阴。谓已死之后,未生之前,其神识尚未投胎,是名中有。

无论怎么砍也砍不死。雄狮大王也是气昏了头,几剑下去,非但未损阎罗王和判官一根汗毛,自己的脑袋反而掉了下来。

过了片刻,格萨尔复了原。那阿閦佛化身的狮子头判官教训起他来:

"我们是正直判别恶善的人,是细算因果账的人。在阎罗王面前,好汉没有用武之地,行骗者不能说谎,嗔怒者不能施威。你格萨尔可以在世间称大王,地狱里却没有你逞强的地方。"

格萨尔愈发生气,难道我没有遵照诸佛的旨意?难道我没有给众生谋福利?这阎罗王和判官也太不讲道理了。不给他们点儿颜色看看,他们就不知道我雄狮大王的厉害!想到这,格萨尔对阎罗王和五个判官说:

"我雄狮大王要救母亲出地狱,你们若再拦阻,我就要用智慧宝剑把你们砍。我要摧毁阴府无畏城,撕毁罪恶网,要把生死之簿都除尽,把五毒生因连根断,引渡众生到净土!"

阎罗王见格萨尔又要逞强,冷笑一声:

"并不是你母亲不信奉善法,而是儿子罪恶大,格萨尔恶行的孽果,报应在郭姆的身上。你挥剑要斩我阎罗,却砍断了你自己的颈脖。你行的善事不用自说我们也知道,现在要继续行善才能救你母出地狱。快去吧!郭姆正在忍受那刀砍斧劈之苦,还要经过冷狱和热狱的轮回,生铁沸汁就要灌进你母亲的嘴里了……"

格萨尔浑身颤抖,口中呜呜号叫,心如刀割,仿佛阎罗所说的酷刑正在他的身上施行。格萨尔一提马缰,就要去寻找母亲郭姆。虎头判官在前头为格萨尔带路。

二人先到了八寒地狱,这冷狱分为八层,一层比一层冷九倍。

十八亿亡魂得拯救

格萨尔大王为拯救母亲与爱妃,单人匹马闯入地狱,把那些亡魂从十八热地狱,十八冷地狱等三恶道,三善道中一层层向上拯救,最后,这十八亿亡魂摆脱各种惨酷之刑,就像百鸟被炮石驱赶似的,兴高采烈地被拯救到西方极乐世界中去了。

最下面一层的大优钵罗花冷狱可将巨大的铁球裂为一千块。格萨尔在冷狱中寻了一遭,母亲郭姆并不在这里,格萨尔问虎头判官:

"我母亲在哪里?冷狱中的人究竟造下什么罪恶,让他们在此受这样的苦?"

虎头判官哈哈大笑:

"人都说格萨尔大王既有前知,又知未来,原来不中用。这些人在世间互相残杀,互相吞噬,深山中放火,河水里撒毒,故而被投到八寒冷狱,你若能将他们超度到快乐之处,就会见到你的母亲。"

格萨尔见众生受苦,眼泪止不住扑簌簌地滚落下来。遂诚心诚意地向天神祈祷,从体内绕脉和江脉中发出一股有力的风,吹过众生的身上,又用力念了一声"啪",冷狱中受苦的众生全部被超度到净土。

虎头判官又带格萨尔前往八热地狱。这八热地狱也分为八层,一层比一层热九倍。有一只大铜锅,锅内铁水沸腾,浪花翻卷,数不清的男女在锅内上下滚动,哀号声惊天动地。这里也没有母亲郭姆。格萨尔不忍再看,催促虎头判官快些带他去它处。

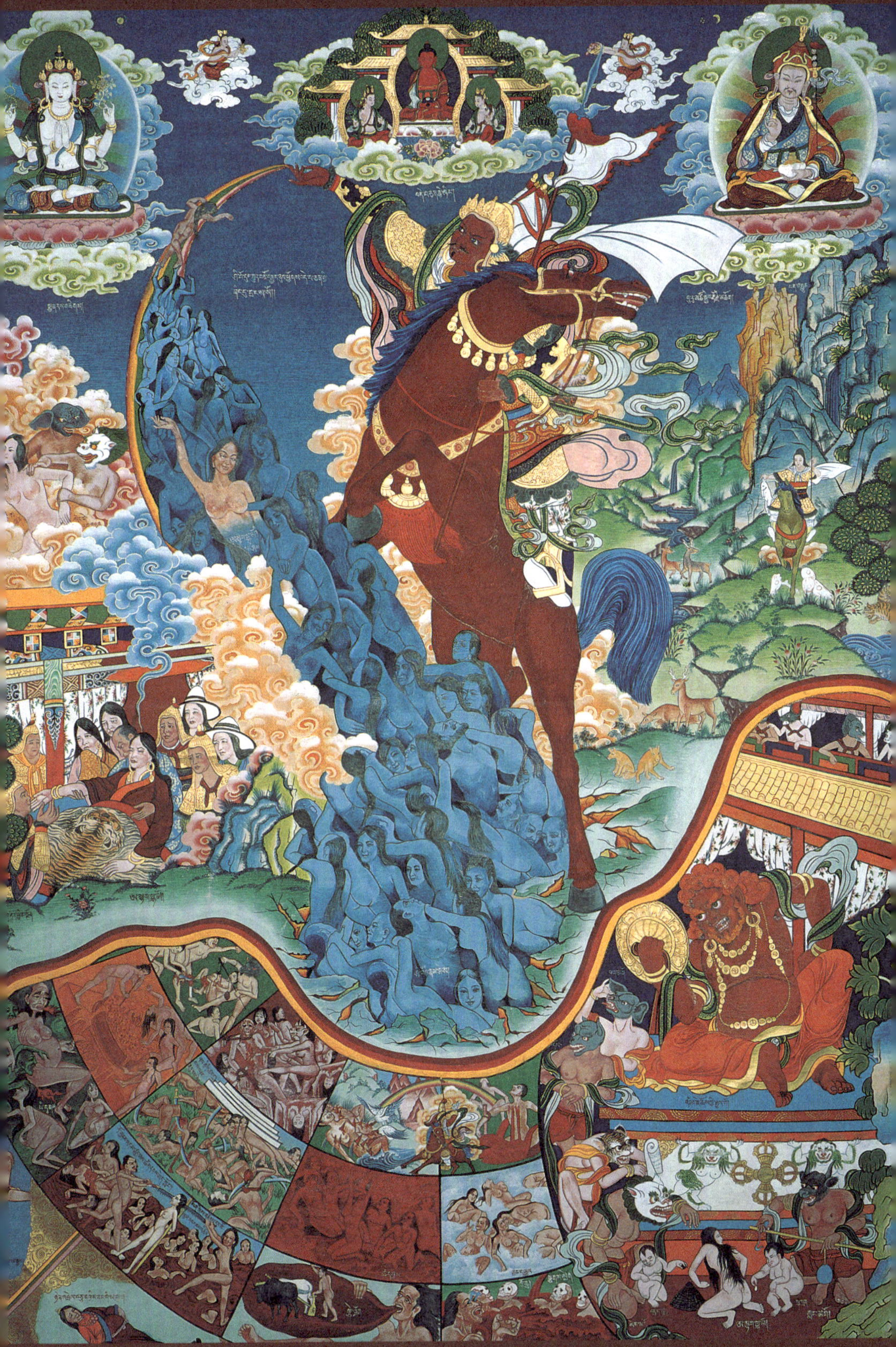

虎头判官又把格萨尔带到孤独地狱，那里有一个赤铁滩，滩上燃着大火，众多男女在火中耕作，舌头被扯出老长，上面放着四个犏牛角形的铁酒盏，盏内也燃着烈火。虎头判官说，这是在世间说假话、造谣言、挑拨离间之人，死后要受这种惩罚。郭姆也不在这里。

接着，格萨尔又到了血海、铁山、铁城、铁房子、毒水、火坑……格萨尔看了，心中疼痛难忍，向天神祈祷：

原始救主普贤王如来，
是否看见这地狱的苦？
将此血海毒海的众生，
请你引渡到解脱路！
持明上师莲花生，
是否看见这六道的苦？
将此铁城铁屋的众生，
请您引渡到净土！

转瞬间，地狱中的众男女都到了净土。虎头判官对格萨尔说："你的母亲已到净土，速速回岭地去吧。"

格萨尔回到岭地，王子扎拉率众英雄前来迎接。雄狮大王向众人讲说地狱之事，臣民百姓听得惊讶不已。

又过了几个月，一天晚上，鄂洛家的女儿乃琼娜姆忽然做了一个奇怪的梦，无法解释，就到狮龙宫殿来请雄狮大王为其圆梦。乃琼献上五彩哈达，说道：

"……我梦见狮龙宫殿顶上，金翅鸟展翅高飞，两只眼睛旁边升起了太阳和月亮。石崖顶上檀香树被风吹倒,大地也震撼动摇。金翅鸟的身上被火烧,虹光辐射向四方,其中一股射向金刚地狱。虹光的后面有一茶室,茶室上生出一棵藤,藤树上落着一只白螺鸟,白鸟绕着岭国飞一周,然后向天国飞去……"

格萨尔告诉众人,这本不是什么梦,而是对岭国众生未来的预卜。众人一听,定要格萨尔讲端详。格萨尔就按照乃琼梦中所示,一件件地讲了出来:

"……金翅鸟乃是我的护法神,金眼旁升出的太阳和月亮,是象征六道得光明……檀香树梢下垂,预言叔父总管王身上有灾难;茶室上长出的藤树落下白螺鸟,应在森姜珠牡身上,那白鸟围绕岭国飞,是贪恋岭国的象征,最后飞向天国,是珠牡转生天国的象征。……"

格萨尔讲罢,岭国众人只觉惶然。

雄狮大王为乃琼圆梦不久,总管王绒察查根派仆人来禀告:"在赞冷拉卡山顶,鹞鸟的羽毛被风吹动着。如果鸟毛落在平地上,请金翅鸟予以护持。"

格萨尔闻听此言,知道绒察查根即将不久人世,立即去向叔叔问安。岭国众英雄也聚在老总管的身边,只听绒察查根对格萨尔大王说:

"本月初八日,叔父我要到天国净土去,临别之前,我有几句话要告诉岭国众生。"

众英雄献上哈达和各种珍宝,请总管王训示。

"我死之后大家不要难过,因为我不是死亡是幻化。我死之后,岭六部的众百姓,应同心同德齐努力,对外要马头并齐步调一致,对内要同铺座位同心办事情。敌人来攻击,要扼住他的脖领压下去,弱小者来投奔,要以诚相待给便利;适逢苦乐要用智慧,权势在手要珍惜。……"

到了初八日,天还未明,格萨尔命岭国上师将供品摆好。当太阳照到山尖的时候,城上空出现了各种彩虹,鹫鸟在空中盘旋,花雨飞降,四周充满香气。绒察查根的女儿娜姆玉珍来到父亲的面前,为父亲唱送行的歌:

父亲呵,
现在空中降下花雨,
城头彩虹围绕,
这是您成就虹身①的瑞兆。
父亲如果往净土去,
女儿我就不痛苦。
脱离了世间的轮回海,
女儿我愿随父亲去。

这时,西南方出现了各种虹光,虹光中现出一匹马,毛色纯白,鬃蓝尾青,头角像松石一样透明晶莹,遍体虹光闪烁。这马只停留

---

① 虹身:上等密法行者即身成就之相,即身体化为彩虹(无余虹化)或者留下毛发、指甲(有余虹化)。

了片刻,就逝去了。再看总管王,遗体已经不见,只留下衣物、头发和指甲。

雄狮大王和王子扎拉等人见总管王化作彩虹而去,赞叹不已,遂命娜姆玉珍继承父业,做岭国的总管。

第十二回
托后事扎拉继王位
携王妃雄狮返天界

雄狮大王格萨尔从地狱里救出了母亲。七个月后,父亲森伦王也染了重病。格萨尔又将父亲送往净土,作了超度之事。这之后,又处置了一贯挑起内讧、危害岭国的达绒长官晁通王。

降伏了四方妖魔,安定了三界,格萨尔功德圆满,要返回天界了。

这天,格萨尔下令,召岭国各部的男女老少到狮龙宫殿前集会。

臣民百姓们打扮得漂漂亮亮,兴高采烈地来到狮龙宫殿前的广场上。他们想,大王召见,一定又有什么恩赐,因为妖魔已经降伏,四方安定,岭国的骡马成群,牛羊满山,金银珠宝不可计数。百姓们什么都不缺了,虽然日子过得幸福又安乐,可还是希望大王能多多赐福于他们。

狮龙宫殿外的广场上,搭起了大帐篷,雄狮大王格萨尔高坐在金子宝座上,威严中透着慈祥。他下界已经八十一年了,八十一年来,东征西杀、降妖伏魔、惩恶扬善、抑强扶弱、造福百姓,终于实现了他的宏愿,三千世界的众生终于过上了和平安宁的生活。返回天界之前,格萨尔还有些事要托咐,也还想再看看曾经属于他的臣民百姓。

看着应召前来的百姓们,格萨尔吩咐他们尽情地玩乐。百姓们的欢歌笑语,使格萨尔十分高兴,想到自己就要返回天界,不免要对众生说几句话。但是,俗谚说:"临终不说多余的话,这是上等好男儿;飞行不多拍翅膀,这是有翅力的好鸟儿;奔驰不需鞭子打,这是善走的好马儿。"话多虽然没必要,三言两语还需讲。想着,雄狮大王对臣民百姓们说:

"后代的青年儿孙辈,都要向本尊托性命。上对长辈要敬重,下对弱小不欺凌;对外不暴露自家丑,对内不欺压老百姓;不分尊卑说话要和气,切忌去做坏事情;要尊敬有恩的父和母,因为福分是他们生;王子嗣位要知奉佛法,它可使地方都安宁;要向土地神去求福,它能使夏季六谷生。"

格萨尔一一嘱咐儿孙辈的孩子们,要多做好事,多行善事,尊敬父母,要能听智者之言,不要听信坏人的谎言等等。然后,把王子扎拉叫到座前,对他说:

"孩子呵,你是嘉察的儿子,像你父亲这样的男子汉,世人中间难找寻。你要学习父亲,好好报答父母的养育之恩。现在我把岭国的国事托给你,把国王的宝座交给你,把岭国的百姓交给你。你要保持贤父的良规,保持我雄狮王的国法,对百姓要和气,不要把公众的财物据为己有,不要轻信闲言碎语。俗语说:'如果武器常磨拭,战神自然会助你;若要马儿跑得快,全在平时细心喂。'叔叔的这些话你一定要牢记。"

格萨尔说罢,觉得话说得够多了。"狗叫多了人心烦,话说多了讨人嫌",别人愿听有一句就够了,若不愿听空说百句。

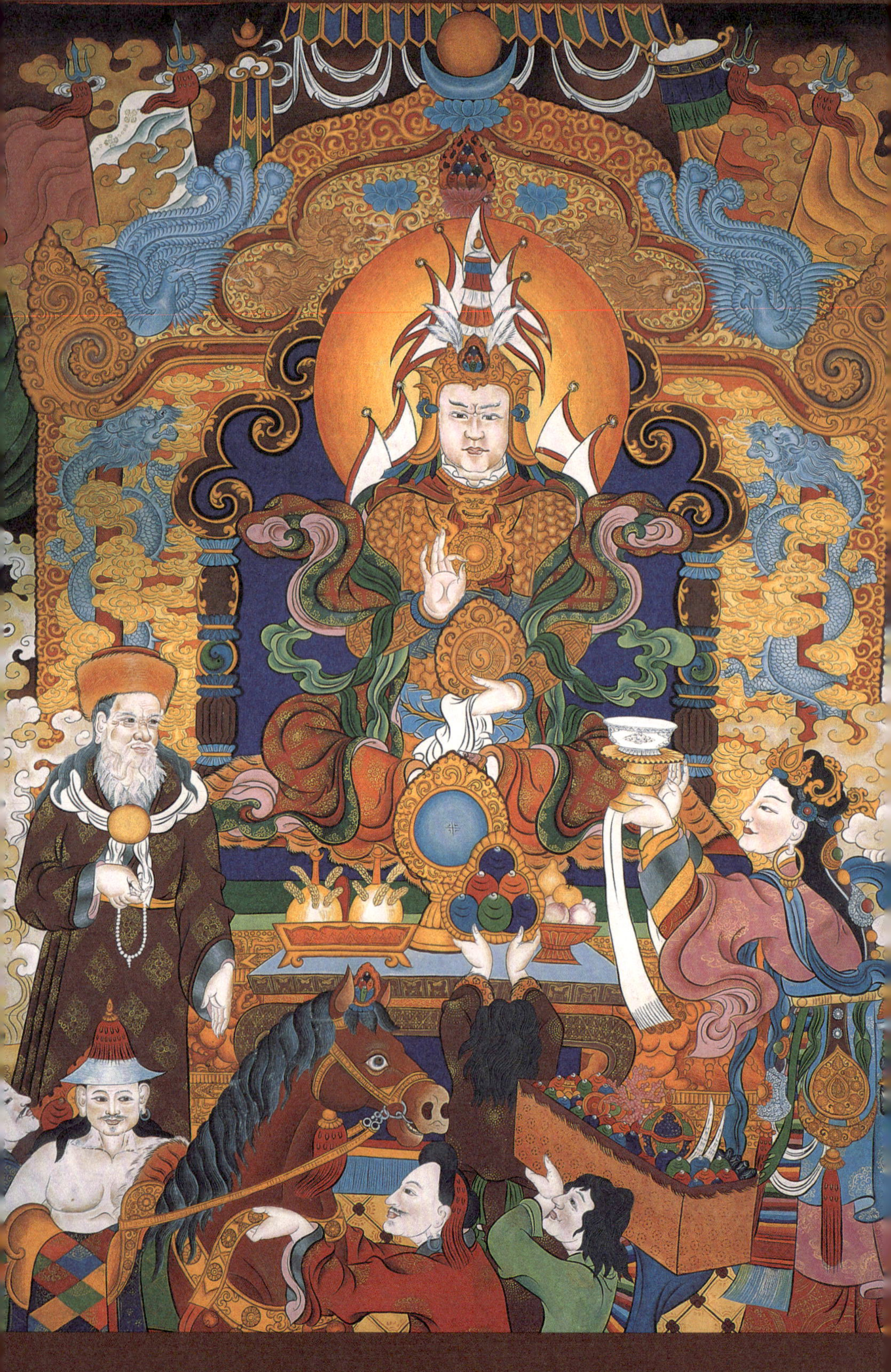

王子扎拉手捧红光闪耀的绸哈达,献给雄狮王叔叔,请大王永住人世:

"雄狮大王离岭地,岭国幸福谁谋取?岭国百姓把谁依?女人向谁诉苦乐?男人由谁来教训?王妃让她依靠谁?谁带兵马打敌人?雄狮大王叔叔呵,请您不要离岭地!

"亲爱的雄狮王叔叔,侄儿扎拉愿意替您死,请您不要把众生抛弃。虽说命尽无法留,但大王与凡人不相同,生死完全有自由,您若定要归净土,也请您再住三年,待岭国的儿孙成长后,在老年人的话语说完前,大王叔叔您再走。"

岭国众生也纷纷匍伏在地,恳请大王不要离去。格萨尔大王接过王子的哈达,对众生唱道:

> 大鹏老鸟要高飞,
> 是鹏雏双翅已长成;
> 雪山老狮要远走,
> 是小狮玉鬃已长成;
> 我世界太阳要落山,
> 是十五明月已东升。

"从古至今,谁也难把死亡抗拒,我已到了回归净土的时候,谁也不能挽留,只要把我的话记在心里就行了。"

扎拉见大王执意不肯留下,就请大王对百姓们不明之事给予预言:

"大王呵,过去岭人做什么,都很快乐都称心,您是我们的保护人，对岭地众生有大恩。哺育大恩可同慈母比，关心和爱护赛过姊妹和兄弟，有了大王您的护佑，我们才能骑骏马，我们才能佩武器，岭地才能牛羊成群马满坡，儿孙来往山谷间。如今您若返天界，谁做我们的保护人？黑魔像石山搬掉后，会不会出现小石岩？黄霍尔像草山摧毁后，会不会再出现小草山？天、地、半空中的魔鬼神，被驱赶后逃虚空，今后会不会重新危害我岭国？达绒晁通被降伏，后代还会不会起纷争？……古谚说：'部落太多上师苦，管家太多仆人苦，儿子做贼父母苦，家境太贫门犬苦。'大王您若走了我扎拉苦，请您把今后的事情说清楚。"

雄狮大王见王子说得恳切，很是感激，但返回天界的时间是不能更改的，既然我不能再住岭国，就把王子所担心的事说个分明吧：

"扎拉呵，我的好侄儿，莫心焦呵莫忧愁，魔国的黑妖和白妖，来世变作黑白大毒蛇，只对老鼠贪心大，还要受岭国大鹏鸟的管辖。霍尔三王也自有去处：白帐王来世是九部冤魂鬼，对世间人没有嗔心，用不着去降伏他，让他做本尊的护法神。黑帐王来世是千眼忿怒护法，只对天上的事业有嗔心，用不着把他去降伏，他会用心保护善法。黄帐王来世是角劈雷神，不用降伏自会奉善法。达绒长官晁通王，在乌鸦城被降伏时，我在他身上已压上一座水晶白佛塔，你们不必再惧怕，岭国内哄的祸根已被挖。天、地、半空的魔鬼神，已经变作岭地的护法。……王子呵，危害岭国的妖魔已降伏，众生今后的安乐要靠你维护。"

扎拉见大王执意不肯留下，再劝无益，只得默立一旁，岭国众英雄勇士、臣民百姓也不再说话，只觉得无限的依恋和惆怅。

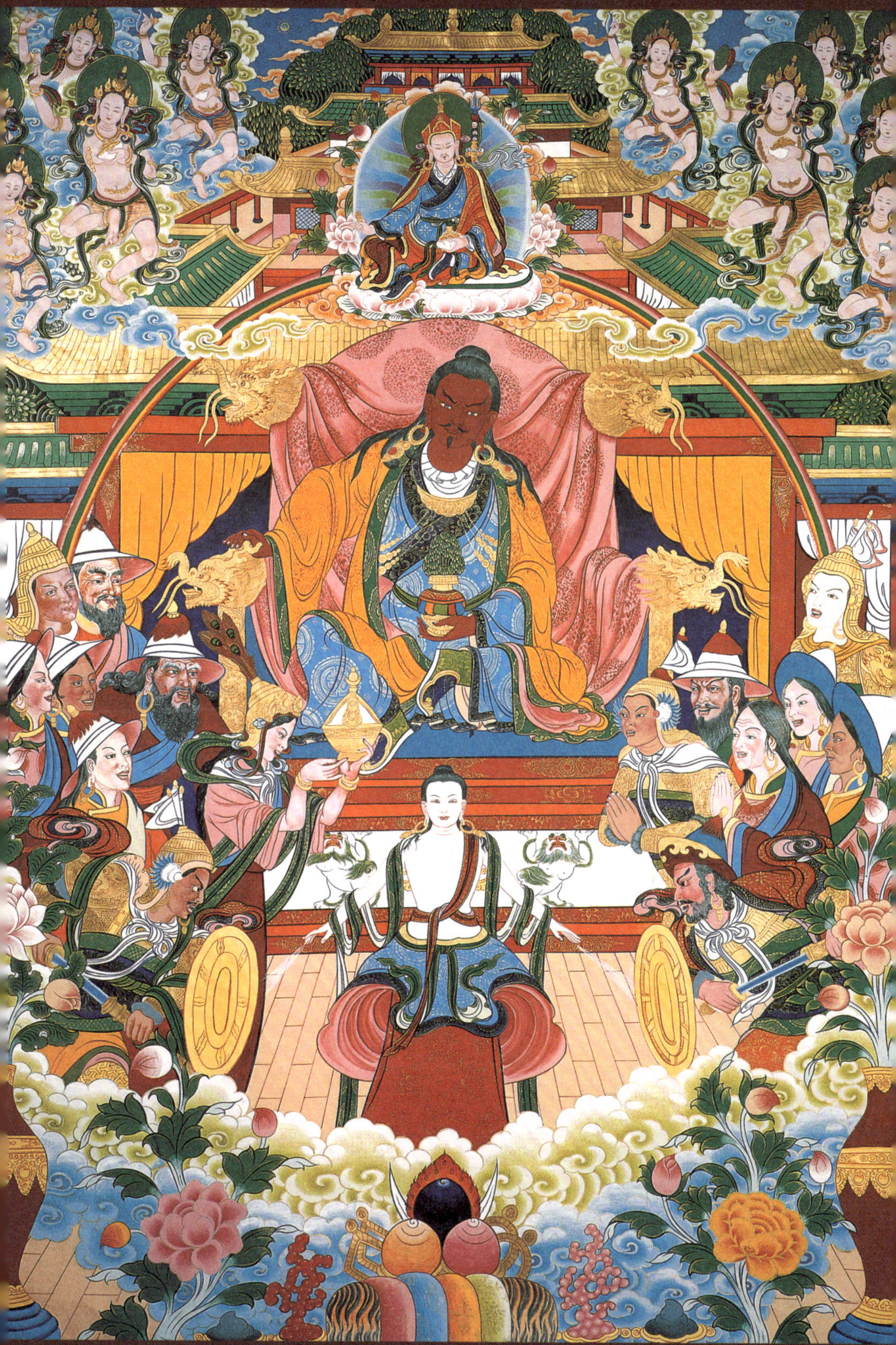

就在格萨尔大王向王子托付后事之时，宝马江噶佩布正在大滩上与群马嬉戏玩耍。突然，宝马长嘶三声，眼中流出泪水。它知道，格萨尔大王就要返回天界，自己也将随大王一同返回。

群马静静地看着江噶佩布，不知发生了什么事。只见宝马连声嘶叫，山上山下狂奔起来。

昔日同时在疆场上驰骋的骏马——美背白背马、白臂宝珠马、火山会飞马、千里善走马、乌鸦腾空马、黑尾豺狗马、红雄鹰马、青鬃马等，纷纷聚拢来，希望江噶佩布告诉它们究竟发生了什么事。

宝马江噶佩布站住了："同生一地的骏马们呵，雄狮大王就要归净土，我江噶佩布也要随大王去了。"说着，江噶佩布唱道：

> 父亲骑过的老骏马，
> 落到儿子手里会卖掉它；
> 母亲挤过的老犏牛，
> 落到儿子手里会宰杀它；
> 英雄用过的老角弓，
> 落到傻瓜手里会折断它；
> 雄狮大王定要归净土，
> 我也不留要跟随他。

"想我江噶佩布，当初与天神之子推巴噶瓦一同下界，天生的三种本领众人皆知。一是可同劲风比速度，二是可与人类通言语，三是可与群马赛智谋。我陪伴雄狮大王东征西杀，给世人留下了说不完的故事。现在大王已把王位传给了王子扎拉，我也要把鞍鞯传给王子的坐骑——白臂宝珠马才是。"

只见那宝马,四蹄已经腾起,背上的黄金鞍,有条玉龙盘绕在鞍上;前鞍鞒像是金太阳,后鞍鞒又像螺月亮;四四方方的银花垫,镶嵌着五种珍宝;一双银镫挂两边,好像玉盆垂马腹;下边是花花绊胸带,好像引入群山的黄金路;一条珠宝交错的马后鞒,好像进入平原的赶马鞭;一条镶着白蛇的肚带绳,系在肋下走路最平安。……

江噶佩布腾起又落下,将身上的鞍鞯饰物留给白臂宝珠马,嘱咐它和群马说:

    草虽不索价要知足,
    水虽常流淌别搅浑;
    一滩牧草共同吃,
    一泉清水共同饮;
    清晨上山要同去,
    碰见恶狼要结群;
    如果快跑要同跑,
    万万不可单独行;
    外对敌人莫把缰绳给,
    内对百姓莫用蹄子踢;
    同群伙伴不要用嘴咬,
    要把这些牢牢记心里。

江噶佩布说完,在地上打了三个滚,站起来抖了三次毛,长嘶一声,升天而去。

群马变得躁动不安起来。有的上山入谷，奔跑不休，有的嘴唇拖地，长卧不起。

与此同时，雄狮大王箭筒中的火焰雕翎箭也立了起来，对众箭说：

> 雄狮大王要归净土，
> 神箭我也要去天界。
> 你们众箭留下镇敌军，
> 要痛饮敌人心脏的血，
> 要把敌人深深刺透，
> 要把岭地百姓保护；
> 若有一天战争又起，
> 我们还能再次相聚。

说罢，"嗖"的一声，神箭离开箭筒，向天界飞去。

这时，与雄狮大王一同下界的红面斩魔宝剑也离了鞘，对兵器库中的众剑说：

> 雄狮大王若是去净土，
> 宝剑我也要升天。
> 你们众剑要做战神眼，
> 对外露锋芒，
> 对内要默然，
> 一旦敌人来犯边，
> 要显利刃去迎战。

唱罢，红光一闪，宝剑围绕所有兵器绕了一圈，也飞向天际。

高踞宝座上的雄狮大王格萨尔，忽然感觉到了什么似的，吩咐珠牡：

"快去看看我的宝马还在不在，宝剑和神箭在不在，快去看罢快回来。"

珠牡骑上玉鬃马，火速赶到王宫，那马、剑和箭均已无影无踪，急忙回来向大王禀报，格萨尔立即说：

"我的兵器和坐骑已返回天界，我明早也要离开岭地。"

岭地的臣民百姓虽不愿大王返回天界，却也无可奈何。

第二天一早，父王德确昂雅、天神姑母、天母、哥哥东琼噶布、弟弟龙树威琼、妹妹妲莱威噶、嫂嫂郭嘉噶姆和十万天神、空行，前来迎接天神之子推巴噶瓦返回天界。悦耳的仙乐，响彻虚空；奇异的香气，布满中界；天神们翩翩起舞，娓娓歌唱；众空行铺下绸路，搭起彩桥，从空中直垂地面。父王德确昂雅将一条洁白的哈达赐给格萨尔，唱道：

雄鹰一般的星宿，
快把空行母请到这里。
要用大乐心情去敬信，
众多神子前来迎接你。
送你一条白哈达，
是为接你回天庭。

雄狮大王见众神前来迎接，父王又亲自赐给自己哈达，很是感激：

"父王呵，您对孩儿恩情重；孩儿与您不再分离，只是难舍众生，难舍岭地。"

德确昂雅说：

"孩子呵，你本是天神之子下界，降伏妖魔，惩恶扬善，抑强扶弱，造福百姓，现在功德圆满，你理应心向天界，随父王归天去。"

雄狮要到雪山去，
只因雄狮住在雪山最适宜；
大鹏要向山上飞，
只因大鹏住在高山最适宜；
猛虎要到紫檀林，
只因虎踞檀林最适宜；
苍鹰要飞高山岩，
只因鹰落石岩最适宜；
神子要到天界去，
只因你在天界最适宜。

古代藏人有谚语，
好汉若衰老，
纵有本领无人服；
骏马若衰老，
跑得再快没买主；
家犬若衰老，

再凶把人吓不住;
好汉要早些离开家,
好马要快些找买主,
你一生事业已成就,
再无空闲留岭地,
不要犹豫快启程,
快快随我上天去。

岭国众生听大梵天王唱罢,心中十分忧伤,格萨尔也是恋恋不舍。但是,吉祥的时刻已到,格萨尔对众生唱了一首离别的歌:

离开岭地我心也凄惶,
必走的命运已注定。
我雄狮要归天界去,
祝愿岭地部落人人平安。
不要悲伤要欢乐,
愿我们来世再相见。

唱罢,格萨尔缓缓向空中升去。左右侍立的二王妃珠牡和梅萨,也告别了姑娘们,随大王飘然升天。

天空顿时布满彩虹,香气四溢,花雨纷降,众天神将格萨尔大王和二王妃团团围绕,迎回天界。

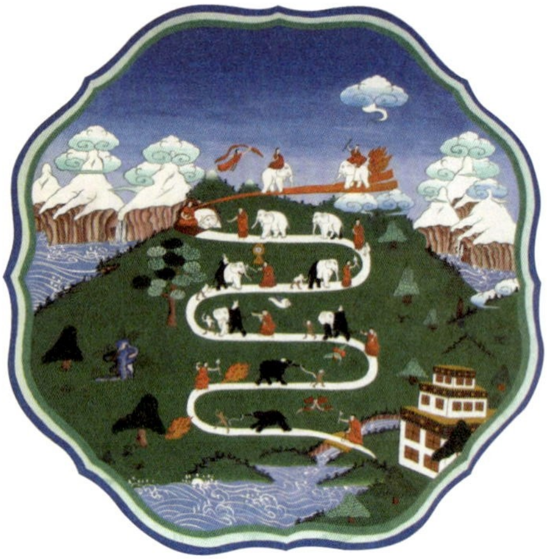

编后记

藏族民间说唱体长篇英雄史诗《格萨尔》、蒙古族英雄史诗《江格尔》和柯尔克孜族英雄史诗《玛纳斯》被并称为中国少数民族的三大英雄史诗。

《格萨尔》被誉为"东方的荷马史诗",大约产生在公元前二三百年至公元6世纪之间,在公元7世纪初叶至9世纪间得到进一步发展。《格萨尔》记述了格萨尔一生以惊人的毅力和神奇的力量征战四方、降伏妖魔、造福人民的英雄故事,代表着古代藏族文学的最高成就。

《江格尔》约于15世纪至17世纪上半叶形成,记述了英雄江格尔为民保平安的生动故事。该史诗至今仍以口头和手抄本形式在蒙古族人民中广泛流传,成为家喻户晓的英雄史诗。

《玛纳斯》最初产生于13世纪,后来在流传过程中不断完善。《玛纳斯》叙述了玛纳斯一家八代领导柯尔克孜族人民为争取自由和幸福而进行斗争的故事,展现了柯尔克孜人民生活的巨幅画卷,是认识柯尔克孜民族的百科全书。

《格萨尔》《江格尔》《玛纳斯》三大少数民族史诗具有极高的艺术性和浓郁的民族特色,越来越受到读者关注,但因其卷帙浩繁,阅读难度较大。为方便读者阅读,作者降边嘉措、吴伟、何德修、贺继宏、纯懿等付出了艰苦努力,将三大少数民族史诗整理成通俗的故事,分别名为《格萨尔王传》《江格尔传奇》《玛纳斯故事》。在这里,我们谨向参与此项工作的顾问、作者等有关人员表示衷心感谢!